Klarant Verlag

Denn sie ist das Licht und ich bin die Dunkelheit …

Bärbel Muschiol wurde 1986 in Weilheim, Oberbayern, geboren. Glücklich verheiratet lebt und arbeitet sie mit ihrem Mann und ihren zwei Kindern heute noch immer im tiefsten Bayern. Im Genre Erotik und in der Belletristik hat sich die Autorin mittlerweile einen festen Platz in den Bestsellerlisten geschaffen.

Bärbel Muschiol

Schwarze Rockerseele

Bones and Rose

Klarant Verlag

Klarant Verlag, www.klarant.de
ISBN: 978-3-96586-323-1
1. Auflage, 2021
Umschlagabbildung: Klarant Verlag unter Verwendung von shutterstock-Bildern.

Printed in the EU.

Prolog

Rose

Erschöpft steige ich aus dem Bus, schiebe mir den Riemen meiner Handtasche, der an meinem Arm nach unten gerutscht war, wieder hoch auf die Schulter und spüre das Herbstlaub unter meinen Stiefeln rascheln.

Der Tag war lang, zu lang. Zehn Stunden im Büro machen keinen Spaß.

Die Anwaltskanzlei, in der ich arbeite, ist auf Familienrecht spezialisiert und befindet sich in der Innenstadt Chicagos. Mein Heimweg dauert eine knappe Stunde. Im Sommer fahre ich oft mit dem Fahrrad, aber jetzt, wo sich der Herbst bemerkbar macht, die Temperaturen sinken und es abends wieder viel zu schnell dunkel wird, nehme ich lieber die öffentlichen Verkehrsmittel.

Im Gegensatz zu den meisten Menschen liebe ich diese Jahreszeit. Wir haben einen goldenen Oktober, viel Sonne und die Blätter der Bäume schillern in den verschiedensten Rottönen, es riecht nach Holz und Laub.

Alles was ich jetzt noch will, sind eine heiße Badewanne, ein Glas Rotwein und ein gutes Buch. Vielleicht zünde ich mir auch noch ein paar Kerzen an, aber das entscheide ich spontan. Doch bis es so weit ist, muss ich die drei Häuserblocks bis zu meiner Wohnung hinter mich bringen. Vor ein paar Wochen noch war das kein Problem für mich. Aber jetzt? Scheiße! Jetzt riskiere ich alle paar Schritte einen Blick zurück, prüfe mit rasendem Puls, was hinter meinem Rücken passiert.

Seit dem ersten September passieren mir komische Dinge ... Am Anfang war ich noch so naiv, die Rosen, die mir in die Arbeit geliefert wurden, schön zu finden.

Ein heimlicher Verehrer, wie romantisch. Aber mittlerweile habe ich meine Meinung geändert. Die letzten Rosen, die mir anonym geliefert wurden, sind sofort im Müll gelandet. Weder habe ich an ihnen gerochen noch mir die Mühe gemacht, sie in eine Vase mit Wasser zu stellen. Mittlerweile ist mir längst klar, dass ich keinen heimlichen Verehrer habe, sondern einen psychopathischen Stalker, der es aus irgendwelchen unerfindlichen Gründen auf mich abgesehen hat. Zu den Blumen kamen Briefe, der letzte war nicht einfach nur in meinem Briefkasten gelegen, sondern in meinem Schlafzimmer mitten auf meinem Kopfkissen.

Gruseliger geht es nicht mehr ...

Ich komme mir vor wie in einem wahr gewordenen Albtraum.

Natürlich hatte ich sofort die Polizei gerufen, aber die hat meine Angst als unbegründet abgetan und behauptet, dass ich die Sachlage dramatisiere.

Einfach nicht zu fassen! Solche Arschlöcher!

Wahrscheinlich muss ich erst entführt oder überfallen werden, damit mir der Officer endlich glaubt, dass ich bedroht werde.

Je länger ich durch die Finsternis laufe, umso schneller schlägt mein Herz.

Wum ... Wumm ... Wummm ... Wummm ... Wummmm!

Panisch greife ich in meine Jackentasche, sehe erneut nach hinten und scrolle mich durch die Liste der letzten Anrufe.

Es ist mir peinlich zuzugeben, dass die meistgewählte Nummer, die des Heimwegtelefon-Services ist, aber was soll ich tun?

Ich versuche so selten wie möglich dort anzurufen, aber heute ist es mal wieder so weit, heute schaffe ich es nicht ohne eine freundliche Stimme, die mir versichert, dass sie bei mir ist und im Notfall sofort die Polizei verständigt.

Ein eisiger Schauer rieselt an meinem Rückgrat hinab, die feinen Härchen in meinem Nacken stellen sich warnend auf. Das Gefühl, beobachtet zu werden, wird mit jedem Atemzug intensiver.

Entsetzt sehe ich mich um, kann jedoch niemanden entdecken.

Du bist nicht allein ...

Diese vier eigentlich harmlosen Worte standen auf dem letzten Brief, den ich auf meinem Kopfkissen gefunden habe.

In dieser Nacht bin ich ins Hotel geflüchtet und habe am nächsten Tag sofort ein Sicherheitsschloss einbauen lassen. Die dreihundert Dollar, die mich das gekostet hat, sind eine gute Investition, denn seitdem habe ich keine weiteren Briefe mehr in meinem Bett vorgefunden. Dennoch spüre ich instinktiv, dass ich in Gefahr bin.

Wir Frauen haben in dieser Hinsicht einen siebten Sinn, wir fühlen, wenn uns jemand verfolgt. Auch jetzt bin ich nicht allein, irgendwo in der Dunkelheit lauert jemand auf mich, verfolgt meine Schritte, inhaliert den letzten Rest meines Parfüms, den ich in der Nachtluft zurücklasse.

Ich kämpfe gegen meine Furcht an und verliere.

Mit Tränen in den Augen klammere ich mich an dem iPhone fest, als ob es mein rettender Anker wäre. Es läutet zweimal, dann ertönt eine freundlich klingende Frauenstimme.

Sie begrüßt mich, stellt sich mir als Anna vor und erkundigt sich nach meinem Namen und meinem derzeitigen Aufenthaltsort.

Das alles ist mittlerweile zur Routine geworden.

Ich stelle mich ihr als Rose Miller vor, erlaube ihr mein Mobiltelefon zu orten und flehe sie an, im Notfall die Polizei zu rufen.

Anna beruhigt mich, sie schafft es, mir einen Teil der Angst zu nehmen. So ist es immer.

Wann immer ich den Heimwegtelefon-Service nutze, dringt eine andere Stimme durch den Hörer, aber das ist okay. Keine Ahnung wie viele Ehrenamtliche dort arbeiten, ich fühle mich bei jedem gut aufgehoben.

Mit dem Handy am Ohr laufe ich die Madison Street entlang, biege an der dritten Kreuzung ab und komme endlich vor den Apartmentkomplex, in dem ich wohne, an.

Anna bleibt so lange am Telefon, bis ich sicher in meiner Wohnung angekommen bin und den Riegel des Sicherheitsschlosses vorgelegt habe. Sofort sinkt meine Pulsfrequenz und ich kann endlich wieder tief durchatmen.

Ich bedanke mich bei Anna und lege auf.

Meine Knie zittern, mir ist schlecht und meine Handflächen sind mit Schweiß überzogen.

Gott wie erbärmlich.

Ich bin eine vierundzwanzig Jahre alte Frau und schaffe es nicht mal, ohne seelischen Beistand von der Bushaltestelle nach Hause zu gehen.

Nicht zum ersten Mal nehme ich mir vor, einen Waffenschein zu machen, doch anstatt mich im Internet danach zu erkundigen, öffne ich meine kniehohen Lederstiefel, ziehe sie aus und gehe in die Küche. Dort schnappe ich mir die noch halb volle Weinflasche, verzichte auf ein Glas und gönne mir einen großen Schluck des südafrikanischen Shiraz.

Nervös stelle ich mich vor das Fenster, sehe die drei Stockwerke nach unten und versuche, in der Finsternis die Umrisse eines Mannes zu erkennen.

Aber da ist nichts?

Habe ich mir das alles nur eingebildet?

Wurde ich gar nicht verfolgt?

Steigere ich mich da in etwas hinein?

Was, wenn der Stalker irgendwo da draußen ist und mich beobachtet?

Entschlossen verdränge ich den unheimlichen Gedanken, ziehe an allen Fenstern meiner Wohnung die Vorhänge zu und schalte den Fernseher an, um die unheimliche Stille zu vertreiben.

Suits läuft, Meghan Markles berühmtes Gesicht huscht über den Flatscreen.

Mit einem Seufzen lasse ich mich auf die Couch sinken, verschiebe das mit der Badewanne auf morgen und schließe für einen kurzen Moment die Augen.

Für heute habe ich es geschafft, mal sehen, ob mir das morgen wieder gelingen wird ...

1. Kapitel

Bones

Laute Musik hämmert aus der Stereoanlage, die bis an die Decke rauf gefliesten Wände des unterirdischen Raums sind mit roten Linien überzogen, warmes Blut tropft mir von den Händen.

Ich trage nur Jeans und Stiefel, dennoch ist mir heiß.

Das Blut in meinen Adern kocht. Es pulsiert im Takt der harten Bässe durch meine Venen. Ich fühle mich high, fast so, als hätte ich einen Joint geraucht und eine Flasche Whisky geext. In Wirklichkeit jedoch bin ich schmerzhaft nüchtern.

Diese Scheiße hier muss mit klarem Verstand erledigt werden. Wenn ich zu tief schneide, wenn ich der Wut die Kontrolle überlasse, liegen in wenigen Sekunden drei Leichen vor mir.

Also beherrsche ich mich, atme mehrmals tief ein und ignoriere den intensiven Geruch des Urins.

Die Arme der Männer, die vor mir knien, sind mit Panzertape auf deren Rücken zusammengebunden. Dem Prospect fehlen bereits sämtliche Schneidezähne, sie liegen vor meinen Füßen auf dem Boden und werden später zusammen mit den anderen Überresten im Gully runtergespült.

Cube steht rechts neben mir, die Hände lässig in den Hosentaschen und eine Kippe im Mundwinkel. Er ist seit drei Jahren an meiner Seite, und, soweit ich das beurteilen kann, ist er der fähigste Vizepräsident, den die *Black Snakes* jemals hatten.

Er ist ruhiger als ich. Nicht weniger brutal, aber dafür kontrollierter.

Bei mir kommt es vor, dass jemand, den ich eigentlich nur verhören will, am Ende mit durchtrennter Wirbelsäule vor mir liegt. Cube hingegen schafft es, erst Fragen zu stellen und dann zu töten.

Heute sieht das anders aus.

Die Ader, die sich auf seiner Stirn abzeichnet, ist ein schlechtes Zeichen.

Ich zünde mir ebenfalls eine Lucky an, sauge das Nikotin ein und betrachte die drei Bastarde, die es gewagt haben, den Club zu betrügen.

„Was denkst du, Bro? Beenden wir das Theater?“

Er nickt, zieht das Messer aus der Scheide an seinem Gürtel und streicht mit dem Daumen über die scharfe Klinge.

„Mir ist in den letzten Wochen so viel Bullshit um die Ohren geflogen, dass ich angefangen habe, einfach alles anzuzweifeln. Dich, mich, das Chapter – einfach alles ...“

Ich weiß, was er meint, mir ging es genauso.

Verrat ist eine bittere Pille, die keiner von uns gerne schluckt.

Es fehlen vier Kilo Koks und die Bastarde vor uns haben es sich genommen.

Mein Blick gleitet über ihre Kutten. Zwei Full Member und ein Prospect.

So eine Scheiße darf einfach nicht passieren!

Hass erfüllt mein Denken, ich sehe rot.

Grob reiße ich den Ratten das Leder von den Schultern. Sie haben es nicht verdient, dem Sensenmann als *Black Snakes* gegenüberzutreten.

Ich schleudere die Westen in die Ecke, nehme Cube das Messer ab und ramme es dem Prospect bis zum Heft in die Kehle. Erschrocken reißt er die Augen auf, gibt ein Gurgeln von sich und kippt keine Minute später tot um.

Blut rinnt ihm aus dem Mundwinkel, es bildet verdammt schnell eine ziemlich große Pfütze.

Becks und Toto tauschen einen panischen Blick.

Sie wissen genau, dass sie die Nächsten sind.

„Letzte Chance. Wo ist der Schnee?“

Mein Vize ballt die Fäuste, verdreht genervt die Augen und zieht die Klinge aus dem toten Anwärter.

„Das bringt nichts, Bones. Lass uns die Scheiße hier beenden. Ich brauch ’ne Bitch und was zwischen die Zähne. Mir knurrt der Magen.“

Becks schüttelt entsetzt den Kopf.

„Wir haben das Koks nicht mehr.“

Das ist das erste Mal, dass er zugibt, dass sie es zumindest gehabt haben.

Wir kommen also endlich voran.

„Wer hat es dann?“

Ein Zittern durchläuft ihn.

„Ein Dealer, so ein Asiate, er steht immer am Hafen.“

Interessant.

Toto, der nicht einverstanden ist, dass Becks redet, gibt ein warnendes Zischen von sich.

Cube reagiert sofort, packt sich Totos linkes Ohr, schneidet es ab und stopft es ihm ins Maul.

„Du willst nicht reden? Du willst nichts hören?“

Mitleidslos schneidet er auch noch das rechte Ohr ab, schiebt es inTotos, vor Schmerz weit aufstehenden, Mund.

„Und jetzt ist Ruhe! Kapiert?“

Becks kotzt. Keine Ahnung, ob vor Angst oder vor Ekel – es spielt auch keine Rolle.

Wenn er nicht weiterredet, wird Cube mit ihm das Gleiche machen, ehe ich ihm sämtliche Knochen breche.

„Wo ist das Geld, das ihr für den Stoff bekommen habt?“

„In einem Schließfach am Bahnhof.“

Idioten.

Die Frage, warum sie sich nicht verpisst haben, nachdem es ihnen gelungen ist, das gestohlene Koks in Dollars zu tauschen, liegt mir auf der Zunge. Ich spreche sie nicht aus, die Antwort ist irrelevant. Sie sind in meiner Stadt geblieben und jetzt werden sie für ihren Verrat bezahlen!

„Wie ist die Nummer und welche Kombination?“

„Fach 103 der Code ist 6666.“

Wirklich sehr einfallsreich.

Jetzt, wo wir wissen, was mit der Ware passiert ist, sind wir hier fertig.

Ich sehe zu meinem Vize, gebe ihm so die Möglichkeit, eine letzte Frage zu stellen, doch er schüttelt verneinend den Kopf.

Wunderbar. Das ging schnell.

Cube geht zur Anlage, dreht die Musik voll auf und verlässt den Bunker.

Ich bleibe mit dem toten Prospect, dem stummen Toto und einem heulenden Becks zurück, lasse meiner Wut freien Lauf und löse die Ketten, mit denen ich meine inneren Dämonen bis jetzt in Schach gehalten habe.

Die Arme ausbreitend, sauge ich die Rhythmen des Hard Rocks in mich auf, genieße die Stimmung, zähle stumm bis drei. Dann lege ich los, zerfetze die zum Tode geweihten Verräter und übe die Rache, die mir zusteht.

Toto zuckt als ich ihm einen Knochen nach dem anderen breche, Becks versucht zu fliehen, was ihm zwei Kugeln in die Kniescheiben einbringt.

Ich bearbeite die Bastarde mit geballten Fäusten, schlage wieder und wieder zu, so lange bis ich nichts mehr spüre, bis meine Knöchel taub werden und der Druck in meiner Brust endlich nachlässt.

Der Rausch dauert an. Ich knacke Totos Schädel unter meinem Stiefel, bearbeite Becks, bis er zur Unkenntlichkeit entstellt ist.

Niemand kann seinem Schicksal entkommen. Niemand!

Diese drei Wichser haben sich dazu entschlossen, den Club zu hintergehen. Sie haben uns bestohlen und verraten, und das alles nur für ein lächerliches Schließfach voller Geld.

Jetzt bezahlen sie den Preis für ihre Habgier.

Seit ich vor einem Jahrzehnt dem *Black Snakes Motorcycle Club* beigetreten bin, habe ich viel gelernt. Ich habe kapiert, wie die Welt funktioniert und worauf der Club aufgebaut ist. Loyalität ist der Klebstoff, der unser Überleben sichert und den ganzen Bullshit, aus dem unsere Existenz besteht, zusammenhält. Ich verstehe vieles und ich kann noch mehr entschuldigen, aber Verrat gehört nicht dazu.

Meinem Vorgänger wurde von einem seiner engsten Vertrauten in den Rücken geschossen. Vito war ein guter Mann. Er war ein Gründungsmitglied des Chicagoer Chapters der *Black Snakes*. Am Tag seines Todes war er weit über sechzig. Das Alter hat ihn schwach werden lassen, er hat nicht kapiert, was um ihn herum los war, und die Zügel schleifen lassen.

Mir wird das nicht passieren.

Vor vier Jahren wurde ich einstimmig zum Präsidenten gewählt, ich habe das Amt angenommen und mir das Patch auf die Kutte genäht. Seitdem gelten meine Gesetze. Die Geschäfte laufen gut und unser Territorium ist sicher.

Niemand ist so wahnsinnig, sich mit den schwarzen Schlangen Chicagos anzulegen und das aus gutem Grund. Wir. Kennen. Keine. Gnade.

Cube und mir ist es gelungen, den Club an Amerikas Spitze zu bringen.

Wir sind die Nummer eins und lassen nicht zu, dass man uns so schnell wieder vom Thron schupst.

Der Prospect, Toto und Becks wussten, was für ein Präsident ich bin, und dennoch haben sie beschlossen, mich zu hintergehen.

Jetzt sind sie tot, ihre Körper liegen blutend vor mir, das Geld werde ich mir noch heute Nacht aus dem Schließfach holen.

Ihre Kutten werden verbrannt. Bevor sie vergessen werden, ist das, was mit ihnen geschehen ist, eine gute Warnung für all die anderen Ratten, die mit dem Gedanken spielen, den Club zu verraten.

Die Beats der Musik wummern hinter meinen Schläfen.

In meiner Tasche beginnt es zu vibrieren. Ich ziehe das Handy hervor, das Bild meiner Schwester blinkt auf dem Display auf. Bevor ich das Gespräch annehme, schalte ich die Stereoanlage aus und wasche mir an dem kleinen Waschbecken, das sich in der Ecke direkt neben der Türe befindet, das Blut von den Händen.

Susanne wohnt seit vier Jahren bei mir im Club. Wenige Tage nachdem ich zum Präsidenten ernannt wurde, hat sie der Zuhälter unserer Mutter missbraucht.

Als das passiert ist, war sie gerade mal vierzehn.

Der Wichser hat ihr im Dunkeln aufgelauert, sie in den Dreck gezogen und sie vergewaltigt.

Meine kleine Schwester ist ein kluges Mädchen. Damals, in der Nacht als es passiert ist, hat sie nicht die Bullen, sondern mich angerufen.

Seitdem wohnt sie hier bei mir, lebt unter meinem Schutz und erholt sich langsam von diesem traumatischen Erlebnis.

Der Wichser, der es gewagt hat, sich an ihr zu vergehen, ist Geschichte, er wurde am nächsten Morgen bei Sonnenaufgang ausgeweidet und mit abgehacktem Schwanz vor dem Polizeipräsidium aufgefunden.

In dieser Nacht habe ich völlig die Beherrschung verloren.

Fuck!

Ich weiß nicht, ob ich fähig bin zu lieben, aber wenn, dann ist das, was ich für Susanne empfinde, das, was der Liebe am nächsten kommt.

Sie ist meine einzige Familie, sie ist mein Fleisch und Blut und ich würde für sie durch die Hölle gehen.

Egal, was ich mache – egal, womit ich beschäftigt bin – wenn sie mich braucht, bin ich für sie da. Immer!

Schnell trockne ich mir die Hände an dem extra dafür bereit liegenden Handtuch ab, wische mit dem Daumen über das Display und begrüße sie mit einem „Hey Sweety."

„Wo bist du?"

„Im Keller."

Mehr sage ich nicht und das ist auch gar nicht nötig, Susanne weiß, was für ein Mensch ich bin. Bis jetzt konnte ich zwar verhindern, dass sie in meiner Nähe ist, wenn ich eskaliere, aber das bedeutet noch lange nicht, dass ich sie anlüge, wenn sie mich fragt, womit ich die letzten Stunden beschäftigt war.

„Ich brauche deine Hilfe."

An dem besorgten Unterton, der in ihrer Stimme mitschwingt, erkenne ich, dass es ernst ist.

„Ich bin in drei Minuten oben."

Sie fleht mich an, dass ich mich beeilen soll, und legt auf. Ohne die drei Toten eines letzten Blickes zu würdigen, schalte ich das Licht aus und mache mich auf die Suche nach meiner Schwester.

Der Druck in meinem Inneren lässt langsam nach, die Gewissheit, das Richtige getan zu haben, breitet sich in mir aus.

Ich lebe nach wenigen, einfachen Gesetzen, die von niemandem missverstanden werden können. Und eines von den wichtigsten besagt: Ratten müssen sterben.

Der Nächste, der sich an unserem Koks vergreifen will, wird sich das dreimal überlegen.

Draußen im Gang, direkt vor der Türe zum Bunker, steht ein Stuhl, über dessen Lehne ich meinen Pullover und die Kutte gehängt habe.

Ich ziehe beides an, reibe mir mit den Händen übers Gesicht und spüre dabei die fast getrockneten Blutstropfen auf meiner Stirn.

Fuck!

2. Kapitel

Rose

Eisige Luft schlägt mir entgegen, kleine Äste knacken unter meinen Schuhsohlen, das Herbstlaub raschelt so laut, dass es meine panischen Atemzüge übertönt.

Obwohl ich renne so schnell ich kann, kommt es mir so vor, als würde ich mich kaum von der Stelle bewegen.

Meinen Schal habe ich längst verloren, ein fieses Seitenstechen zuckt durch meinen Brustkorb. Mir ist schlecht vor Angst. Mit jedem weiteren Schritt zieht sich meine Kehle mehr und mehr zusammen. Um mich herum herrscht eine drückende Finsternis, es ist pechschwarze Nacht.

Jemand verfolgt mich. Vor Furcht getrieben renne ich immer schneller, biege um die nächste Kurve und ziehe mein Handy hervor. Seit meinem letzten Anruf bei dem Heimwegtelefon sind drei Tage vergangen. Für mich war das ein kleiner Erfolg, ich dachte wirklich, dass es besser geworden ist, dass ich meine Angst besser kontrollieren kann und mein Leben endlich wieder in den Griff kriege. Aber heute ist es so schlimm wie noch nie. Es fühlt sich so an, als wäre mir der Stalker ganz dicht auf den Fersen. Bittere Tränen steigen mir in die Augen, laufen über und rinnen mir über die Wangen.

Das Freizeichen ertönt, dann dringt eine junge Frauenstimme durch den Hörer.

Sie stellt sich mir als Susanne Johnson vor und noch bevor sie sich nach meinen Namen erkundigen kann, flüstere ich ein atemloses „Hilfe!“ in den Hörer. Ich schlucke, stolpere beinahe und schaffe es gerade so, noch mein Gleichgewicht wiederzufinden.

„Bitte, Sie müssen mir helfen, er verfolgt mich!“

Kurze Stille, „Wer verfolgt sie?“

Oh Gott!

„Ich weiß es nicht. Ich habe keine Ahnung, wer er ist, aber er ist hinter mir her und wenn er mich erwischt ...“ Ein Schluchzen steigt in meiner Kehle auf, ich schaffe es nicht, den Satz zu Ende zu sprechen. Nachts plagen mich die schlimmsten Träume, in jedem von ihnen geht es darum, was passiert, wenn mich dieses Monster erwischt. Wenn es sich mir zum ersten Mal zu erkennen gibt, mich packt und tötet. Am nächsten Morgen wache ich schweißgebadet auf und spüre die unheimliche Gewissheit, dass es nicht mehr lange dauern wird, bis ich am eigenen Leib zu spüren bekomme, wie es ist, zu sterben.

„Bleiben Sie ruhig. Alles ist gut, er wird sie nicht erwischen. Wo sind sie?“

Wo ich bin?

„Keine Ahnung. Ich bin einfach gerannt, ich habe die Orientierung verloren.“

Hinter mir ertönt ein lautes Schnaufen, entsetzt wirble ich herum, kann jedoch nichts in der Dunkelheit entdecken.

„Wie heißen Sie?“

Ich weiß, dass die Ehrenamtlichen verpflichtet sind, ein gewisses Protokoll einzuhalten. Aber was spielt mein Name denn jetzt für eine Rolle?

„Rose Miller.“

„Gut Rose. Haben Sie etwas dagegen, wenn ich ihren Standpunkt orte? Falls es nötig wird, die Polizei zu informieren?“

Sie meint, falls mir etwas zustößt und die Verbindung abbricht.

Ein Schauer rieselt mir über die Arme.

„Ich habe nichts dagegen.“

„Gut. Jetzt achten sie auf ihre Umgebung, gibt es jemanden, den sie um Hilfe bitten können?“

Hektisch lasse ich meinen Blick über die parkenden Autos und Müllcontainer gleiten. „Da ist niemand.“

In meiner Furcht habe ich überhaupt nicht darauf geachtet, wo ich hingelaufen bin. Ich wollte einfach nur schnell weg.

Erst jetzt, wo ich in einer Art Labyrinth aus dunklen Sackgassen gelandet bin, bemerke ich, wie falsch das war.

Scheiße!

Wenn man zu Hause auf der Couch sitzt und sich im Film die Frauen in unheimliche Hinterhöfe verirren, aus denen es kein Entkommen mehr gibt, schlage ich mir jedes Mal mit der Hand an die Stirn, seufze und wundere mich über die Blödheit besagter Tussis. Aber jetzt, jetzt, wo ich mich selbst in dieser Situation befinde, wird mir klar, wie schnell es passieren kann, sich in der Dunkelheit zu verlieren.

„Rose, bleiben sie ruhig. Versuchen sie tief durchzuatmen und sehen sie sich um. Erkennen sie ein Straßenschild, ein Gebäude oder irgendetwas anderes, das ihnen dabei helfen kann, sich zu orientieren?“

Ich tue, was Susanne mir sagt, aber es bringt nichts.

„Ich weiß nicht, wo ich bin. Hilfe! Ich habe mich verlaufen.“

Die entsetzliche Furcht, die sich in mir ausbreitet, lähmt mich. Jede Bewegung kostet mich unheimlich viel Kraft.

Erneut drehe ich mich um meine eigene Achse, in der Finsternis hinter mir scheint sich etwas zu bewegen. Es kommt auf mich zu.

Die Silhouette eines Mannes wird sichtbar.

„Er kommt!“

„Wer kommt? Rose? Wer kommt?“

„Er hat mich gefunden ... Hilf mir. Bittteeeee ... Susanne. Hilf mir!“

Die Frau des Heimwegtelefons flucht, ich sinke auf den Boden, krabble in der Hoffnung, dass mich hier unten niemand sieht, davon und flehe Gott und alle Dämonen an, dass sie Erbarmen mit mir haben.

Ich will nicht eine der vielen Frauen werden, die für immer spurlos verschwinden oder deren Leiche zwanzig Jahre später durch Zufall bei Straßenarbeiten entdeckt wird.

Das Handy kratzt über den Asphalt, ich kann keine Rücksicht darauf nehmen, sondern muss einfach schnell weg.

Auf allen vieren schaffe ich es um die Hausecke und entdecke auf der anderen Straßenseite einen orangefarbenen Container, der unter einer flackernden Straßenlaterne steht und beschließe, mich in ihm zu verstecken.

Ich bin mit meinen Kräften am Ende. Meine Füße brennen noch schlimmer als meine Lunge und vor meinen Augen dreht sich alles.

Nicht sicher, wie ich über die Straße kommen soll, ohne von meinem Verfolger gesehen zu werden, kauere ich mich weiter auf den Boden und drücke mir das iPhone wieder ans Ohr.

„Susanne? Bist du noch da?“

Ich höre, wie sie mit jemand anderem spricht, dann tönt plötzlich eine dunkle Stimme durch den Hörer.

„Rose?“

„Ja?“

„Wo bist du?“

„Auf dem Boden, ich verstecke mich im Dreck.“

Ein derbes „Fuck!“ dringt zu mir durch.

„Wo ist der Mann, der dich verfolgt?“

„Ich weiß es nicht.“

Es ertönt ein zweites „Fuck!“ dieses klingt noch wütender als das erste.

„Okay. Hör zu. Ich bin Bones, Susannes Bruder. Sobald es uns gelungen ist, dein Handysignal zu orten, komme ich zu dir. Bis dahin bleib leise, bleib wo du bist, und beweg dich nicht von der Stelle! Verstanden?“

Susannes Bruder, ich konnte seinen Namen nicht richtig verstehen, spricht langsam und deutlich. In seiner Stimme schwingt so viel Befehlsgewalt mit, dass ich keine Sekunde daran denke, nicht auf ihn zu hören.

Mein Blick huscht zu dem Container auf der anderen Straßenseite.

Ich bin hin und her gerissen, soll ich es versuchen? Ja oder nein?

Scheiße! Scheiße! Scheiße!

Das dumpfe Geräusch von Schritten wird laut. Ich mache mich so klein wie möglich und schlinge mir die Arme um die Knie.

„Er kommt näher."

Ich höre, wie sich der Bruder mit seiner Schwester unterhält, dann spricht er wieder mit mir.

„Ich weiß jetzt, wo du bist. Hast du gehört, Rose? Ich komme und hole dich!"

Ein Schluchzen entweicht mir, schnell presse ich mir eine Hand vor den Mund und zwinge mich so, leiser zu sein.

Lieber Gott steh mir bei ...

„Rose. Hörst du mich?"

Ich nicke, erinnere mich dann jedoch daran, dass er es ja nicht sehen kann.

„Ja. Beeil dich. Bitte, ich habe solche Angst!"

„Fuck! Ich bin in zehn Minuten da."

Er scheint zu rennen. Immer mehr Flüche hallen aus dem Lautsprecher. Unter anderen Umständen würde mich diese derben Ausrufe stören, so aber bin ich einfach nur unheimlich dankbar, dass Susanne einen Bruder hat, der bereit ist, mir zu helfen.

Während ich die Umgebung im Auge behalte, presse ich mir das Handy immer fester an das Ohr, höre, wie sich Susannes Bruder mit jemandem unterhält, dann arbeitet sich ein dunkles Brummen zu mir durch.

Es wird lauter und lauter.

„Beweg dich nicht von der Stelle. Verstanden Mädchen?"

Soll das ein Witz sein?

Wenn mich mein Verfolger entdeckt, renne ich so schnell ich kann um mein Leben.

„Das ist nicht so leicht."

„Verdammt noch mal! Tu einfach was ich dir sage, und dir wird nichts passieren."

Die geballte Ladung Autorität, die mir aus dem iPhone entgegenschlägt, bringt mein eh schon gehetztes Herz noch mehr durcheinander.

Bis jetzt habe ich noch keinem Mann erlaubt, so mit mir zu sprechen, aber da das hier eine echte Notsituation ist, lasse ich Susannes Bruder seine Grobheit durchgehen.

Erneut höre ich, wie sich mir jemand nähert, die Geräusche kommen von links, mein Puls rast. Um zu verhindern, dass ich einen lauten Schrei ausstoße, beiße ich mir auf die Unterlippe und kauere mich zusammen. Ein Schatten breitet sich vor mir aus, wird mit jedem Schritt, mit dem sich mir die Gestalt nähert, größer und größer ...

Hektisch sehe ich mich nach etwas um, das ich als Waffe benutzen kann. Ich entdecke einen großen eckigen Stein, der direkt neben mir auf dem Asphalt liegt. Schnell schnappe ich ihn mir, nehme ihn fest in die Hand und mache mich zum Angriff bereit.

„Rose ... Komm raus, komm raus, wo immer du bist."

Leise und unheilverkündend hallt die fremde Männerstimme durch die Dunkelheit. Das Blut in meinen Adern gefriert, mir wird schlecht. Säure wandert an meiner Kehle nach oben, lässt mich würgen. Durch das Mikro meines Handys höre ich bollernde Motorengeräusche.

Wie viel sind von den angekündigten zehn Minuten noch übrig?

Was, wenn Susannes Bruder zu spät kommt?

Der Schatten stoppt, baut sich direkt vor mir zu seiner vollen Größe auf.

Ich ertrinke in meiner Angst, kann kaum noch atmen.

„Rose ... Du bist nicht allein!"

Mit hektischen Atemzügen verfolge ich den Schatten mit den Augen, komme bei gepflegten Lederschuhen an. Lasse sie an einer dunkeln Hose nach oben gleiten, bis hin zu einer Jacke, auf dessen Rückseite eine Art Firmenlogo eingestickt ist. Er trägt eine Kapuze, mehr kann ich aufgrund der Dunkelheit nicht erkennen.

Mein Verfolger hat breite Schultern, ist locker 1,80 Meter groß und kommt mir absolut nicht bekannt vor. Ich zermartere mir das Hirn, rufe gedanklich alle Dates und Typen ab, mit denen ich mich im letzten Jahr getroffen habe, aber keiner passt zu dem Schatten vor mir.

Das Handy in der einen und den Stein in der anderen Hand, sehe ich mich um und versuche, einen Ausweg zu finden. Es gibt keinen. Ich sitze in der Falle.

Wenn sich der Stalker umdreht, entdeckt er mich und dann bin ich erledigt. So einfach ist das. Ich habe keine Chance gegen einen Mann von seiner Statur.

„Rose, bist du noch da? Ist alles okay?"

Die raue Stimme von Susannes Bruder reißt mich aus meiner Schockstarre.

Ich will ihm antworten, ihm zuschreien, dass der Verrückte direkt vor mir steht, aber meine Zunge ist wie gelähmt.

Die Furcht entdeckt zu werden, zwingt mich zum Schweigen.

„Rose?“

Bis auf ein leises Schluchzen bringe ich keinen Ton heraus.

Sein „Fuck!“ klingt zornerfüllt, eine vereinzelte Träne rinnt mir über die Wange.

„Halt durch Mädchen, ich bin in drei Minuten da.“

Drei Minuten sind im Vergleich zum Rest meines Lebens nichts, ein Wimpernschlag – der sogenannte Tropfen auf dem heißen Stein.

Aber jetzt könnten sie einfach alles bedeuten.

Mein Stalker scheint meinen Blick in seinem Rücken zu spüren. Mit Entsetzen beobachte ich, wie er sich langsam zu mir umdreht. In der Sekunde, in der er mich entdeckt, verziehen sich seine Lippen zu einem fiesen Grinsen. Ich erschaudere, etwas Silbernes funkelt in seiner rechten Hand. Meine Augen rutschen nach unten, bleiben an einem leicht geschwungenen Dolch hängen.

Mein panischer Schrei verliert sich in der Dunkelheit, eine eisige Kälte breitet sich in mir aus, es fühlt sich so an, als würde ich von innen heraus erfrieren ...

Ein wütendes Brüllen hallt aus meinem iPhone. Susannes Bruder wird im selben Moment wie mir klar, dass er es nicht mehr rechtzeitig schaffen wird ...

3. Kapitel

Bones

„Komm schon Bones, du musst dieser Frau helfen!"

Fuck! Ich muss gar nichts, das ist der Vorteil, wenn man der verfluchte Boss ist.

Susanne sieht mich flehend an, ich kenne den Grund, aus dem meiner Schwester das Schicksal der Fremden nicht egal ist.

Sie identifiziert sich mit ihr. Die Empathie, die mir fehlt, hat meine Schwester zu viel.

Seit der Vergewaltigung vor vier Jahren ist aus dem jungen Mädchen eine tapfere und starke Frau geworden, die nicht davor zurückschreckt, sich mir in den Weg zu stellen.

Und bei allen Höllen! Ich könnte nicht stolzer auf meine kleine Schwester sein.

Sie ist ein guter Mensch, ein verdammt guter Mensch und ich greife auf all meine Ressourcen zurück, damit es auch so bleibt. Ich kämpfe tagtäglich darum, dass die blutige Realität meiner Existenz nicht auf sie überschwappt.

Vor ein paar Monaten hat Susanne sich dazu entschieden, ehrenamtlich für das Heimwegtelefon zu arbeiten. Bis zu dem Zeitpunkt wusste ich noch nicht mal, dass es so etwas überhaupt gibt.

Jetzt sitzt sie acht Stunden die Woche, zum Teil auch nachts, neben einem Handy, das ich ihr extra für diesen Zweck besorgt habe, und spricht mit jungen Frauen, die sich davor fürchten, alleine durch die Dunkelheit zu laufen. Im Prinzip finde ich diese Idee gar nicht schlecht. Aber eben nur im Prinzip. Ich kapiere einfach nicht, warum eine Frau überhaupt alleine durch die Nacht rennt.

Fuck!

Ich kenne diese Welt, ich weiß, wie blutig sie ist und wie viele gestörte Typen nur auf ihr nächstes Opfer warten, und darum werde ich niemals zulassen, dass Susanne jemals wieder ohne Schutz unterwegs ist. Wenn sie wohin will, fahre ich sie, und wenn ich nicht kann, kommandiere ich einen meiner Männer dazu ab.

So einfach ist das!

Ein Telefonat rettet niemanden vor einer Vergewaltigung, die jetzige Situation ist der beste Beweis dafür.

Wir stehen mitten im Clubhaus, während irgendwo in dieser Stadt eine Frau um ihr Leben rennt. Und was können wir daran ändern? Nichts!

Selbst wenn ich wollte, selbst wenn Susanne es schafft, mich dazu zu überreden, zu dem Standpunkt der fremden Frau zu fahren, den wir gerade zu ermitteln versuchen, ist es wahrscheinlich schon zu spät, bis ich ankomme.

Chicago ist groß, und das Mädchen, das so panisch um Hilfe schreit, kann überall sein.

„Bitte Bones. Bitte hilf ihr. Sie hat nicht das Glück, einen gefährlichen großen Bruder zu haben, der sie beschützt."

Ich zögere noch immer.

Diese Frau ist nicht mein Problem. Sie gehört weder mir noch zum Club und ist somit eine unbedeutende Außenstehende.

Susanne zieht einen Schmollmund und sieht mich eindringlich an.

Ich lasse sie eiskalt abblitzen.

„Bitte Bruderherz. Ich bitte dich! Tu es für mich. Allein die Vorstellung, dass ihr dasselbe passiert wie mir ..."

Susannes Augen schimmern feucht, sie kämpft gegen die aufsteigenden Tränen an, wischt sich mit dem Arm über die Augen und hält mir hoffnungsvoll das Telefon entgegen.

„Bitte!"

Fuck! Fuck! Fuck!

Wenn ich nur daran denke, was dieser Bastard meiner Schwester angetan hat, brennen mir die Sicherungen durch und der Drang, jemanden zu töten, wird beinahe übermächtig. Nur das Wissen, dass ich den Bastard längst ausbluten lassen habe, hilft mir dabei, einigermaßen ruhig zu sein.

Ein Knurren ausstoßend, nehme ich ihr das Samsung ab und verkneife mir einen Fluch.

„Ihr Name ist Rose."

„Wenn es dir so viel bedeutet, rette ich die Frau. Aber das ist eine einmalige Sache. Kapiert?"

Erst als Susanne zustimmend nickt, halte ich mir das Telefon ans Ohr.

„Rose?"

Hektische Atemzüge hallen durch den Hörer.

„Ja?"

„Wo bist du?"

„Auf dem Boden, ich verstecke mich im Dreck."

Die Furcht, die in ihrer Stimme mitschwingt, lässt mich nicht kalt. „Fuck!" Wie sollte sie auch? Ich mag ein Killer sein, aber ich bin kein Monster.

„Wo ist der Mann, der dich verfolgt?"

Die Frau schluchzt und keucht.

„Ich weiß es nicht."

„Fuck! Okay. Hör zu. Ich bin Bones, Susannes Bruder. Sobald es uns gelungen ist, dein Handysignal zu orten, komme ich zu dir. Bis dahin verhalte dich leise, bleib wo du bist, und beweg dich nicht von der Stelle! Verstanden?"

Ich zwinge mich dazu, ruhig und deutlich zu sprechen.

„Er kommt näher."

Zorn kocht in mir hoch. Ich stelle mir vor, wie sich meine Schwester vor vier Jahren gefühlt haben muss, und sehe rot.

Roses Stimme zittert, ihre Todesangst ist beinahe greifbar.

Der Drang, dieses fremde Mädchen beschützen zu wollen, wird immer stärker.

Susanne zieht mich am Arm und deutet auf ihren Laptop.

Das Programm hat es endlich geschafft, das Handysignal zu lokalisieren.

„Ich weiß jetzt, wo du bist. Hast du gehört, Rose? Ich komme und hole dich!"

Sie sagt nichts, nur ein leises Schluchzen dringt zu mir durch.

Was eine Scheiße!

„Rose. Hörst du mich?"

„Ja. Beeil dich. Bitte, ich habe solche Angst!"

Das sollte mir egal sein – ist es aber nicht!

Die Stimme der Frau geht mir unter die Haut, sorgt dafür, dass sich meine linke Hand zur Faust ballt und sich die rechte so fest um das Samsung schließt, dass die Hülle unheilvoll zu knacken beginnt.

„Fuck! Ich bin in zehn Minuten da."

Ich präge mir die Straße ein, in der sich Rose aufhält, befehle Susanne, mich auf dem Laufenden zu halten, sollte sich das Signal bewegen und stürme runter in den Hof. Bevor ich an meinem Bike ankomme, kommt mir Skull entgegen.

„Hey Präs, wohin so spät?"

„Hast du Zeit?"

Er nickt.

„Logo. Was steht an?"

„Eine Frau retten."

Irritiert zieht er die Stirn kraus, folgt mir zu den Motorrädern und schwingt sich auf das seine.

„Hast du mehr Informationen?"

Ich schüttle verneinend den Kopf, atme tief durch und drücke mir erneut das Samsung ans Ohr.

In dem Moment, in dem ich ihre keuchenden Atemzüge höre, verspüre ich einen Hauch Erleichterung.

Sie ist am Leben – noch zumindest.

„Beweg dich nicht von der Stelle. Verstanden Mädchen?"

Sie beginnt zu weinen.

„Das ist nicht so leicht."

Meine Wut verstärkt sich, vermischt sich mit dem Adrenalin, das dank der Scheiße, die im Bunker passiert ist, durch meinen Kreislauf pumpt.

„Verdammt noch mal! Tu einfach was ich dir sage, und dir wird nichts passieren."

Mir ist klar, dass ich behutsamer mit der Frau umgehen sollte. Sie hat Angst, wird gejagt und irrt durch die schwarze Nacht.

Aber Fuck!

Diese Rose muss kapieren, dass ich sie erst finden muss, bevor ich sie retten kann.

Ich halte das Gespräch, gebe Skull mit einem Zeichen zu verstehen, dass er mir folgen soll, und drehe am Gas. Tim, ein weiterer unserer Anwärter, rennt los und macht sich daran, das verriegelte Zufahrtstor zu öffnen. Er schafft es, ohne dass ich abbremsen muss – das wird auch sein Glück sein.

Noch weiß er nicht, dass er der Glückliche ist, der noch heute den Bunker reinigen wird.

Es kann nicht schaden, wenn er mit eigenen Augen sieht, zu was ich fähig bin.

Rose befindet sich in der Lower Westside irgendwo in der Cullerton Street.

Unser Clubhaus befindet sich in Lawndale. Von hier bis zu Cullerton Street braucht man unter normalen Umständen knapp dreißig Minuten, aber die hat Rose nicht mehr, mit ein bisschen Glück bleiben ihr zehn und nicht mal das ist sicher.

Der Bullshit könnte verdammt knapp werden.

Mit dem Sergeant im Nacken brettere ich die Straßen entlang, überfahre rote Ampeln und ignoriere jegliche Geschwindigkeitsbegrenzungen.

Mein Puls donnert. Das Letzte was ich heute noch gebrauchen kann, ist ein totes Mädchen. Ich habe keinen Bock, meiner Schwester später klarmachen zu müssen, dass ich zu spät war, um die Frau zu retten.

„Rose, bist du noch da? Ist alles okay?"

Keine Antwort.

„Rose?"

Ich ahne Schlimmes, sehe das Mädchen bereits tot im Dreck liegen.

Als dann endlich ein leises Schluchzen zu hören ist, verspüre ich einen Hauch Erleichterung.

„Fuck!"

Nicht bereit aufzugeben, beschleunige ich erneut.

„Halt durch Mädchen, ich bin in drei Minuten da."

Zumindest hoffe ich das.

Skull zieht neben mich, ich setze den Blinker und wir biegen an der nächsten Kreuzung rechts ab.

Elf Minuten später kommen wir endlich in der Cullerton Street an.

Es ist dunkel, dank dem Handy in meiner Hand weiß ich, dass es kurz nach Mitternacht ist.

Die Straße ist bis auf eine Katze, die auf einem Autodach sitzt, leer. Schwere Wolken verdecken den Mond, sorgen für eine undurchdringliche Finsternis.

Die Befürchtung, dass wir zu spät sind, sorgt für einen bitteren Geschmack auf meiner Zunge.

Wir drosseln die Geschwindigkeit und folgen dem Straßenverlauf.

Ich sehe nichts.

„Verdammt!"

Skull gibt ein Grunzen von sich.

„Sagst du mir, was wir hier mitten in der Nacht machen?"

„Habe ich schon. Wir retten eine Frau."

„Aye, aber welche? Woher kennst du sie?"

Tja ...

„Ich kenne sie nicht."

„Was zum Teufel machen wir dann hier?"

Der Sergeant sieht mich prüfend an, beginnt dann zu lachen.

„Ach Shit! Da steckt dein süßes Schwesterchen dahinter. Richtig?"

Ich murmle ein „Richtig".

„Das hätte ich mir auch gleich denken können. Immer wenn du seltsame Dinge tust, hat Susanne ihre Finger im Spiel."

Da kann ich ihm leider nicht widersprechen.

„Irgendwo hier ist eine Frau, ihr Name ist Rose und sie wird gejagt."

Jegliche Belustigung weicht aus Skull's Mimik.

„Gejagt? Bullshit! Von wem?"

Mit den Schultern zuckend, lasse ich den Blick über die vielen Schatten gleiten. Kann jedoch nichts erkennen.

„Von irgendeinem Psycho."

„Woher weißt du das?"

„Diese Rose hat bei dem Heimwegtelefon angerufen."

Er nickt und brummt. Skull war genau wie ich nicht sonderlich begeistert, als Susanne mit dieser Idee ankam.
„So weit, so gut, aber was hat das mit dem Club zu tun?“
Gute Frage.
„Nichts! Fucking absolut nichts!“
Jetzt lacht er wieder, zumindest so lange, bis der panische Schrei einer Frau durch die Dunkelheit schallt.
„Fuck, Bones. Wir sind zu spät.“
Mein wütendes Brüllen hallt von den Hauswänden wider.
„Vergiss es, das kann ich Susanne nicht antun.“
Entschlossen gebe ich Gas, rase die Straße entlang und folge dem längst verstummten Schrei. Ein oranger Container steht am Straßenrand, die Laterne direkt daneben flackert ein paarmal, ehe ihr Licht endgültig erlischt. Im Augenwinkel mache ich links von mir eine Bewegung aus und lege eine Vollbremsung hin.
Die Reifen quietschen, die Harley stellt sich quer. Skull stoppt ebenfalls, doch ich habe nur Augen für die Szene, die direkt aus einem verdammten Horrorfilm stammen könnte.
Eine dunkle Gestalt, den breiten Schultern nach ein Mann, steht mit gezogener Klinge vor einem auf dem Boden liegenden Mädchen.
Mein Sergeant zieht die Waffe, ich stecke das Samsung ein und springe regelrecht von der Maschine.
Die Gestalt wirbelt herum, entdeckt uns und macht erst einen Schritt auf mich zu, fast so, als ob er mich angreifen wollte, überlegt es sich dann anders und ergreift die Flucht.
Skull gibt ein ungläubiges Zischen von sich, ich hingegen bin einfach nur wütend, dass der Typ die Straße entlangrennt und immer mehr Abstand zwischen uns schafft.
In der ersten Sekunde will ich die Verfolgung aufnehmen, sehe dann aber zu dem reglos vor mir liegenden Mädchen und entscheide mich dagegen.
Skull kapiert, was Sache ist.
„Den Hurensohn übernehme ich!“

Für mich war der Dolch nichts weiter als ein nettes kleines Spielzeug. Es hätte mich kaum Anstrengung gekostet, den Bastard zu entwaffnen und ihn mit seiner eigenen Klinge vom Sack bis zur Nasenspitze aufzuschneiden.
Rose hingegen scheint sich in einem wahr gewordenen Albtraum zu befinden.

Ihre Augen sind vor Schock weit aufgerissen, sie schnappt nach Luft, gibt ansonsten keinen Laut von sich. Dicke Tränen rinnen ihr über die Wangen, sie zittert am ganzen Leib.

Prüfend lasse ich meinen Blick über sie gleiten, kann nicht umhin festzustellen, wie außergewöhnlich schön diese Frau ist.

Zu schön, um alleine durch die schwarze Nacht zu laufen.

Bullshit!

Ihre langen braunen Haare glänzen in dem schalen Licht der Straßenlaternen wie Seide und ihre schneeweise Haut bildet einen deutlichen Kontrast zum schwarzen Asphalt.

Die Frau ist klein, wirklich klein.

Maximal 1,60 Meter, wenn überhaupt. Im Gegensatz zu mir hatte sie keine Chance, sich ihrem Angreifer gegenüber zu verteidigen.

Ich beiße die Zähne zusammen, kämpfe um meine Beherrschung und hoffe, dass Skull den Wichser erwischt.

Ich würde diesem Bastard nur zu gerne den Bunker zeigen.

Wut pulst durch meine Venen, das Monster in mir reißt an seinen Ketten.

Es sehnt sich nach Blut.

„Rose?“

Ich gehe vor dem Mädchen in die Hocke, bemerke erst jetzt, dass der rechte Ärmel ihres Mantels nach oben geschoben wurde und dass ein langer Schnitt ihren zierlichen Unterarm ziert.

Es fällt mir immer schwerer, ruhig zu bleiben und es dem Sergeant zu überlassen, den Bastard einzufangen.

Ich will auf die Jagd gehen – ich will töten!

Doch stattdessen versuche ich mich zu beherrschen, ich versuche, ruhig zu bleiben, um dem Mädchen vor mir nicht noch mehr Angst zu machen.

„Rose?“

Ihre Augen zucken zu mir, es ist leicht zu erkennen, dass ihr Hirn einen Kollaps erlitten hat.

Ich habe keine Ahnung, wie viel sie von ihrer Umgebung bewusst wahrnimmt.

Es ist durchaus möglich, dass sie mit dem Schädel auf den Boden gekracht ist oder geschlagen wurde.

Bis auf den blutigen Schnitt an ihrem Arm kann ich zwar keine weiteren Verletzungen erkennen, aber das hat nichts zu sagen.

Die Tatsache, dass sie komplett bekleidet ist, dass weder ihre Jacke noch ihre Hose offen steht, verrät mir, dass es uns gelungen ist, eine Vergewaltigung zu verhindern.

Immerhin etwas!
„Rose, kannst du mich hören?“
Das leise Wimmern, das ihr über die roten Lippen kommt, klingt so verängstigt, dass es mir schwerfällt, ruhig zu bleiben. Der Schwung ihrer Nase – ihre zierlichen Ohren ...
Fuck! Einfach alles ist faszinierend.
So zart, so zerbrechlich, so schön, wie eine echte Rose.
Jetzt, wo ich die Frau gerettet habe, bin ich hier eigentlich fertig.
Ich habe getan, worum mich meine Schwester gebeten hat.
Rose ist nicht mein Problem. Nichts und niemand hält mich davon ab, auf mein Bike zu steigen und mich wieder zu verpissen.
Im Club warten jede Menge Nutten und literweise Whisky auf mich.
Doch anstatt aufzustehen und zu gehen, bleibe ich, wo ich bin, betrachte die Frau und kämpfe gegen den Drang an, sie von der Straße zu picken und in die Arme zu nehmen.
Ich will Rose die Furcht nehmen, ich will sie beschützen und ihr sagen, dass sie jetzt in Sicherheit ist. *Bullshit!*
Warum? Keine Ahnung. Ich hinterfrage meine Bedürfnisse nicht und stelle meine Entscheidungen auch nie infrage.
Vielleicht geht mir das Schicksal dieses Mädchens so nah, weil es mich an meine Schwester erinnert? Vielleicht auch nicht?
Es ist nicht wichtig. Ich will Rose nicht allein in der Finsternis zurücklassen und darum werde ich es auch nicht tun.
Es hat seine Vorteile, der Boss zu sein.
Das Mädchen vor mir bleibt stumm, starrt mich einfach nur aus weit aufgerissenen Augen an.
„Ich bin Bones, Susannes Bruder.“
Sie bewegt sich leicht. Endlich eine Reaktion.
„Du bist der Mann vom Telefon?“
„Aye, der bin ich.“
Hinter meinem Rücken werden Schritte laut, blitzschnell ziehe ich meine Waffe und wirble herum, bereit, alles und jeden, der sich an dem Mädchen vergreifen will, zu töten.
Doch anstatt des Typen taucht nur Skull auf. Alleine.
„Sag mir, dass du ihn erwischt hast?“
Außer Atem schüttelt er den Kopf.
„Sorry Präs, der Wichser war einfach zu schnell.“
Fuck!
Rose, die sich plötzlich zwei bewaffneten, fremden Männern gegenübersieht, schluchzt und versucht aufzustehen. Sie braucht einige Versuche, schafft es sogar hoch, sackt jedoch sofort wieder in sich

zusammen. Gleich einer Marionette, bei der die Fäden durchtrennt werden.

Ich lasse nicht zu, dass sie auf den Boden knallt, fange sie auf und presse sie an meine Seite.

Der leichte Duft ihres Parfums steigt mir in die Nase, darunter nehme ich eine Nuance ihres ganz eigenen Körpergeruchs wahr.

Selbst wenn ich besser im Umgang mit Worten wäre, könnte ich Roses Geruch nicht beschreiben. Alles was ich sagen kann, ist, dass er eine fatale Wirkung auf mich hat.

Skull sieht mich überrascht an.

Sein Blick gleitet zwischen dem Mädchen und mir hin und her.

„Was jetzt? Hast du vor, die Kleine mitzunehmen?"

Ja, das habe ich tatsächlich. Was äußerst untypisch für mich ist.

Um davon abzulenken, packe ich mir Roses schmales Handgelenk, hebe ihren Arm an und deute mit einem Nicken auf den Schnitt.

„Sie blutet, das muss versorgt werden."

Mein Sergeant beginnt zu lachen, steckt seine Waffe weg und stemmt die Hände in die Hüften.

„Verdammt, Bones! Warum hast du nicht gleich gesagt, dass du auf der Suche nach einem neuen Spielzeug bist? Wir hätten uns diesen ganzen Stress sparen und in den Puff gehen können. Das wäre um einiges leichter und amüsanter gewesen, als irgend so einem Psycho hinterherlaufen zu müssen."

Stimmt, das wäre es.

„Ich brauche kein neues Spielzeug."

„Gut."

„Gut."

Rose beginnt zu weinen und stemmt sich gegen mich. Sie versucht, sich aus meinem Griff zu befreien, was ich nicht zulasse. Ihre Gegenwehr ist süß, mein Schwanz zuckt.

Er hat längst beschlossen, dass er nichts gegen ein neues Spielzeug einzuwenden hätte.

„Wir bringen sie zum Club, Susanne versorgt ihre Wunde und fertig."

Skull zieht die Mundwinkel nach unten, an dem spöttischen Ausdruck in seinen Augen kann ich erkennen, dass er mir kein Wort glaubt.

Ach verdammt! Von mir aus soll er sich ins Knie ficken.

Ich scheiße auf seine Meinung – ich scheiße auf alles!

Wenn ich die Frau einkassieren will – werde ich das tun.

Ende der Geschichte.

4. Kapitel

Rose

Es fühlt sich so an, als würde ich neben mir stehen.

Zwar spüre ich, wie das Blut an meinem Arm entlangläuft und schlussendlich an der Spitze meines Fingers auf den Boden tropft, aber ich spüre keinen Schmerz.

Genauso nehme ich den harten Körper, an den ich gedrückt werde, und die große Hand, die bestimmend auf meinem Rücken liegt, wahr, aber ich kann nicht sagen, ob es sich gut oder schlecht anfühlt, von diesem Biker festgehalten zu werden.

Lauf, lauf so schnell du kannst ...

Ein leises Wispern hallt durch meinen pochenden Kopf. Ich weiß, dass ich auf die Stimme hören sollte, kann jedoch meine Füße nicht bewegen. Ich bin wie erstarrt – vor Furcht und Entsetzen gelähmt.

Du bist nicht allein, Rose ...

Du wirst mir gehören, Rose ...

Genau das hat mein Stalker immer wieder gesagt, während er die scharfe Spitze seines Messers in meine Haut gestochen hat.

Die Erinnerung lässt mich erschaudern, vor meinen Augen wird es schwarz.

Als er kapiert hat, dass er sein perverses Spiel heute nicht zu Ende bringen kann, hat er sich zu mir vorgebeugt, mich am Kiefer gepackt und mir geschworen, dass wir uns wiedersehen werden.

Das war für mich das Schlimmste.

Die Gewissheit, dass diese Nacht erst der Anfang von etwas viel Langwierigerem ist, sorgt dafür, dass ich mich fühle, als würde ich erfrieren. Die eisige Kälte, die sich in mir ausbreitet, erschwert mir das Atmen und verhindert, dass ich zu einem einzigen logischen Gedanken fähig bin.

Ich höre, was die Rocker sagen, sehe die ledernen Kutten und erkenne das Zeichen des *Black Snakes Motorcycle Clubs*.

Die schwarze Schlange, die sich um den dämonischen Schädel schlängelt, ist jedem hier in Chicago ein Begriff.

Sie steht für den Tod, für Gewalt und Gnadenlosigkeit.

Wurde ich von diesen zwei Rockern wirklich gerettet oder steht mir jetzt noch etwas viel Schlimmeres bevor?

Diese schwarzen Schlangen stehen in dem Ruf, brutale Killer zu sein, die mit ihren Feinden kurzen Prozess machen.

Lieber Gott steh mir bei.

Wie groß war die Chance, dass die Frau am Heimwegtelefon ausgerechnet die Schwester des gefürchteten Präsidenten der *Black Snakes* ist?

Minimal! Mehr als gering. Und dennoch ist es so ...

Keine Ahnung, ob ich dem Schicksal für diesen Umstand danken oder es deswegen verfluchen soll?

Wahrscheinlich Ersteres.

Wäre eine andere Ehrenamtliche am Telefon gesessen, was hätte sie schon gemacht, als sie gehört hat, dass ich verfolgt werde? Was hätte sie schon großartig tun können?

Genau. Sie hätte nur die Polizei rufen können und das wäre dann mein Untergang gewesen.

Ich schulde Susanne und ihrem Bruder meinen Dank. Ohne diesen großen, furchteinflößenden und bewaffneten Biker hätte mich mein Stalker mit seiner Klinge in kleine Stückchen zerschnitten.

Kein normaler Mann wäre losgezogen und hätte sich mitten in der Nacht auf die Suche nach einer fremden Frau gemacht, die von einem Psychopaten durch die schwarze Nacht gejagt wird.

Ich erschaudere. Immer mehr Tränen steigen mir in die Augen, mein Sichtfeld verschwimmt.

Erst jetzt, wo ich gerettet wurde, wird mir bewusst, wie knapp das alles war und was für ein verdammtes Glück ich hatte.

Meine Beine geben nach, einzig der Kraft des Rockerpräsidenten verdanke ich es, dass ich nicht erneut auf dem Boden lande. Besorgt sieht er mich an, der Grauton seiner Augen erinnert mich an einen Felsen.

„Fuck Mädchen, alles okay bei dir?“

„Ich glaube nicht.“

Er nickt grimmig, auf seiner Stirn tritt eine Ader hervor.

Es fällt mir nicht schwer, zu erkennen, dass dieser Mann viel gefährlicher ist als der Stalker, der es auf mich abgesehen hat.

Der andere Rocker gibt ein seltsames Geräusch von sich. Bis jetzt habe ich ihn kaum eines Blickes gewürdigt. Ich sehe ihn an, er nimmt meinen Blick gefangen, eine neue Kältewelle ergreift von mir Besitz.

Die Art, wie sich seine dunklen Augen in die meinen bohren, macht mir Angst. Ich kann nicht mehr atmen – nicht mehr denken – will einfach nur noch möglichst weit weg von hier. Der Präsident kapiert, was los ist und gibt ein warnendes Knurren von sich.

Sofort gibt der andere meinen Blick wieder frei. Ich schnappe japsend nach Luft, versuche mich erneut von dem Rocker zu stoßen und scheitere wieder.

Mein kläglicher Versuch, etwas Abstand zwischen uns zu schaffen, bringt mir einen eindringlichen Blick ein.

„Was soll das werden, Rose?“

„Ich muss von hier weg.“

Der Präsident, der sich mir als Bones vorgestellt hat, nickt zustimmend. Ich verbiete es mir, intensiver über seinen Namen oder dessen Bedeutung nachzudenken, sondern konzentriere mich nur noch auf eine einzige Sache – zu überleben!

„Ich bringe dich ins Clubhaus.“

Er sagt das mit solch einer Autorität, dass es einen Moment dauert, bis ich ein entschiedenes „Nein“ über die Lippen bringe.

Der andere Rocker, der mit den toten Augen, lacht und steigt auf sein Motorrad.

„Du bist dir sicher, dass du kein anderes Spielzeug willst, Präs? Ein unkomplizierteres vielleicht?“

Besagter Präs streckt seinem Clubbruder einen Mittelfinger entgegen und befiehlt ihm mit rauer Stimme, dass er sich verpissen soll.

Wie nett …

Es dauert etwas, bis ich kapiere, dass ich das eben erwähnte Spielzeug sein soll.

Sofort schnellt meine Angst wieder in die Höhe.

Ich muss hier weg, sofort.

Liebes Schicksal, einen Stalker gegen zwei bewaffnete Black Snakes zu tauschen, ist vielleicht nicht die beste Idee gewesen.

Das Klingeln eines Handys wird laut. Der eine Rocker steigt auf seine Harley und startet mit einem schnellen Tritt den Motor. Das dunkle Bollern der Maschine hallt in meinem Inneren wider, dann rast er die dunkle Straße entlang und verschwindet schlussendlich aus meiner Sichtweite. Ohne mich loszulassen, zieht Bones ein silbernes Mobiltelefon aus seiner Hosentasche, wischt über das Display und geht mit einem „Hey Schwester“ ran.

Ich höre, wie er mit Susanne telefoniert und ihr versichert, dass es mir den Umständen entsprechend gut geht.

Wie kann es sein, dass die Schwester eines Outlaws ehrenamtlich beim Heimwegtelefon arbeitet? Männer wie ihr Bruder sind schließlich genau die Kategorie Mann, wegen der wir Frauen überhaupt bei dieser Nummer anrufen.

Der Griff, mit dem er mich festhält, lockert sich etwas – das ist meine Chance.

Innerlich bis drei zählend, kratze ich all meinen Mut zusammen, hoffe, dass meine Beine mich jetzt tragen, und stoße mich von ihm.

Damit hat Bones ganz offensichtlich nicht gerechnet, denn es gelingt mir, mich zu befreien. Selber mehr als überrascht beginne ich zu laufen. Meine Knie fühlen sich weich und zittrig an und ich glaube nicht, dass es mir lange gelingen wird, mich auf den Beinen zu halten.

Aber fürs Erste funktioniert's und nur darauf kommt es an.

Der *Black Snake* hinter mir flucht, mit wutdurchtränkter Stimme ruft er meinen Namen, doch ich laufe einfach weiter. Schneller und schneller stürme ich die Straße entlang und hoffe auf ein verdammtes Wunder.

Er verfolgt mich. Zum zweiten Mal in dieser Nacht werde ich gejagt.

Die Dunkelheit verschluckt mich, ich verliere die Orientierung und renne dennoch weiter.

Ich komme bis an die nächste Kreuzung, schaffe es genau bis zur Mitte der Fahrbahn, dann werde ich von hinten gepackt, durch die Luft gewirbelt und gegen eine warme Mauer gedrückt.

Mein Atem kommt schnell und stoßweise und das Herz trommelt mir wie wild gegen die Rippen.

„Hilfe!"

Ich will schreien, bringe jedoch nur ein Krächzen zustande.

Die Straße ist leer, kein Auto ist in Sicht. Umso erleichterter bin ich, als plötzlich ein Streifenwagen auf uns zufährt.

Danke Schicksal!

Erleichterung breitet sich in mir aus, jetzt bin ich endlich in Sicherheit.

Der Wagen stoppt direkt vor uns, zwei Cops steigen aus.

„Lass mich los oder ich sage den Polizisten, dass du mich entführen willst."

Bones Mundwinkel zucken amüsiert – nicht gerade die erhoffte Reaktion.

Die Cops wirken locker, anstatt die Waffen zu ziehen und den kriminellen Outlaw Biker dazu aufzufordern, mich loszulassen, tippen sie sich respektvoll an die Stirn, um den Präsidenten hinter mir zu begrüßen.

Ich glaub, ich bin im falschen Film.

Um die Ernsthaftigkeit meiner Situation zu verdeutlichen, beginne ich wild um mich zu treten.

„Bitte Officer, sie müssen mir helfen, der Mann will mich entführen und in sein Clubhaus verschleppen."

Tja! Zumindest kann Bones nicht behaupten, dass ich ihn nicht gewarnt hätte.

Die zwei Uniformträger tauschen einen kurzen Blick, unternehmen jedoch nichts, um mich aus meiner misslichen Lage zu befreien. Der Dickere der beiden lehnt sich mit dem Ellenbogen am Dach des Einsatzwagens auf.

„Was ist los Bones, macht dein neues Mädchen Ärger?"

Der Dünnere lacht blöd.

„Wenn du Hilfe brauchst, sag' Bescheid, ich mag es, wenn sie ein bisschen wilder sind."

Waaassss ... ???

Diese Nacht wird immer schlimmer. Immer skurriler.

Das ist der beste Beweis dafür, dass die Gerüchte, dass der MC die Cops geschmiert hat, stimmen. Wahrscheinlich stimmen einfach alle Gerüchte, die über die *Black Snakes* im Umlauf sind.

Mein gezischtes „Scheiße!" bringt den Rockerpräsidenten hinter mir zum Lachen. Sein massiver Brustkorb bebt. Während es auf mich den Anschein macht, als würde es ihn überhaupt nicht anstrengen, mich an sich zu pressen, geht mir langsam, jedoch sicher die Kraft aus.

„Wollt ihr euch einen Umschlag extra verdienen?"

Die beiden Polizisten nicken gleichzeitig wie abgerichtete Hunde.

„Bringt die Kleine zum Clubhaus."

Entsetzen flutet meine Venen.

Bones scheint es zu spüren, er raunt mir ein „Keine Angst, ich sorge für deine Sicherheit!" ins Ohr.

Echt jetzt?

Das. Kann. Doch. Alles. Nicht. Wahr. Sein.

Die ganze Nacht über habe ich mir gewünscht, dass wie aus dem Nichts die Polizei auftaucht und mich rettet und jetzt, wo es so weit ist, helfen mir die Beamten nicht, sondern schlagen sich auf die Seite des Bösen.

Wobei ich mir nicht sicher bin, ob Bones wirklich der Böse ist, immerhin hat er sich auf die Suche nach mir gemacht und mich vor dem Stalker mit dem Messer gerettet.

Zu diesem Zeitpunkt der Geschichte war er definitiv der Gute, das hat sich jedoch irgendwann in den letzten zehn Minuten geändert.

Aber warum?

Der Dickere der beiden Cops kommt auf mich zu, ich wehre mich immer mehr, was ihn dazu bringt, die Handschellen zu zücken.

„Das ist gegen die Vorschrift. Ihr könnt das nicht tun!"

Meine Stimme klingt schrill, der Rocker hinter mir gibt ein Schnauben von sich.

Gerade als ich damit rechne, dass mir der Polizist die Eisen anlegt, werde ich herumgewirbelt. Meine Füße baumeln noch immer in der Luft, Bones sieht mich wütend und zugleich nachdenklich an.
Ich wüsste nur zu gerne, was gerade in seinem Hirn vorgeht.
Unsere Gesichter sind sich so nah, dass sein warmer Atem über meine Stirn streift.
Der Geruch von Leder, Mann und Schießpulver steigt mir in die Nase, in meinem Bauch beginnt es wie verrückt zu kribbeln.
Seine stahlgrauen Augen bohren sich so tief in die meinen, dass es sich so anfühlt, als könnte er mir direkt in die Seele sehen.
Seltsam. Anstatt mir vor Angst in die Hose zu pinkeln, löst sich meine Furcht nach und nach auf. Dieser Rocker ist alles, nur nicht sanft und plüschig. Dennoch spüre ich instinktiv, dass er mir nichts tun wird. Was verrückt ist, denn die Art, wie sich seine Finger in meine Arme graben, steht eigentlich für etwas ganz anderes.
„Fuck Rose. Ich will dich nur in den Club bringen, deine Wunde verarzten und dafür sorgen, dass du für heute Nacht in Sicherheit bist.“
Das klingt eigentlich ganz gut ...
„Versichere mir glaubwürdig, dass du ein Zufallsopfer bist, dass es dieser Wichser nicht speziell auf dich abgesehen hat, und ich befehle den Bullen, dass sie dich zu dir nach Hause bringen sollen.“
Scheiße!
Ich will es sagen, ich will, dass meine Lippen formen, was er hören will. Aber ich kann nicht. Bones hat recht. Dieser Überfall war alles nur kein Zufall. Ich war nicht einfach nur am falschen Ort zur falschen Zeit, sondern wurde gezielt gejagt.

Du wirst mir gehören, Rose ...

Die Drohung meines Jägers hallt unheilvoll durch meinen Kopf. Ich schlucke hart, spüre wie mir erneut heiße Tränen über die Wangen rinnen.
Unsere Blicke sind noch immer ineinander verschlungen, mein Herz rast und meine Atmung kommt unregelmäßig.
Die Wärme seines Körpers geht auf mich über, lullt mich ein.
Am liebsten würde ich mich vorbeugen und mich unter der ledernen Kutte, die für Gewalt, Tod und Kriminalität steht, vor dem Rest der Welt verstecken.
Unsicher lecke ich mir über die plötzlich trockenen Lippen, suche nach etwas Weichem in seinem harten Blick. Ich finde etwas, das nach Fürsorge aussieht, und klammere mich daran fest.

„Ich habe Angst. Ich habe ganz fürchterliche Angst, dass er mich wieder erwischt und dann zu Ende bringt, was er mit mir vorhat.“

Bones nickt, so als hätte er genau damit gerechnet.

„In meinem Club bist du sicher.“

Paradoxerweise glaube ich ihm das sofort.

„Bitte lass mich nicht mit den Polizisten allein.“

Dass ich so was jemals zu einem Outlaw Biker sagen würde, hätte ich auch nie für möglich gehalten.

„Versprich mir, dass du brav hinten auf mein Bike steigst und ich schicke die Bullen weg.“

Ohne zu zögern, ja sogar, ohne darüber nachzudenken, tue ich, was er verlangt.

„Ich verspreche es.“

Bones brummt zufrieden, sein Blick legt sich auf meine Lippen, dann gibt er ein knurriges „Fuck!“ von sich und stellt mich vorsichtig ab, hält mich jedoch weiterhin fest.

Keine Ahnung, ob er das macht, weil er befürchtet, dass ich erneut vor ihm davonlaufe oder weil er Angst hat, dass ich einfach umkippe.

Ehrlicherweise muss ich zugeben, dass beides im Bereich des Möglichen liegt.

Es fühlt sich gut an, endlich wieder Boden unter den Füßen zu spüren, und es fühlt sich noch besser an, zu hören, wie Bones den korrupten Polizisten mitteilt, dass ihre Dienste doch nicht mehr gebraucht werden.

5. Kapitel

Bones

Ich verbiete mir, über das, was ich da gerade tue, nachzudenken.

Denn es ist falsch. Mehr als falsch. *Fuck!*

Die Frau, dessen Arme sich so verzweifelt um meine Mitte schlingen, braucht Ruhe, einen Arzt und ein sicheres Umfeld.

Ich kann ihr gerade mal einen Arzt bieten. So etwas wie Ruhe gibt es im Club nicht, dort ist vierundzwanzig Stunden – sieben Tage die Woche was los.

Und Sicherheit? *Bullshit!* Susanne ist bei den *Black Snakes* sicher, weil jeder meiner Brüder weiß, was ihm droht, wenn er meine Schwester auch nur zu lange ansieht.

Sie ist tabu, verbrannte Erde, absolut verboten.

Ich hasse es, dass Susanne so verdammt schön ist, ich hasse es, weil ich weiß, was in den Köpfen der Männer abgeht, wenn sie sie ansehen.

Dennoch! Niemand wagt es, sich meiner Schwester zu nähern, alle behandeln sie mit Respekt und wachen über sie.

Susanne ist sicher – Rose wird es nicht sein, und dennoch bringe ich das Mädchen ins Clubhaus. Was völlig verrückt ist!

Aus Angst, dass Rose vom Bike fällt, fahre ich langsam, nehme die Kurven so vorsichtig wie möglich und achte dabei auf ihre Körperspannung. Bei dem geringsten Anzeichen dafür, dass sie ohnmächtig oder so ’n Scheiß wird, halte ich an und gebe Tim Bescheid, dass er sie abholen muss.

Für den Hinweg haben wir lächerliche elf Minuten gebraucht, das ist absolut rekordverdächtig. Der Rückweg dauert bis jetzt bereits doppelt so lang.

Aber das ist okay, so bleibt mir genug Zeit, das Chaos in meinem Schädel zu sortieren.

Rose hat Todesangst. Sie konnte mir nicht versichern, dass das ein ganz normaler Übergriff war, der so jede Nacht und in jeder Stadt dieses Landes sicherlich mehrfach stattfindet.

Frauen sind schön und schutzlos. Viele Männer nutzen das aus, um sich einfach zu nehmen, was sie wollen.

Fuck! Ich habe das ebenfalls schon getan.

Aber das hier ist anders. Mein Instinkt verrät mir, dass an dieser Geschichte bedeutend mehr dran ist, als ich auf den ersten Blick erkennen kann.

Die Tatsache, dass Rose so verdammt schön ist, dass es fast schon wehtut, sie einfach nur anzusehen, hilft mir nicht gerade dabei, die Sache logisch anzugehen.

Seit das Mädchen hinter mir Platz genommen hat, ist mein Schwanz hart.

Er fordert ein, was nach den Gesetzen, nach denen ich lebe, längst mir gehört.

Das hier ist meine Stadt, ich habe das Mädchen gesucht, gefunden und gerettet – jetzt gehört es mir.

Rose und Susanne werden das mit Sicherheit anders sehen, aber darauf kann ich keine Rücksicht nehmen.

Fucking Heimwegtelefon.

Skull hat sofort erkannt, dass ich diese Frau will. Er nennt sie ein nettes kleines Spielzeug, welch passende Beschreibung.

Wäre Rose meine Schwester, meine Geliebte oder meine Old Lady – würde sie nur auf irgendeine Art und Weise mir gehören – würde ich ganz Chicago nach dem Bastard absuchen, der es gewagt hat, sie anzugreifen.

So aber hat der Wichser noch mal Glück gehabt, er ist entkommen und das hält ihn am Leben.

Zehn Minuten später kommen wir endlich am Clubhaus an. Tim reißt das Tor auf, Skulls Bike steht längst an vorderster Front der aufgereihten Harleys. Ich stoppe neben dem seinen, schalte den Motor aus und lasse meine Hände noch für einen Moment auf dem Lenker liegen.

Warm, klein und zitternd presst sich Roses Körper an meinen Rücken, bringt mein Inneres so ungewollt in Aufruhr.

Die Szene, wie sie reglos, vor Furcht gelähmt und blutend vor mir im Dreck lag, hat sich in mein Hirn gebrannt.

So schutzlos, so schön – wie eine echte Rose.

Mein Schwanz zuckt, presst sich fordernd gegen den unnachgiebigen Denimstoff der Jeans. *Fuck!*

Meine Fingerknöchel werden weiß, ich kämpfe um Kontrolle und Selbstbeherrschung.

Die Frau hinter mir bewegt sich nicht, sie krallt sich weiter an mir fest, als würde ihr verdammtes Leben davon abhängen.

Susanne bemerkt unsere Ankunft, rennt aus dem doppeltürigen Eingang direkt auf uns zu.

„Verflucht, Bones. Wo warst du so lange? Skull ist schon vor einer Ewigkeit zurück gewesen."

Skull musste auch nicht Rose nachjagen.

„Dein Gezicke kannst du dir sparen. Ein *Danke* wäre angemessen."

Susanne senkt schuldbewusst den Blick, murmelt ein *Danke* und geht dann auf Rose, die noch immer reglos hinter mir sitzt, zu.

Die beiden unterhalten sich, ich blende die Stimmen aus, umfasse Roses eiskalte Finger und zwinge sie dazu, mich loszulassen.

Sie löst ihre Hände nur widerwillig von mir. Ich steige ab und muss mir eingestehen, dass es sich überraschend gut anfühlt, mal nicht das Monster, sondern der Retter zu sein.

6. Kapitel

Rose

Es passieren einfach zu viele Dinge auf einmal.

Der Präsident steigt ab, seine Schwester stellt mir viel zu schnell viel zu viele Fragen und mein Puls dröhnt mir in den Ohren.

Mir ist schlecht, vor meinen Augen dreht sich alles und der bittere Geschmack der Todesangst lässt sich einfach nicht runterschlucken.

Ich sitze noch immer auf dem Motorrad des Rockers, finde einfach nicht genug Mut, um abzusteigen. Vorsichtig lasse ich den Blick über das Gelände des *Black Snakes Motorcycle Clubs* gleiten und beobachte entsetzt, wie die Tore der Zufahrt geschlossen werden.

Die Wache trägt nicht nur eine Kutte, sondern auch ein riesiges Maschinengewehr über der Schulter. Und. Das. Mitten. In. Chicago. *Einfach nicht zu fassen ...*

Ich war noch nie hier.

Bis jetzt habe ich mich immer von den Bikern ferngehalten.

Jetzt hingegen sitze ich auf der großen, schwarzen Harley ihres Anführers und vermisse die Wärme seines massiven Rückens.

Susanne, die Frau, der ich meine Rettung zu verdanken habe, redet unablässig auf mich ein und stellt mir Dutzende Fragen.

Es scheint sie nicht zu stören, dass ich bis jetzt keine davon beantwortet habe.

„Brauchst du einen Arzt?"

Ich betrachte den Schnitt an meinem Arm und zucke mit den Schultern.

Seltsamerweise habe ich keine Ahnung, was ich brauche.

Der Schnitt schmerzt längst nicht mehr so sehr wie am Anfang, selbst die Blutung hat endlich gestoppt.

Bones, der nur wenige Schritte von uns entfernt stand, kommt auf mich zu und hebt mich, ohne mich um Erlaubnis zu fragen, von seinem Motorrad.

Die Muskeln in seinen Armen spannen sich an, sind hart wie Stein.

„Den Schnitt versorge ich."

Überrascht sehe ich ihn an.

„Bist du Arzt?"

Seine Schwester beginnt zu lachen.

„Mein Bruder ist alles."

Irritiert sehe ich sie an.

„Alles?"

Sie nickt, geht jedoch nicht weiter auf ihre Aussage ein.

Bones stellt mich ab, sein Blick ruht weiterhin auf meinem Gesicht.

Mir fehlt der Mut, ihn zu erwidern, also sehe ich nach unten und betrachte meine ineinander verschlungenen Hände.

„Hol die Erste-Hilfe-Tasche und bring sie in mein Büro."

Susanne macht sich daran, den Befehl ihres Bruders auszuführen, und lässt uns alleine.

„Du hast Angst."

Rau und dunkel streicht die Stimme des Präsidenten über meine angespannten Nerven.

Als ich mich auch weiterhin weigere, ihn anzusehen, schlingen sich zwei seiner langen Finger um mein Kinn und heben grob meinen Kopf an.

„Du brauchst mich nicht zu fürchten."

„Das bezweifle ich."

Seine Mundwinkel zucken.

„Kluges Mädchen."

Wenn ich wirklich klug wäre, dann hätte ich dafür gesorgt, dass ich niemals hier lande.

Dieser Ort ist gefährlich, mindestens genauso gefährlich wie der Stalker, der es auf mich abgesehen hat.

Seine Augen bohren sich in die meinen, schnell wende ich den Kopf ab und betrachte die nähere Umgebung.

Keine Ahnung wie ich mir einen Rockerclub vorgestellt habe, aber das, was ich sehe, ist sehr passend.

Orange Flammen lodern in verrosteten Ölfässern, an einer hohen Mauer, die den Club vom Rest der Welt abschirmt, wurden unzählige Reifen aufgestapelt.

Stacheldrahtrollen zieren einen Maschendrahtzaun, der Boden ist gepflastert. Zwei Strahler erhellen den Hof. Das Clubhaus ist ein würfelförmiger, mehrere Etagen hoher Betonbau mit kleinen Fenstern, auf dessen Fassade der Totenkopf des Clubs aufgesprayt wurde. Aus der offen stehenden Türe dröhnt laute Musik, Männer fluchen und Frauen lachen.

Es gibt noch weitere Gebäude. Eines sieht aus wie eine dreifache Garage, das andere wie eine Werkstatt. Vor den geschlossenen Rolltoren steht ein großer schwarzer Truck, auf dem ich ebenfalls den Totenkopf, um den sich zwei Schlangen winden, erkennen kann.

Eine Frau stöckelt aus dem Clubhaus. Sie trägt hässliche goldene High Heels, die so aussehen, als hätte sie sie bei Walmart gekauft. Die Absätze sind so lächerlich hoch, dass ich damit rechne, dass sie jede Sekunde umknickt und sich den Knöchel bricht. Erstaunlicherweise schafft sie es an mir vorbei. Ihr kurzer Lederrock wirkt genauso nuttig wie ihre Schuhe, dazu trägt sie viel zu viel Make-up und ein knappes Top.

Ich an ihrer Stelle würde erfrieren.

Die Frau mustert mich skeptisch und wirft Bones dann einen so eindeutigen Blick zu, dass ich rot anlaufe.

Himmel!

Manche Menschen haben absolut kein Schamgefühl.

Bones, der mich beobachtet hat, schüttelt grinsend den Kopf. Es gefällt mir, dass er der Tussi keinerlei Beachtung geschenkt hat, sein Blick hat während der kurzen Szene ununterbrochen auf mir geruht.

„Komm schon, Mädchen. Es wird Zeit, dich zu verarzten."

Mein Blick schnellt zu der offen stehenden Türe.

„Ich glaube, ich will da nicht rein."

„Du hast keine Wahl."

Ach nein?

Nicht bereit, mich noch mehr einschüchtern zu lassen, sehe ich dem Präsidenten direkt in die Augen.

„Ich könnte beschließen zu gehen."

Jegliche Belustigung weicht aus seinen markanten Gesichtszügen.

„Ich werde dir kein zweites Mal den Arsch retten!"

Das Grau seiner Iriden verdunkelt sich, seine Kieferpartie nimmt einen harten Zug an.

Überhaupt ist einfach alles an diesem Bones hart, kantig und unnachgiebig.

Er bewegt sich, zum ersten Mal fällt mir das schwarze Tattoo an seinem Hals auf. Ein Totenschädel, der auf vier Knochen liegt. Sehr unheimlich.

Nicht sicher, was ich sagen soll, beiße ich mir auf die Zunge und beschließe zu schweigen, was dem Biker ein geplagtes Seufzen entlockt.

„Okay. Hör zu, ich sehe mir deinen Arm an, du erzählst mir, was für eine Scheiße da heute gelaufen ist, und dann sehen wir weiter."

Das klingt eigentlich gar nicht so schlecht, dennoch verstehe ich seine Beweggründe nicht.

„Warum hilfst du mir?"

„Weil mich meine Schwester angefleht hat, dich nicht sterben zu lassen."

Ich schlucke.

Das klingt hart, ist aber die Wahrheit. Ohne Susanne und Bones wäre ich verloren gewesen.

Unzählige Sätze schwirren durch meinen Kopf. Einer länger und komplizierter als der andere und in jedem von ihnen geht es um nichts weiter als ein einfaches, aber ehrliches „Danke“.

Er nickt knapp, seine langen Finger schlingen sich grob um meinen Arm, dann zerrt er mich gnadenlos in seine Welt.

Abgestandene Luft, Rauch und Schweiß, gemischt mit jeder Menge Testosteron, schlagen mir entgegen. Große Kerle, allesamt in Leder gekleidet, starren mich an. Die meisten von ihnen haben Bärte im Gesicht, eine Zigarette im Mundwinkel und eine Flasche Bier oder sogar härteren Alkohol in der Hand. Sie starren erst ihren Präsidenten, dann mich und dann seine Hand an meinem Arm an.

Ich will mich genauer umsehen, doch dafür sind Bones Schritte zu groß. Alles was ich erspähen kann, ist eine Bar, eine nackte Rothaarige, die an einer silbernen Stange tanzt, und Billardtische. Das Stimmengewirr ist laut, genau wie die harte Musik, deren Bässe durch meinen Magen wummern. Ich stolpere über eine leere Dose, Bones fängt mich reflexartig auf und flucht.

„Fuck Rose. Pass auf, wo du hinläufst.“

Soll das ein Witz sein?

Wir biegen rechts ab, der Präsident drückt seinen Daumen auf einen Scanner, der sich direkt neben einer silbernen Türe an der Wand befindet. Die Technik erkennt seinen Finger und gewährt uns mit einem leisen Schnappen Zutritt.

Das Büro ist spärlich eingerichtet, jedoch überraschend sauber. Es riecht nach Chlor und Desinfektionsmittel – eine Tatsache, über die ich mir lieber keine Gedanken machen will.

Sein Schreibtisch ist aus dunklem Holz, der Ledersessel, der dahinter steht, sieht gemütlich aus. Ein würfelförmiger Stahltisch steht vor der roten Ledercouch, zu der Bones mich führt.

„Setz dich.“

Nur allzu gern.

Erschöpft lasse ich mich auf das weiche Polster sinken und schließe die Augen.

Meine Füße brennen und meine Knie zittern.

Ich bin kein besonders sportlicher Mensch, die Flucht vor meinem Stalker hat mich an meine Grenzen gebracht. Es wundert mich eh, dass ich es überhaupt geschafft habe, so weit zu rennen. Todesangst macht es möglich.

„Wie geht es dir?“

Ich denke über seine Frage nach und finde keine Antwort. Es gibt keine Adjektive, die passend beschreiben, wie ich mich fühle.

„Wie eine zusammengefahrene, mitten auf dem Highway liegende Katze."

Unter halb gesenkten Lidern beobachte ich, wie Bones sich einen Whisky einschenkt, das Glas mit wenigen Schlucken leert und es umgehend erneut auffüllt.

„Hast du für mich auch einen?"

Jetzt sieht er mich überrascht an.

„Das Zeug ist stark."

„Hoffentlich."

Ich kann was Starkes gebrauchen.

Der Rocker zögert, dann gibt er mir sein Glas. Vorsichtig rieche ich an der goldenen Flüssigkeit, allein der Geruch reicht aus, um mich betrunken zu machen.

„Himmel ..."

Er lacht.

„Aye, wenn du das Glas geleert hast, wirst du dir tatsächlich so vorkommen, als wärst du da oben."

Gut.

„Im Moment fühle ich mich eher, als wäre ich da unten."

Ich deute mit dem Finger auf den Boden, damit er kapiert, dass ich die verdammte Hölle meine.

„Der Bullshit war knapp! Sei froh, dass du weder da unten noch da oben gelandet bist, Rose. Du bist zu jung und zu schön für den Sensenmann."

Dass er mich gerade schön genannt hat, ist mir nicht entgangen, aber es ist die Art, wie er meinen Namen ausgesprochen hat, die ein leichtes Kribbeln in meinem Bauch auslöst.

Zaghaft nippe ich an dem Whisky. Anstatt wirklich etwas zu trinken, benetze ich nur meine Oberlippe mit dem Alkohol und teste so den Geschmack.

Mein Blick ruht dabei auf dem Rocker vor mir.

Er ist so groß und stark. Er muss sich nicht davor fürchten, nachts alleine durch die Stadt zu laufen. Nachdenklich betrachte ich seine Kutte, mustere die Patches und bleibe bei einem roten, auf dem Kopf stehenden Viereck hängen, auf dem ein *1%* eingestickt ist.

Was das wohl zu bedeuten hat?

Direkt daneben befindet sich ein weiterer Aufnäher, auf dem in geschwungener Schrift *Dequiallo* geschrieben steht. Alles sehr merkwürdig.

„Kann ich dich was fragen, Bones?"

Er wirkt vorsichtig.

Fragen scheint der Präsident nicht zu mögen.
„Versuch es. Aber ich warne dich, Rose. Frag nur, wenn du bereit für eine ehrliche Antwort bist.“
Danke für die Warnung.
Bevor ich dazu komme, meine Frage wirklich zu stellen, klopft es an der Tür. Bones macht auf und seine Schwester kommt mit einer großen, ziemlich alt wirkenden ledernen Tasche herein.
Sie stellt die Tasche vor mir auf den Tisch und lächelt mich entschuldigend an.
„Sorry, aber ich verschwinde gleich wieder. Ich kann einfach kein Blut sehen.“
Da ich keine Ahnung habe, wie die restliche Nacht verläuft, nutze ich die Gelegenheit ...
„Dein Bruder hat mir gesagt, was du für mich getan hast. Ich habe keine Ahnung, wie ich mich jemals dafür revanchieren kann. Ohne dich hätte mich mein Stalker vermutlich entführt und in einen fensterlosen Keller gesperrt. Also versuche ich es fürs Erste mit einem Danke. Wenn du jemals bei irgendetwas Hilfe brauchst, dann bin ich für dich da.“
Das mag ziemlich abgedroschen klingen, aber ich meine jedes Wort ernst.
Susanne hat mich gerettet. Hätte sie sich an die Vorschriften gehalten, hätte sie nur die Polizei rufen müssen.
Aber die Cops hätten mich niemals so schnell gefunden und gerettet wie Bones.
Susanne sieht mich nachsichtig an, schnappt sich kurz meine Hand und drückt sie leicht.
„Das war selbstverständlich für mich. Glaube mir. Ich weiß nur zu gut, wie es sich anfühlt, Todesangst zu haben. Wenn mein Bruder sich geweigert hätte, dich zu suchen, hätte ich es selbst gemacht. Die Welt ist gefährlich und wir Frauen müssen zusammenhalten.“
Bones stößt ein wütendes Brummen aus und sieht seine Schwester drohend an.
„Sag so etwas noch einmal und ich werde dich für den Rest deines Lebens einsperren. Ich lasse niemals zu, dass du dich in Gefahr begibst. Die schwarze Nacht ist zu gefährlich für Mädchen wie dich.“
Das ist heftig – echt heftig und zugleich auch irgendwie süß – wirklich süß.
Es muss sich gut anfühlen, einen Beschützer zu haben.
Susanne springt an ihrem Bruder hoch, drückt ihm einen lauten Schmatz auf die Wange und lässt uns dann alleine. Bones schüttelt in einer verzweifelten Geste den Kopf und murmelt irgendetwas über

seinen Untergang und Naturgewalten. Mir ist sofort klar, dass er seine Schwester damit meint.

„Trink das Glas leer, der Whisky hilft gegen die Schmerzen."

Bei dem Wort *Schmerzen* läuft es mir eiskalt den Rücken runter.

Vielleicht sollte ich doch ins Krankenhaus gehen?

Vielleicht sollte ich jetzt auch einfach die Zähne zusammenbeißen und tapfer sein?

Entschlossen, die Sache hinter mich zu bringen, setze ich das Glas an meine Lippen, kneife die Augen zusammen und schütte mir die Flüssigkeit in die Kehle, die sich daraufhin anfühlt, als würde sie in Flammen aufgehen.

„Oh Scheiße!" Mein Ausruf entlockt dem Präsidenten ein Schmunzeln. Ich kann ganz genau spüren, wie sich der Whisky in meinem Magen ausbreitet.

Die Kälte verschwindet aus meinem Inneren, macht einer wohligen Wärme Platz.

„Noch einen?"

Unsicher betrachte ich den Schnitt an meinem Arm und nicke dann zaghaft.

„Ja, ich denke, das könnte nicht schaden."

Bones scheint derselben Meinung zu sein, denn er füllt das Glas erneut bis zum Rand auf.

Himmel!

Kaum dass ich es geleert habe, macht er die Tasche auf, holt ein Desinfektionsspray, eine Nadel, Faden und anderes Zeug hervor.

Es kostet mich einiges an Willenskraft, dass ich ruhig sitzen bleibe und nicht aufspringe und die Flucht ergreife.

Bones spürt, wie es in mir aussieht, sieht mich direkt an und zieht eine Augenbraue in die Höhe.

„Bevor Susanne aufgetaucht ist, wolltest du mich etwas fragen."

Stimmt.

„Jetzt bin ich mir da nicht mehr so sicher."

„Angst vor der Antwort?"

Ich nicke.

„Ja. Ein bisschen."

„Stell sie trotzdem! Jetzt hast du die Gelegenheit dazu. Sobald ich mit dem Nähen fertig bin, werde ich derjenige sein, der die Fragen stellt. Also nutze die Chance, denn ich werde auf Antworten bestehen!"

Uiuiuiuiui ... Das klingt nicht gut.

Mein Fluchtinstinkt wächst und wächst, vorsichtig riskiere ich einen Blick Richtung Türe.

„Versuch es ruhig. Aber du wirst nicht weit kommen.“ Er macht eine kurze Pause und presst seinen Mund dabei so fest zusammen, dass seine Lippen weiß werden. „Wir sind noch nicht miteinander fertig.“

Nach und nach entfaltet der Whisky seine Wirkung, vor meinen Augen verschwimmt alles. Wenn er es so will, dann bekommt er eben seine Frage.

„Was hättest du mit dem Stalker gemacht, wenn du ihn erwischt hättest?“

Sein Blick bohrt sich in den meinen, das Grau seiner Augen wirkt hart und kalt. Auf einen Schlag wirkt absolut alles an diesem Rocker unerbittlich und gnadenlos.

„Willst du Details hören?“

„Nein. Mir reicht das Ergebnis.“

„Ich hätte ihm erst seine verdammte Klinge in die Brust gerammt und ihm dann das Genick gebrochen.“

Mein vom Whisky schachmatt gesetztes Hirn benötigt einen Moment, um das Gehörte zu verstehen.

„Du hättest ihn getötet? Wegen mir?“

„Wegen dir, wegen Susanne – wegen allen Frauen in dieser verdammten Stadt.“

Oh weia! Das ist heftig.

Ich weiß, dass Selbstjustiz falsch ist, aber in dem Fall wäre ich mit Bones Plan mehr als einverstanden gewesen.

Noch immer bin ich in seinem Blick gefangen, finde einfach nicht die Kraft, mich von ihm zu lösen.

„Danke.“

Meine Stimme ist nicht lauter als ein Wispern, aber er hört es und deutet ein Nicken an.

„Nicht dafür, Mädchen.“

Wenn nicht dafür?

Wofür zur Hölle denn dann?

7. Kapitel

Bones

Vorsichtig setze ich den letzten Stich, beobachte Rose dabei genau und erkenne, dass sie kurz davor ist, das Bewusstsein zu verlieren.

Der Schmerz in Kombination mit der ausgestandenen Todesangst, dem Adrenalin, das ihr Körper noch immer nicht abgebaut hat, und dem Whisky knockt sie nach und nach aus. Und das ist gut so.

Je schneller sie ohnmächtig wird, umso eher habe ich eine Verschnaufpause.

In der Nähe dieser Frau sind meine Nerven bis aufs Äußerste angespannt, es fällt mir schwer, klar zu denken.

Ihr Duft steigt mir bei jedem Atemzug in die Nase und löst unerwartete Sehnsüchte aus.

Dazu das Gefühl ihrer weichen Haut unter meinen Fingern – das alles ergibt einen gefährlichen Mix.

Schnittwunden, Schusswunden und gebrochene Knochen sind im Club keine Seltenheit. Keine Ahnung wie oft ich in der Vergangenheit schon die Wunde eines Bruders oder sogar mich selbst genäht habe. Weniger als hundert, aber gewiss schon Dutzende Male. Aber noch nie ist es mir so schwergefallen wie jetzt.

Fuck! Ich muss mit mir kämpfen, damit ich die Nadel durch Roses helle Haut stoße und jedes Mal, wenn sie gepeinigt zusammenzuckt, wächst mein Hass auf den Bastard, der sie gejagt hat. Rose hat von einem Stalker gesprochen, wenn das stimmt, dann steckt das Mädchen bis zum Hals in Scheiße, aus der sie niemals alleine rauskommt.

So eine Geschichte kann tödlich enden.

Ich war noch nie von einer Frau besessen, aber verdammt, Rose hat das Potenzial, in jedem Mann das Böse zu wecken.

Sie ist klein, zart, schutzlos und schön. Eine gefährliche Kombination, die bei Männern wie mir gewisse Sehnsüchte weckt.

Das Monster in mir reißt an seinen Ketten, es will das Blut von ihrem Arm lecken, es kosten und noch mehr davon vergießen.

Die Stimmen in meinem Kopf schreien mich an. Sie fordern mich auf, Rose zu beißen, meine Zähne in ihrer Kehle zu versenken und sie dabei so hart zu ficken, bis sie nicht mehr laufen kann.

Nicht bereit, das Mädchen meinen Monstern zu opfern, zwinge ich jeden noch so winzigen Gedanken aus meinem Kopf und konzentriere mich ganz auf die Aufgabe, Rose zu verarzten.

Sie ist tapfer, sie zuckt nicht zurück und verkneift sich jedes Jammern. Wären da nicht die salzigen Tropfen, die ihr aus den Augen rinnen, würde ich fast meinen, dass der Whisky ihr den Schmerz genommen hat.

Aber so ist es nicht, und das bringt mich beinahe um.

Fuck!

Fuuucckkkk!

Es sollte mir egal sein, ob das Mädchen leidet.

Diese. Frau. Ist. Nicht. Mein. Problem.

Aber warum zum Teufel fühlt es sich dann so an, als ob sie es wäre?

„Du hast es fast geschafft."

Sie schüttelt den Kopf.

„Nein, diese Nacht war erst der Anfang. Er wird mich kriegen, er wird mich finden. Ich bin allein und bin es nicht. Ich bin verloren ... "

Ihre Zunge bewegt sich schwer, sie lallt und ist kaum noch richtig bei sich.

Zorn und Wut kochen in mir hoch, ihre Worte schupsen mich auf einen Abgrund zu.

„Wer wird dich kriegen?"

„Der Mann mit dem Messer."

Sie spricht immer undeutlicher, ich kann sie kaum noch verstehen.

Ich will Rose versprechen, dass es nicht so kommen wird, ihr schwören, dass ich sie beschützen werde, doch ich tue es nicht.

Mit ruhiger Hand setze ich den letzten Stich, desinfiziere alles noch mal und wickle einen Verband um den Arm.

Zum Schluss hole ich eine Spritze aus der Tasche und verpasse ihr eine Ladung Antibiotika, das hoffentlich eine Infektion verhindern wird. Von der Injektion bekommt Rose nichts mehr mit, ihre Augen sind geschlossen und ihre Atmung kommt langsam und gleichmäßig.

Bewusstlos sieht sie aus wie eine schlafende Disneyprinzessin.

Prüfend drücke ich zwei Finger auf ihre Halsschlagader, ertaste ihren Puls, beginne zu zählen.

Er ist niedrig aber noch im normalen Bereich.

Ich will lieber gar nicht erst darüber nachdenken, wie pervers es ist, dass ich das leichte Klopfen an den Fingern erregend finde und mein Schwanz erneut zu zucken beginnt.

Bullshit! Ich bin kein Märchenprinz, ich gehöre nicht zu den Guten. Trotzdem reiße ich mich zusammen und schiebe die verstörenden Bilder, in denen ich das ohnmächtige Mädchen hart ficke, aus meinem Kopf.

Der Drang, Rose zu packen, wird beinahe übermächtig!

Die Fäuste ballend, springe ich auf, trete einen Schritt zurück, schaffe Abstand und fahre mir mit den Händen durch die Haare. Ich ziehe an ihnen, reiße so fest an meiner Kopfhaut, bis ein schmerzhafter Schauer über meine Schultern rollt.

Ich brauche Abstand, oder ich kann für nichts mehr garantieren!

Aber bevor ich mich auf die Suche nach einer Bitch mache, muss ich Rose in Sicherheit bringen. Hier, auf der Couch in meinem Büro, kann sie nicht bleiben. Am besten bringe ich sie rauf in meine Wohnung, lege sie in mein Bett, sperre das Schlafzimmer ab und schmeiße den Schlüssel weg.

So lächerlich es klingen mag, aber im Moment, braucht Rose vor nichts und niemanden mehr Schutz als vor mir ...

Zwanzig Minuten später stehe ich im Hof und zünde mit eine Lucky an. Das Blut von den drei Typen im Bunker habe ich mir endlich von der Haut gewaschen. Jetzt müssen nur noch die Leichen verschwinden und die Sache ist erledigt. Bei Sonnenaufgang werde ich mich zusammen mit Cube auf die Suche nach dem Asiaten im Hafen machen. Mit ein bisschen Glück kriegen wir einen Großteil des Koks zurück. Vier Kilo sind eine Menge, die ein einzelner Dealer nicht so einfach strecken, verpacken und verkaufen kann.

Mit dem Geld, das die Ratten im Schließfach versteckt haben, sollten die Verluste beinahe ausgeglichen sein.

Was ein Bullshit!

Der Tag war lang und anstrengend.

Eine kleine Hand legt sich auf meinen Arm, ich weiß sofort, dass es Susanne ist.

„Es ist spät. Geh endlich ins Bett!“

Genau wie erwartet, missachtet sie meinen Befehl, stellt sich auf die Zehenspitzen und schlingt ihre Arme um meinen Nacken.

„Sei nicht immer so grummelig. Du bist auch noch wach.“

„Das kann man nicht vergleichen.“

Sie drückt mir ein Bussi auf die Wange und lehnt sich an mich.

„Wo ist Rose?“

Fuck!

„In meinem Bett.“

Sofort löst sie sich wieder von mir und sieht mich aus zusammengekniffenen Augen an.

„Was hast du mit ihr gemacht?“

„Nichts.“ Und genau deswegen ist meine Stimmung auch so beschissen.

Susanne glaubt mir nicht, verschränkt kämpferisch die Arme vor der Brust.

„Scheiße, Bones. Was macht die Frau dann in deinem Bett."

Nicht bereit, mir dieses Gezicke anzutun, sehe ich drohend auf meine Schwester herab. Jeder meiner Männer hätte spätestens jetzt begriffen, dass es besser ist, mir meine Ruhe zu lassen, zumindest, wenn er nicht mit einem gebrochenen Rückgrat im Dreck landen will. Susanne hingegen lässt sich von mir nicht einschüchtern. Das macht mich stolz, besonders wenn man bedenkt, wie ängstlich sie nach der Vergewaltigung vor vier Jahren war.

„Rose hat, während ich ihre Wunde versorgt habe, das Bewusstsein verloren. Mein Bett ist für sie der sicherste Ort in diesem Irrenhaus. Also habe ich sie dahin gebracht."

Das scheint sie zu beruhigen.

„Es ist für sie da nur sicher, solange du dich von dem Ort fernhältst."

Da ist was Wahres dran.

„Was glaubst du, warum ich hier stehe und eine rauche, anstatt die Kleine hart zu ficken?"

„Weil du weißt, dass ich dir den Schwanz abschieße, wenn du sie anrührst."

Falsch. Weil ich weiß, dass die Rose an mir zerbrechen würde.

„Ganz genau. Und jetzt geh ins Bett und lass mir noch ein paar Stunden meine Ruhe. Du hast mich heute schon genug Nerven gekostet."

Ich sage das in einem Ton, der keine Widerrede duldet, Susanne kapiert dennoch, dass ich nicht wütend auf sie bin.

„Gut. Ich geh schlafen. Aber nur, wenn du mir versprichst, dass du heute Nacht in deinem Büro auf der Couch pennst."

Tja, mein Schwesterherz kennt mich eben nur zu gut.

„Das ist der Plan und jetzt hau endlich ab."

Erneut drückt sie ihren Mund auf meine Wange, dann verschwindet sie endlich und lässt mich mit dem Chaos in meinem Hirn zurück.

Ich rauche die Kippe fertig, sehe mich nach einer Nutte um und werde sofort fündig.

Lexi sitzt auf der Bank an dem letzten noch brennenden Feuer, sie raucht einen Joint und beobachtet die Flammen.

Als sie mich kommen sieht, rutscht sie zur Seite. Ohne ein Wort zu sagen, setze ich mich zu ihr auf die Bank, ziehe sie auf meinen Schoß und nehme ihr den Joint ab.

Den süßen Rauch tief inhalierend, halte ich die Luft an und gebe dem Hasch so die Möglichkeit, seine Wirkung zu entfalten.

Ebenfalls schweigend, schiebt Lexi ihre Hände unter meinen Hoodie, streicht über die Rillen meiner Bauchmuskeln und öffnet dann geschickt meinen Gürtel.

Ich lasse den angehaltenen Rauch entweichen, forme Ringe und blase sie gen Nachthimmel. Sie steigen dem Vollmond entgegen, nehmen einen Teil der Anspannung, die mich seit Stunden fest im Griff hat, mit auf die Reise.

„Man erzählt sich, dass du heute einen harten Tag hattest, Präsident."

Es wundert mich nicht, dass sich der Bullshit aus dem Bunker in Windeseile herumgesprochen hat. Im Gegenteil, genau darauf hatte ich gehofft. Furcht ist eine mächtige Waffe und ich habe vor, sie zu meinen Gunsten einzusetzen.

Ich sage nichts, vergrabe meine Faust in Lexis langen, schwarzen Haaren und drücke sie vor mir zu Boden. Ihre nackten Knie landen auf den Pflastersteinen. Sie beschwert sich nicht, sondern zieht meine Jeans nach unten und packt mich an den Eiern.

Mein Schwanz, der dank Rose schon seit einer gefühlten Ewigkeit darauf wartet, zum Einsatz zu kommen, reagiert sofort und pumpt sich mit Blut voll.

Die Bitch spielt mit mir, reibt über die komplette Länge und kreist mit der Daumenkuppe über den Schlitz an der Spitze.

„Fuck!"

Sie grinst zufrieden, leckt sich die Lippen und gibt willig nach, als ich sie bestimmend auf meine Erektion drücke.

Ich tauche in die feuchte Hitze, beiße die Zähne fest zusammen und genieße das einzigartige Gefühl, das einem Mann nur die enge Kehle einer Frau geben kann.

Ich rauche den Joint fertig, schnippe den Stummel in die Flammen.

Der Rest meiner Geduld zerplatzt. Stöhnend gleite ich mit meiner Eichel wieder und wieder über ihren glatten Gaumen.

Gekonnt beginnt Lexi meinen Schwanz mit ihrer Zunge zu massieren. Sie sieht zu mir nach oben, unsere Blicke treffen sich, ich ramme mich entschlossen tiefer in ihre Kehle. Sie würgt, stemmt die Handflächen gegen meine Schenkel und versucht sich abzudrücken, was ich jedoch verhindere.

Entschlossen sie in Position zu halten, umfasse ich ihren Nacken.

„Hör auf zu zicken, Bitch!"

Eine vereinzelte Träne rinnt ihr über die Wange, das Monster in mir beginnt zufrieden zu knurren.

Oh yeah!

Das hier ist der perfekte Abschluss eines beschissenen Tages.

Langsam, jeden Zentimeter genießend, ziehe ich mich zurück, nur um mich einen Atemzug später erneut in ihren Mund zu schieben. Eng und nass liegen ihre Lippen auf meiner Härte, etwas Speichel tropft ihr über das Kinn und ihre Wimperntusche ist verschmiert.

Lexi gibt nach, überlässt mir die Kontrolle und fügt sich meinem Willen.

Geht doch ... Ich lockere meinen Griff und lasse ihr etwas mehr Freiraum.

Züngelnd saugt sie sich an mir fest, umspielt die Unterseite meines Schafts und wippt mit ihrem Kopf in einem grandiosen Rhythmus vor und zurück – nicht schlecht!

Stöhnend lasse ich meinen Kopf in den Nacken fallen, schließe meine Augen und genieße das Gefühl.

Das ist genau das, was ich jetzt brauche.

Mit jedem Atemzug fällt mehr und mehr Anspannung von mir ab.

Ich schließe die Augen, denke an Rose und an die Art, wie mich dieses Mädchen angesehen hat. Fuck!

Bescheuert wie ich bin, stelle ich mir vor, dass es ihre langen Haare sind, die ich mir um die Faust wickle, und dass es ihr leises Stöhnen ist, das durch meinen Schwanz vibriert.

Die Fantasie gibt mir einen Kick, sorgt dafür, dass ich noch härter werde ...

Lexi ist tapfer, schluckt mich wieder und wieder, gibt verdammt noch mal alles, um mich zufriedenzustellen.

Kluge Bitch!

Keine Ahnung wie lange ich den schnellen, tiefen Rhythmus beibehalte.

Irgendwann halte ich die Reibung nicht mehr aus, sämtliches Blut rauscht von meinem Hirn in meinen Unterleib – dann explodiere ich.

Ein Brüllen ausstoßend, schiebe ich mich ein letztes Mal bis zum Anschlag in die enge Hitze und pumpe meinen Samen Schub für Schub in den Bauch der Bitch.

Heilige Scheiße ...

Ein Zittern durchläuft mich.

Das. War. Gut!

Langsam löse ich meine Finger aus Lexis Haaren, öffne die Augen und lasse zu, dass die Realität mit voller Wucht zurückkommt.

Drei meiner Brüder haben mich wegen vier lächerlichen Kilo Koks verraten, im Bunker liegen ihre zerstückelten Leichen und in meinem Bett liegt ein Mädchen, dass so fucking schön ist, dass es fast aus einem verdammten Märchen stammen könnte.

Rose – Bones – unsere Namen verraten alles.

Rosen und Knochen – wir könnten nicht unterschiedlicher sein.

Dazu kommt ein Stalker, der mir prinzipiell egal sein sollte, es dummerweise aber nicht ist. Mir war schon heute Morgen nach dem Aufstehen klar, dass der heutige Tag so richtig beschissen wird. Aber das ganze Ausmaß seiner Beschissenheit hat sich erst nach und nach gezeigt. Die einzigen guten fünf Minuten waren die, die ich in der Kehle dieser Nutte verbracht habe. Vielleicht sollte ich Lexi noch schnell ficken und mir weitere fünf Minuten Frieden gönnen, ehe das Schicksal beschließt, mir noch eine Wagenladung Bullshit vor die Füße zu kippen.

„Steh auf."

Die Bitch wischt sich mit dem Handrücken über den Mund, ehe sie wankend auf die Füße kommt.

„Was jetzt?"

Sie wirkt irritiert, ich kann es ihr nicht verübeln. Für gewöhnlich bin ich nach einem Blowjob zufrieden. Die letzten zwölf Stunden waren alles, nur eben nicht *gewöhnlich*, und darum brauche ich heute mehr.

„Beug dich über die Bank."

Sie tut es, ich schiebe ihren Rock nach oben und entblöße zwei pralle Arschbacken, zwischen denen ein roter Faden verschwindet.

Einen Ruck später ist der Tanga verschwunden. Ich reibe durch den feuchten Spalt, verpasse Lexis Rückseite einen leichten Klaps und beobachte zufrieden, wie sich die Haut an der Stelle rot färbt.

Ungeduldig ziehe ich meine Finger zurück.

Zerfetze ihr Top und den BH darunter.

Meine Ungeduld wallt auf, ich kneife sie in die Nippel und entlocke ihr so ein lustvolles Keuchen.

Es ist der Bitch deutlich anzusehen, dass sie nicht weiß, wie sie gerade mit mir umgehen soll.

Tief einatmend zwinge ich mich dazu, zumindest einigermaßen ruhig zu bleiben.

Es ist nicht Lexis Schuld, dass ich kurz vorm Durchdrehen bin. Erkundend lasse ich meine Finger über ihren Bauch bis hinab zwischen ihre Schenkel gleiten.

Sie ist zwar feucht, doch für meinen Geschmack nicht ausreichend genug.

Um sie auf das Kommende vorzubereiten, schiebe ich meine Finger in ihre Pussy, drücke gegen die Innenwände und reibe mit dem Daumen kreisend über ihren Kitzler.

Sie zuckt und biegt den Rücken durch, kommt mir willig entgegen.

Ich will sie zum Schreien bringen, also lege ich so richtig los. Mit der Zunge über ihren Hals leckend, genieße ich den unverkennbaren Geschmack von Frau, der sich auf meiner Zunge ausbreitet.

Sie packt mich am Schwanz, drückt zu, bringt mich zum Zucken.

Lexi weiß, wie's läuft.

Entschlossen schiebe ich ihre Beine noch etwas weiter auseinander, teile mit den Fingern ihre Falten und betrachte im Schein des flackernden Feuers das kleine, feuchte Loch, in das ich mich gleich stoßen werde.

Ihre Falten sind nass und geschwollen – das absolute Paradies.

Ohne meinen Blick von ihrer perfekten Muschi abzuwenden, hole ich das Kondom aus meinem Portemonnaie und bringe mich vor ihr in Position.

Fuck! Jetzt oder nie ...

An die Frau in meinem Bett denkend, streife ich mit den Fingern durch Lexis nasse Spalte, gehe kurz in die Knie und lecke durch den zuckenden Schlitz.

Ihr moschusartiger Geruch steigt mir in die Nase, ihr Geschmack explodiert auf meiner Zunge. Ich spüre die Anspannung, die sich in ihrem Unterleib aufbaut, und ramme zwei meiner Finger tief in sie hinein.

Kurz bevor sie zum Höhepunkt kommt, höre ich auf, beiße mich an ihrer Schulter fest.

Irgendwo hinter uns pfeift jemand, dann ertönt Skulls Stimme.

„Was jetzt, Präs? Wo ist dein Spielzeug?"

„Fick dich, Sergeant!"

Er lacht.

„Wenn du die Rose nicht willst, warum hast du sie dann hergebracht?"

Von nicht wollen kann nicht die Rede sein. Und warum sie hier ist?

Verdammt! Keine Ahnung.

Wenn ich schlau bin, schmeiße ich das Mädchen bei Sonnenaufgang nicht nur aus meinem Bett, sondern auch direkt aus dem Club.

Frauen wie Rose bringen alles durcheinander.

Dieses Mädchen hat einen Arsch voller Probleme, die mich absolut nichts angehen.

Ich habe sie gerettet, verarztet und gewähre ihr ein paar Stunden Sicherheit. Aber das wars dann auch schon.

Ich bin kein fucking Märchenprinz, ich bin Bones, der Präsident des *Black Snakes Motorcycle Clubs*. Ich jage und töte, ich breche Knochen und ich führe ein Leben, in das eine zerbrechliche Rose nicht passt.

Wenn ich das Mädchen anrühre, dann ist das, als würde ich ihr die Blüte abschneiden, als würde ich sie entwurzeln. Für eine kurze Zeit wäre die Rose noch schön, aber dann würde sie verwelken und sterben.

Rosen brauchen Licht, ich existiere im Schatten.

„Also warum, Präs?“

Skull kapiert nicht, dass er nervt – er erwartet eine Antwort.

„Das war ein Fehler!“

Er nickt, betrachtet die fast nackte Bitch unter mir.

„Yeah, das sehe ich auch so. Wie wär's, wenn ich mich um den Fehler kümmere?“

Allein der Gedanke, dass Skull Rose anrührt, sorgt dafür, dass ich meine Waffe ziehen und unserem Sergeant at Arms mein komplettes Magazin in die Brust ballern will.

„Komm dem Mädchen zu nahe und du wirst es bereuen.“

Überrascht zieht er eine Augenbraue in die Höhe.

„Du drohst mir wegen der Tussi?“

„Yep.“

Er nickt, sieht aber nicht so aus, als würde er mein Handeln verstehen.

Gut. Dann geht es ihm wie mir.

Ich habe ebenfalls keine Ahnung, warum mich diese Rose so durcheinanderbringt.

Nicht bereit, mir diese Nummer verderben zu lassen, blende ich Skull einfach aus, rolle mir das Kondom über den Schwanz und ramme mich mit einem kraftvollen Stoß in die feuchte Hitze.

Lexis Pussy zuckt und passt sich meiner Härte an.

Es kostet mich einiges an Kraft, nicht sofort in einen gnadenlosen Rhythmus zu fallen.

„Mehr. Fick mich, Bones.“

Lexi feuert mich an, sorgt dafür, dass mir die Sicherungen durchbrennen.

Ich tue was sie will und ramme mich wieder und wieder in sie.

Vor meinen Augen flimmert es. Nicht in der Lage, mich auch nur eine Sekunde länger zu beherrschen, nehme ich mir, was ich so dringend brauche.

Lexis Schreie werden immer lauter, ihr Körper zuckt unkontrolliert und ihr Inneres zieht sich krampfend zusammen.

Eine dünne Schweißschicht bildet sich in meinem Nacken.

Ich spüre, wie sich meine Hoden pochend zusammenziehen und sich für den nächsten Schuss bereit machen.

Von Lust getrieben nehme ich sie noch etwas härter, werfe den Kopf in den Nacken und brülle meine Erlösung heraus.

Die Bitch kommt zeitgleich mit mir, ich spritze meinen Samen in das Kondom und beiße dabei die Zähne so fest zusammen, dass es knackt.

Skull, der uns weiter beobachtet hat, lacht und schüttelt den Kopf.

„Das soll mal einer verstehen. Anstatt das süße Mädchen fickst du eine dumme Bitch."

Bevor ich ihm eine verpassen kann, geht er weiter und verschwindet im Clubhaus.

Im ersten Moment will ich ihm folgen, ihn meine Faust schlucken lassen.

Aber was würde das bringen?

Er hat recht.

Ich verstehe diesen ganzen Bullshit ja selbst nicht.

Da liegt ein Mädchen in meinem Bett, das so perfekt ist, dass ich fast nicht glauben kann, dass es echt und nicht meiner Fantasie entsprungen ist, und anstatt es mir zu packen, tobe ich mich an einer Nutte aus.

Das ist ein Witz. Ein echt übler Witz, über den ich absolut nicht lachen kann.

Wenn ich jetzt rauf in meine Wohnung gehen und mir die Rose packen würde, würde mich niemand davon abhalten. Es wäre mein gutes Recht, es zu tun, doch ich nutze es nicht, sondern halte mich von dem Mädchen fern.

Warum?

Ganz einfach.

Weil mich diese Rose an meine Schwester erinnert.

Nicht optisch, aber dennoch ... Dieses Zerbrechliche, diese Schutzlosigkeit haben beide Frauen an sich.

Vielleicht ist genau diese Hilflosigkeit das, was mich so anzieht?

Ich weiß es nicht und es spielt auch keine Rolle.

Ich habe Susanne versprochen, dass ich Rose rette, und das habe ich getan. Fürs Erste jedenfalls. Aber wenn ich das Mädchen weiter hierbehalte, in meiner Nähe und in meinem Club – dann kann ich für nichts garantieren.

Mag sein, dass Rose einen Stalker hat, aber verdammt, ich lege meine Hand dafür ins Feuer, dass dieser Mann nicht annähernd eine so große Gefahr für diese Frau darstellt wie ich.

Morgen bei Tagesanbruch muss Rose verschwinden, sie muss gehen und darum beten, dass sich unsere Wege kein weiteres Mal kreuzen.

Ich schaffe es ein Mal, einer Versuchung zu widerstehen, vielleicht auch noch ein zweites aber garantiert kein drittes Mal.

Mit einem Ruck ziehe ich mich aus der Bitch heraus, rolle das Kondom ab und werfe es ins Feuer, es verbrennt mit einem Zischen.

Kaum dass ich meinen Schwanz zurück in die Hose geschoben und den Gürtel geschlossen habe, marschiere ich ebenfalls zurück ins Clubhaus, schnappe mir an der Bar ein frisches Bier und verschwinde in meinem Büro.

What a Fuck!

Es wird wirklich Zeit, dass diese Nacht endet!

8. Kapitel

Rose

Müde drehe ich mich auf die Seite, strecke meine Beine aus und wundere mich, noch immer im Schlaf gefangen, warum mir einfach absolut alles wehtut und wieso mein Arm brennt, als würde er in Flammen stehen?

Das Kissen unter meiner Wange ist weich, genau wie die Decke. Aber beides riecht falsch, nicht nach meinem Lieblingsweichspüler, von dem ich immer gleich zwei Verschlusskappen in die Wäsche gebe, sondern nach Mann.

Was wirklich seltsam ist, denn ich kann mich nicht daran erinnern, wann ich das letzte Mal einen solchen in mein Bett gelassen hätte.

Und als ob das alles nicht schon verwirrend genug gewesen wäre, war da noch dieser angsteinflößende Traum ...

Ich wurde gejagt und bin so schnell, wie ich nur konnte, vor einem schwarzen Schatten davongerannt, meine Lunge hat gebrannt und mein Herz war kurz vorm Explodieren. Doch je schneller ich gelaufen bin, umso langsamer wurde ich. Der Boden unter meinen Füßen war klebrig und hat sich dann ganz plötzlich geöffnet. Für einen kurzen Moment war ich mir sicher, dass ich direkt in die Hölle falle, aber anstatt im Fegefeuer zu landen, bin ich in der Schwerelosigkeit geschwebt. Eine schwarze Schlange ist wie aus dem Nichts aufgetaucht, hat sich um meinen Körper geschlungen und mir leise ins Ohr gezischt, dass ich in Sicherheit bin.

Seltsamerweise habe ich ihr geglaubt. Und dann, zack ... hat sich die *Black Snake* in einen Mann verwandelt. Er war groß und stark und furchteinflößend. Ich bin in seinen Armen gelegen, habe seinen Geruch eingeatmet und ihm erlaubt, mich durch die schwarze Nacht zu tragen. Das alles war mehr als merkwürdig ...

Seufzend drehe ich mich auf den Rücken, der Schlaf weicht immer mehr zurück und in meinem Kopf überschlagen sich die Ereignisse.

Der Bann des Traums verflüchtigt sich immer mehr, wird mit Bruchstücken meiner Erinnerung ausgefüllt.

Es dauert ein paar Atemzüge lang, bis die Realität mit voller Wucht zurückkehrt und mir sämtlichen Sauerstoff aus der Lunge presst.

Mit einem Schrei schnelle ich hoch, reiße die Augen auf und finde mich in einem Raum wieder, der zur Hälfte im Dunkeln liegt.

Ich erkenne sofort, dass das nicht mein Schlafzimmer ist und dass ich mich an irgendeinem Ort befinde, mit dem ich überhaupt nichts anfangen kann.

Wo bin ich?
Furcht flutet meine Venen und ein Zittern durchläuft mich.
Ein fieser Stich zuckt durch meinen Arm, erst jetzt bemerke ich den weißen Verband, der sich über der schmerzenden Stelle befindet.
Nach und nach kehrt immer mehr meiner Erinnerung zurück und mir wird klar, dass mein Traum eine wirre Mischung aus Fantasie und Realität war.
Ich wurde tatsächlich durch die dunklen Straßen gejagt. Aber nicht von einem schwarzen Schatten, sondern von einem Stalker mit einem Messer, dem ich auch die Verletzung an meinem Arm zu verdanken habe.
Und obwohl es sich angefühlt hat, als wäre ich in der Hölle gelandet, waren es in Wirklichkeit nur die Straßen von Chicago.
Das Heimwegtelefon ... Susanne ... Bones ...
Die schwarze Schlange ist tatsächlich wie aus dem Nichts aufgetaucht, aber sie war kein Reptil, sondern ein riesiger, gnadenloser Bikerpräsident, der mich gerettet und in seinen Club verschleppt hat. Ich erinnere mich noch, dass ich vor ihm davongelaufen bin, dass er mir gefolgt ist und wir auf die Polizisten gestoßen sind.
Die Fahrt auf seinem Motorrad war beängstigend und aufregend zugleich.
Ich entsinne mich auch, dass er mich in sein Büro gebracht und mir einen Whisky gegeben hat – aber dann habe ich einen Filmriss.
Was ist danach passiert?
Ganz offensichtlich hat Bones mich verarztet und anschließend in sein Bett gebracht.
Und daran, dass es sein Bett ist, besteht für mich plötzlich kein Zweifel mehr. Ich erkenne seinen Geruch und erinnere mich noch zu gut, wie es sich angefühlt hat, an seinen massiven Körper gepresst und von ihm gehalten zu werden.
Halleluja!
Verwirrt reibe ich mir über die Stirn, hinter meinen Schläfen pocht es dumpf.
Neugierig sehe ich mich um. Der schwarze Vorhang ist bis zur Hälfte zugezogen, durch das gekippte Fenster dringt das unverkennbare Bollern von Motorrädern zu mir herein.
Die Decke bedeckt meine Beine, aber ich habe längst festgestellt, dass ich komplett angezogen bin. Was mich mehr als beruhigt.

Diese ganze Situation ist schon spooky genug, jetzt auch noch nackt aufzuwachen, wäre zu viel gewesen ... Besonders mit dem Hintergrund, dass ich mich an einen Teil der vergangenen Stunden nicht mehr erinnere.

Die Wände sind leer, der Boden besteht aus rauem, abgeschliffenem Beton, und neben dem Bett befindet sich ein schwarzes Nachtkästchen, auf dem eine Schachtel Zigaretten liegt. Einem Instinkt folgend, hebe ich den Blick und direkt nach oben. Mehrere Dolche stecken in der Zimmerdecke. Manche der Klingen schimmern silbern, andere sind mit etwas Braunem überzogen. Ist das Blut? Ich hoffe nicht!

Ein Rascheln ertönt, ich zucke erschrocken zusammen und sehe nach links.

Ich erkenne die Umrisse eines Mannes in der Dunkelheit. Er sitzt zurückgelehnt in einem breiten Sessel, ein halb volles Glas baumelt in seinen Fingern, eines seiner langen Beine hat er angewinkelt, sodass der Knöchel auf dem Knie des anderen ruht.

Auch ohne viel von dem Gesicht erkennen zu können, weiß ich sofort, wer da sitzt – Bones, die schwarze Schlange aus meinem skurrilen Traum.

Ich schlucke, kämpfe gegen die aufsteigende Furcht an und lecke mir über die plötzlich trockenen Lippen.

„Du hast mich beobachtet?"

Seine Augen funkeln gespenstisch.

Je länger ich ihn ansehe, umso mehr erkenne ich. Die eckigen Konturen seines Kiefers, den harten Zug an seinem Mund und das Tattoo, das am Kragen seiner Kutte hervorschaut. Der Rocker wirkt ernst und nachdenklich.

„Du bist wunderschön, während du schläfst."

Das klingt irgendwie psycho, ich beschließe, das Kompliment zu ignorieren.

Was gar nicht so leicht ist, denn in meinem Bauch breitet sich, dank Bones eindringlichem Blick, ein warmes Prickeln aus.

„Du hast mich ins Bett gebracht?"

In seinen Iriden blitzt es.

„Wie geht es dir?"

Ich horche in mich hinein, versuche eine Antwort auf seine Frage zu finden.

„Mein Arm schmerzt, meine Beine fühlen sich an wie vom Laster überfahren und mein Schädel pocht. Aber ich bin am Leben und das ist alles, worauf es ankommt.

Er nickt zustimmend. Ein weiteres Zeichen dafür, wie knapp das letzte Nacht wirklich war. Nicht sicher, ob ich mich schon bei ihm bedankt habe, ziehe ich die Decke zurück und setze mich an die Bettkante. Mein schwarzes Strickkleid endet knapp unterhalb meiner Knie, die völlig zerrissenen Nylonstrümpfe sehen schrecklich aus, von meinen Stiefeln fehlt jede Spur.

Bones beobachtet mich mit Argusaugen. Ich zweifle keine Sekunde daran, dass ihm nicht das kleinste Detail an mir entgeht. Er führt das Glas an den Mund und kippt sich die bernsteinfarbene Flüssigkeit in den Rachen. Währenddessen bleibt sein Blick unentwegt auf mir.

Die Luft zwischen uns beginnt zu knistern und mein Herz rast, aber nicht aus Furcht, sondern weil mich dieser Rocker alles, nur nicht kaltlässt.

Ich reagiere ganz instinktiv auf ihn, das zwischen uns passiert auf eine urtümliche Art. Er ist groß, stark, mutig und in der Lage, mich zu beschützen. Die Natur hat dafür gesorgt, dass ein Teil meines Ichs so viel Macht und Kraft anziehend findet. Der Grund dafür liegt in der Evolution, dieses primitive und unkontrollierbare Verlangen hat über Jahrhunderte hinweg unser Überleben gesichert.

In seinem Blick gefangen, steige ich aus dem Bett, kämpfe für eine Sekunde um mein Gleichgewicht und fluche leise, als meine Beine kurz einknicken.

Himmel fühle ich mich beschissen ...

Bones runzelt die Stirn und beobachtet mich aufmerksam.

Er stellt das leere Glas auf den Boden, erhebt sich und stemmt die Hände in die Hüften, was dafür sorgt, dass sich die Muskeln in seinen Armen auf beeindruckendste Weise wölben.

Dieser Rocker hat mehr Kraft, als ein einzelner Mann haben sollte.

Das Leder seiner Weste klafft auf, ich erhasche einen Blick auf die Waffe, die sich in einem schwarzen Holster an seine Rippen drückt.

Heilige Scheiße!

In seinen ausgewaschenen Jeans, den schweren Stiefeln und der Kutte sieht er schon mehr als sexy aus. Dazu noch das Spiel seiner Muskeln, das eng anliegende schwarze Langarm-Shirt und der düstere Gesichtsausdruck und voilà – erhält man den König aller Bad Boys. Bis jetzt gilt Al Capone als der unangefochtene König der Unterwelt Chicagos. Klar der berüchtigte Verbrecher ist schon 1947 gestorben, aber bis jetzt konnte ihm keiner das Wasser reichen.

Verdammt!

Die Betonung liegt auf *bis jetzt*, denn dieser Outlaw kommt an den Mafiaboss locker ran. Die Geschichten, die über Bones und seinen Motorcycle Club im Umlauf sind, lassen keinen Zweifel daran, dass Chicago einen neuen König hat und wenn ich immer noch Zweifel an der Macht dieses Rockers hätte, dann wären die spätestens nach letzter Nacht ausgeräumt.

Auf wackeligen Knien gehe ich auf Bones zu, bleibe nur knapp vor ihm stehen und hole zittrig Luft. Erst als ich mir sicher bin, dass ich seinem eindringlichen Blick standhalten kann, sehe ich ihm direkt in die Augen.

„Du hast mich gerettet. Wie soll ich dir nur jemals dafür danken?“

Ein freudloses Lachen löst sich aus seiner Kehle, es vertreibt die Stille, die bis jetzt drückend auf meinen Schultern gelastet hat.

„Indem du am Leben bleibst.“

Das ist leichter gesagt als getan ...

Meine Augen rutschen an seinen kantigen Gesichtszügen nach unten, bleiben an seinen vollen Lippen hängen.

Wie es sich wohl anfühlen muss, von einem Mann wie ihm geküsst zu werden?

Allein die Vorstellung, es herauszufinden, lässt meinen Puls in die Höhe schnellen und jagt meine Körpertemperatur um ein paar Grad nach oben.

Mir ist heiß, meine Knie zittern und meine Lippen prickeln erwartungsvoll.

Bones stößt ein warnendes Brummen aus und schüttelt den Kopf.

„Glaube mir, Mädchen. Das willst du nicht tun?“

Ach nein?

„Und warum will ich das nicht?“

„Weil es deinen Untergang bedeuten könnte.“

Ohhhh ...

Die Warnung ist unmissverständlich, dennoch kann ich nichts gegen die Sehnsucht tun, die von mir Besitz ergreift.

„Was, wenn ich dieses Risiko in Kauf nehme?“

Seine Nasenflügel blähen sich, an seinem Kiefer beginnt ein Muskel zu zucken.

„Dann wäre das mehr als gefährlich.“

„Ach wirklich?“

Er nickt. Doch das schreckt mich nicht ab.

Ich habe einen Stalker mit einer Vorliebe für Klingen am Arsch kleben, der fest entschlossen zu sein scheint, mich zu kriegen und mein Blut zu vergießen.

Was kann da ein winziger Kuss noch ausmachen?

„Und wenn ich es trotzdem tun will?“

„Dann ist das mehr als unvernünftig.“

Bones Stimme wird immer rauer, klingt mittlerweile mehr nach einem Knurren.

„Ich war schon immer ziemlich unvernünftig.“

Zaghaft lege ich meine Hände auf seine Kutte, lasse sie an dem glatten Leder nach oben gleiten und stoppe erst, als sie auf seinen breiten Schultern ruhen.

Mehr als nur ein bisschen nervös, suche ich erneut seinen Blick und zucke erschrocken zusammen, als ich das Feuer darin entdecke.

Ich muss verrückt sein, das hier kommt einem Tanz mit dem Teufel gleich ...

„Du hast drei Sekunden um abzuhauen, wenn du es nicht tust, kann ich dir keine Garantie für das geben, was dann passieren wird.“

Oh weia ...

Wenn ich klug wäre, würde ich mich umdrehen und so schnell es geht davonlaufen. Dummerweise scheine ich im Moment alles andere als intelligent zu sein.

Ich bleibe stehen, lasse meine Hände, wo sie sind, und zähle leise von drei an rückwärts.

Kaum dass ich bei eins angekommen bin, werde ich gepackt, durch die Luft gewirbelt und auf das Bett geworfen.

Noch bevor ich mich orientieren kann, ist Bones auch schon auf mir, sein Knie teilt meine Beine, presst sich fordernd gegen meine Scham.

Ich keuche, er nutzt meine offen stehenden Lippen und drückt seinen Mund auf den meinen. Grob und zugleich besitzergreifend wühlt sich seine Zunge durch die Höhle meines Mundes, windet sich um die meine und raubt mir den Atem.

Ich erschaudere, stöhne leise und presse mich an seinen harten Körper.

Erregung breitet sich in mir aus, meine Brustwarzen ziehen sich zusammen und werden empfindlich, zeitgleich sammelt sich eine verräterische Feuchtigkeit zwischen meinen Schenkeln.

Oh mein Gott!

Bones hat mich gefangen, pinnt mich auf der weichen Matratze fest und beißt mir in die Unterlippe. Seine großen Hände scheinen überall zu sein – ich bin zu keinem logischen Gedanken mehr fähig. Mein Hirn ist mit der Situation überfordert, Bones gibt meinen Mund kurz frei, endlich schaffe ich es, nach Luft zu schnappen.

„Fuck Mädchen. Fuck! Fuck! Fuck! Das darf nicht sein. Das ist zu gefährlich für dich. Ich würde dich zerbrechen. Wenn du bei mir bleibst, dann ist das dein Untergang. Hier erwartet dich nur Schatten, aber du brauchst Licht."

Ich höre ihn, verstehe jedoch nicht wirklich, was er mir damit sagen will.

Bones erobert mich im Sturm.

Kaum dass es mir gelungen ist, meine Hände unter sein Shirt zu schieben und mit den Fingernägeln über die Hügel seines Sixpacks zu kratzen, stößt er ein wildes Brüllen aus. Packt mich an den Handgelenken und nagelt sie neben meinem Kopf auf dem Kissen fest.

Er starrt mich an, auf seiner Stirn zeichnet sich eine bläuliche Ader ab.

Alles an ihm wirkt entschlossen, hart und gnadenlos.

Ich spüre seine Erektion an meiner Mitte, reibe mich an ihr und besiegle so mein Schicksal. Zumindest denke ich das ... Doch anstatt mich auszuziehen und zu vögeln, lässt Bones mich blitzschnell los, fast so, als ob er sich an mir verbrannt hätte. Dann springt er aus dem Bett und rauft sich die Haare.

„Fuck Rose! Bist du völlig wahnsinnig?"

Anscheinend.

Er starrt mich finster an, seine Atemzüge kommen laut und abgehackt, seine Erektion drückt sich gut sichtbar gegen die Jeans.

„Was ist los? Warum machst du nicht weiter?"

Trauer überzieht seine Mimik.

„Weil ich dich nicht zerbrechen will, Mädchen."

Noch bevor ich kapiere, was hier gerade geschieht, zieht er sein Handy aus der Tasche, wählt eine Nummer und bellt dann mit wütender Stimme ein paar Befehle.

„Schnapp dir den Truck, Prospect. Ich will, dass du in sechzig Sekunden mit laufendem Motor vor dem Clubhaus stehst."

Truck? Prospect? Sechzig Sekunden? Warum?

Genauso schnell, wie er mich ins Bett katapultiert hat, holt er mich nun aus diesem wieder heraus, wirft mich über seine Schulter und trägt mich aus dem Schlafzimmer. Wir kommen einen langen Gang entlang, Bones bückt sich nach meinen im Flur stehenden Stiefeln und schnappt sich meine auf einer Kommode liegende Handtasche.

Dann eilt er eine gewundene Treppe nach unten. Als ich zu zappeln beginne, landet seine Hand auf meinem Po.

„Halt still, Rose. Was ich tue, ist nur zu deinem Besten."

„Was?"

„Du musst von hier verschwinden. Geh und komm nie wieder zurück!"

Seine grob ausgesprochenen Worte schmerzen mehr als seine harte Schulter, die sich spitz in meinen Magen drückt.

Dutzende Augenpaare ruhen auf uns, beobachten die Szene. Er marschiert durch den großen Hauptraum, an der Bar vorbei und raus in den Hof. Und tatsächlich, da steht ein großer schwarzer Truck mit laufendem Motor. Hinter dem Steuer sitzt der Rocker, der letzte Nacht noch mit dem über der Schulter hängenden Maschinengewehr das Zufahrtstor für uns geöffnet hat.

Bones reißt die Türe hinter dem Fahrersitz auf, schmeißt meine Stiefel und die Tasche hinein. Dann platziert er mich auf dem weichen Polster und schnallt mich an.

Seine Bewegungen sind schnell und grob, alles an ihm wirkt hart und abweisend. Es fällt mir schwer, zu glauben, dass mich dieser Mann noch vor wenigen Minuten so wild geküsst hat, als würde sein verdammtes Leben davon abhängen.

Was ist passiert?

„Habe ich etwas falsch gemacht? Ich verstehe das alles nicht."

Bones stoppt, unsere Gesichter sind sich so nah, dass ich seinen Körpergeruch einatme.

„Falsch? Oh nein Mädchen, du bist viel zu richtig! Und darum musst du gehen. Komm nicht mehr hierher. Nie wieder. Ein weiteres Mal schaffe ich es nicht, dich zu beschützen."

Ich spüre instinktiv, dass er das nicht auf meinen Stalker bezieht. Mit ihm wäre Bones mühelos fertig geworden. Er meint sich selbst. Aus irgendeinem Grund ist er sich sicher, dass er mich vor sich selbst beschützen muss.

Nicht sicher, was ich tun oder sagen soll, sehe ich ihn einfach nur an. Seine Lippen drücken sich auf meine Stirn, verweilen dort kurz, dann richtet er sich auf und umfasst mit einer Hand den Türrahmen.

Bevor er sie jedoch zuwirft, fängt er meinen Blick ein.

Die Art, wie sich seine Augen in die meinen bohren, bringt mein Herz aus dem Takt.

„Versprich mir, dass du ab jetzt besser auf dich aufpasst. Keine dunklen Straßen mehr."

Perplex nicke ich, das ist sein Zeichen. Die Türe knallt zu und der Mann hinter dem Steuer gibt Gas.

Ich starre aus dem Fenster und versuche zu verstehen, was hier gerade eigentlich passiert ist?

Das Tor steht offen, wir biegen auf die Straße und das Clubhaus verschwindet hinter uns. ... *du bist viel zu richtig!* ... Seine Worte hallen noch immer durch meinen Kopf.

... *Komm nicht mehr hierher* ... Aber warum? ... *Ein weiteres Mal schaffe ich es nicht, dich zu beschützen* ... Bittere Tränen steigen mir in die Augen.

Es gelingt mir nicht, sie zurückzuhalten, sondern lasse sie einfach laufen.

Der Fahrer beobachtet mich im Rückspiegel, seine Miene ist ausdruckslos.

„Ich brauche die Adresse, zu der ich dich bringen soll."

Ich nenne sie ihm, dann schweigen wir und ich starre aus dem Fenster.

Schon seltsam.

Obwohl mir klar ist, dass ich froh sein kann, noch mal so knapp davongekommen zu sein, bin ich es nicht. Bones ist ein Fremder für mich, über den ich nichts weiß, außer, dass er der Präsident der *Black Snakes* ist, dass er scheinbar immer eine Waffe bei sich trägt, dass er seiner Schwester keinen Wunsch abschlagen kann und kein Problem damit hat, einen Mord zu begehen.

Himmel Halleluja!

Mein Leben ist das reinste Chaos.

... *Keine dunklen Straßen mehr* ... Es ist nett, dass Bones sich um mich Sorgen macht.

Aber dunkle Straßen zu vermeiden, ist zu dieser Jahreszeit schwierig. Davon abgesehen glaube ich nicht, dass mich so etwas wie Tageslicht vor meinem Stalker beschützen wird. Ich weiß nicht, wer mir auflauert oder warum er es auf mich abgesehen hat, aber ich weiß, dass er mich noch lange nicht aufgeben wird.

Er wird mich finden, er wird mich holen und das nächste Mal, wenn er mich erwischt, wird es keinen Rockerpräsidenten geben, der mich beschützt.

Ich bin allein und das ist das Allerschlimmste an diesem wahr gewordenen Albtraum.

Mir mit den Fingerspitzen über die Lippen reibend, koste ich den letzten Rest von Bones Geschmack aus, ehe er für immer verschwindet.

... *Versprich mir, dass du ab jetzt besser auf dich aufpasst* ...

Dieses Versprechen kann ich leicht geben, ich bezweifle nur, dass es mich retten wird.

9. Kapitel

Bones

Unruhig starre ich in die Flammen, spüre, wie meine Augäpfel regelrecht geröstet werden, und weiche dennoch nicht zurück.

Die Hitze des Feuers leckt über mein Gesicht, steht im Kontrast zu der kühlen Nachtluft, die über meinen Nacken streift.

Ich erschaudere, kneife die Augen zusammen und leere mein Bier.

Die herbe Flüssigkeit rinnt an meiner Kehle herab. Das Alu der Dose mit der Faust zerknüllend, forme ich eine Art Ball und schleudere diesen in die bläulichen Flammen, die aus dem verrosteten Ölfass lodern.

Es zischt kurz, Funken stieben in die Luft – dann ist die Dose verschwunden.

Genau wie Rose.

Fuck!

In der vergangenen Woche habe ich es mir verboten, ihren Namen auszusprechen oder auch nur an sie zu denken. Tagsüber hat das auch ganz gut funktioniert. Es gab viel zu tun. Den Asiaten im Hafen aufspüren, dass Koks zurückholen und für Ordnung sorgen.

Der Prospect hat sich um den Bunker gekümmert, das verdammte Schlitzauge, das mit unserem Stoff gedealt hat, ist auf der Straße gestorben. Sein Blut hat sich mit dem Asphalt vermischt, auf dem er seine Geschäfte betrieben hat.

Die Sache ist erledigt, der Club ist mit minimalen Verlusten aus der Scheiße rausgekommen.

Ich sollte glücklich sein, bin es aber nicht.

Susanne nervt, sie ist wütend darüber, dass ich Rose einfach so fortgeschickt habe.

Was ein schlechter Witz ist. Mein Schwesterchen sollte lieber dankbar dafür sein, dass ich das Mädchen überhaupt gerettet und verarztet habe.

Ohne mich wäre es längst tot.

Verdammt!

Diese Rose ist nicht mein Problem. Sie ist weder meine Lady noch meine Nutte. Sie ist einfach nur irgendeine Fremde, die bei diesem verfluchten Heimwegtelefon angerufen hat. Es war nicht meine Aufgabe, sie zu beschützen – ich habe es dennoch getan.

Damit ist die Angelegenheit beendet!

Susanne will einfach nicht kapieren, dass es für Rose das Beste ist, nicht in meiner Nähe zu sein. Indem ich sie weggeschickt habe, habe ich für ihre Sicherheit gesorgt. Ich bin eine viel größere Gefahr für dieses Mädchen, als es ihr Stalker je sein wird.

Meine Schwester ist mir heilig. In unseren Adern fließt das gleiche Blut, dennoch hat sie keine Vorstellung davon, wie es in meinem Inneren aussieht.

Ich verberge die Monster, die von meiner Seele Besitz ergriffen haben, vor ihr, weil ich nicht will, dass sie sich vor mir fürchtet.

Ich könnte es nicht ertragen, wenn sich Susanne vor mir fürchten würde.

Rose hingegen würde einen anderen Platz in meinem Leben einnehmen. Wenn ich sie behalten hätte, wäre sie in meinem Bett gelandet und ich bezweifle, dass ich sie jemals wieder daraus entkommen lassen hätte.

Chicago ist groß, das Revier der *Black Snakes* riesig. Die Wahrscheinlichkeit, dass ich Rose jemals durch Zufall begegne, ist mehr als gering.

Die Tatsache, dass es ein Leichtes für mich wäre, sie aufzuspüren, macht es mir nicht gerade leichter, mich von ihr fernzuhalten.

Niemand hat genug Macht, um sich vor mir zu verstecken.

Dennoch habe ich es mir verboten, mich auf die Suche nach Rose zu machen.

Dieses Mädchen hat bereits einen Stalker, sie braucht keinen weiteren.

Indem ich sie fortgeschickt habe, habe ich Rose eine Zukunft geschenkt. Hätte ich sie behalten, wäre sie an mir zerbrochen.

Es war gut, dass ich sie nicht gefickt habe.

Diese Frau ist wie Heroin – berauschend, abhängig machend und tödlich.

Der rationale Teil meines Ichs weiß, dass meine Entscheidung richtig war.

Dennoch hat die Furcht, dass Rose etwas geschehen könnte, ihre Krallen in mich geschlagen.

Nachts, wenn ich endlich zur Ruhe komme, quälen mich meine Gedanken.

Blutige Bilder zucken mir durch den Schädel. Szenen, in denen der Stalker Rose erwischt und mit seinem Messer bearbeitet, bringen mich um den Schlaf.

In meinem letzten Traum war es pechschwarze Nacht, Rose lag nackt und weinend auf der Straße, während ein dunkler Schatten eine lange, silberne Klinge in ihre Brust gestoßen hat.

Mit ihren letzten Atemzügen hat sie nach mir geschrien. Ich habe ihre immer leiser werdenden Rufe gehört, jedoch nichts unternommen.

Ich überlies sie ihrem Schicksal und es hat sich beschissen angefühlt.

Das war nicht mein erster Traum, in dem Rose die Hauptrolle gespielt hat, und es wird sicherlich auch nicht der letzte gewesen sein.

Susanne hat vor sechs Tagen damit begonnen, jede Nacht am Heimwegtelefon zu sitzen, ich weiß, was sie antreibt, halte sie dennoch nicht davon ab.

Meine Schwester macht sich Sorgen um Rose und hofft, dass sie ihr erneut helfen kann. Ich rede mir ein, dass meine Schwester mich nicht dazu überreden könnte, Rose ein weiteres Mal zu retten, erkenne jedoch, dass ich mich selbst belüge.

In Wahrheit würde ich nicht zögern, wenn es um Roses Leben geht.

Susanne hat von mir verlangt, dass ich den Mann, der es auf Rose abgesehen hat, ausfindig machen und beseitigen soll.

Ich habe mich geweigert, das zu tun. Auch auf die Gefahr hin, dass ich mich wiederhole, aber dieses Mädchen ist verdammt noch mal nicht mein Problem.

Dummerweise fühlt es sich jedoch anders an.

Ganz anders.

Ich erinnere mich nur zu gut, wie süß ihre Lippen und wie salzig ihre Tränen waren, wie ihre Haare gerochen und wie ihre Zunge geschmeckt hat.

Hätte ich Rose an dem Morgen gefickt, wäre jetzt alles anders.

Ich würde nicht alleine mitten in der Nacht im Hof sitzen, in die Flammen starren und über richtig oder falsch nachdenken. Ich würde oben in meinem Bett liegen, Rose in den Armen halten und meinen harten Schwanz gegen ihren Arsch drücken, ehe ich sie hart ficke.

Mein Leben wäre ein anderes, und ganz genau das musste ich verhindern.

Ich bin nicht fähig, sie vor der dunklen Seite meines Ichs zu beschützen.

Susanne ist in dieser Hinsicht eine krasse Ausnahme. Mein Geschäft ist der Tod. Ich bin Bones, ich breche die Knochen meiner Opfer, ich ziehe sie ihnen aus den leblosen Körpern und zünde sie anschließend an.

Ein Mann wie ich ist nicht dazu bestimmt, eine zerbrechliche Rose zu besitzen.

Trotz der vielen Zweifel in meinem Schädel weiß ich, dass ich das Richtige getan habe.

Rose kann nur überleben, wenn sie nicht an meiner Seite ist. Die Finsternis meiner Existenz würde auf sie übergehen und ihren Tod bedeuten.

Der Stalker, der Jagd auf sie macht, ist nur ein Mann, kein Monster wie ich es bin.

Jetzt, wo ich sie selber gekostet habe, kann ich verstehen, warum er süchtig nach Rose ist.

Wenn Rose vorsichtig ist, kann sie ihm entkommen, die Polizei wird sie schützen und der Albtraum wird schon bald ein Ende nehmen.

Die Besessenheit dieses Bastards ist absehbar – sie wird vergehen.

Aber das, was der Sex mit Rose in mir ausgelöst hätte, wäre unkontrollierbar gewesen. Gleich einer zerstörerischen Kraft, die niemand stoppen kann.

Je weiter diese Frau von mir entfernt ist, umso besser für sie.

Denn völlig egal, wie sehr ich davon überzeugt bin, dass dieses Mädchen ohne mich besser dran ist, umso sicherer bin ich mir, dass ich sie kein zweites Mal ziehen lasse.

Wenn sie jemals wieder vor mir steht, wenn sie mich jemals wieder anfleht, sie zu küssen, ist sie für immer verloren ...

Dann werden ihre Spuren bei mir enden und ihr Schicksal in meinen Händen liegen.

Der Tod wird dann das Einzige sein, das sie vor mir retten kann, und das Blut des Arschlochs, das es auf sie abgesehen hat, wird das Nächste sein, das von den gefliesten Wänden des Bunkers tropft.

Aber damit es erst gar nicht so weit kommt, kann ich für Rose nur hoffen, dass wir uns nie wieder begegnen.

Ich bin die schwarze Nacht und in dieser können zarte Rosen nicht überleben.

10. Kapitel

Rose

Vorsichtig ziehe in den Vorhang beiseite, spähe hinaus auf die Straße und versuche, etwas Verdächtiges zu erkennen. Irgendetwas, das auf die Anwesenheit des Mannes deutet, der es auf mich abgesehen hat.

Die alten Eichen, die den Straßenrand säumen, wiegen sich leicht im Wind, der Himmel ist blau und die Sonne taucht die Welt in ihr goldenes Licht.

Alles wirkt harmlos und ungefährlich, aber ich traue dem Frieden nicht.

Vor acht Tagen war der Überfall und seitdem habe ich keinen Schritt mehr vor die Türe gesetzt.

In der Arbeit habe ich mich krankgemeldet, sämtliche anderen Termine habe ich abgesagt.

Es fühlt sich so an, als hätte ich in meinem Leben die Pause-Taste gedrückt, als hätte ich es komplett angehalten.

Aber das ist eine Illusion, die Uhr, die über dem Kühlschrank an der Wand hängt, tickt leise weiter, ihre Zeiger setzen ihren Weg unbehelligt fort. Die Erde dreht sich unbeeindruckt von meinen Sorgen weiter, während sich an meiner Situation nichts verändert hat.

Wenn ich mutiger wäre, würde ich mir eine Waffe kaufen und es drauf ankommen lassen. Ich würde mein Leben wieder in die Hand nehmen, auf Play drücken und endlich damit anfangen, glücklich zu werden.

Aber ich bin nicht mutig, und der Gedanke, einen anderen Menschen zu erschießen, schreckt mich ab. Natürlich hätte es mein Stalker verdient, eine Kugel in den Kopf zu kriegen, aber dafür bin ich einfach nicht tough genug, und darum stehe ich hinter meinen Vorhängen verborgen am Fenster, sehe dabei zu, wie verliebte Pärchen die Straße überqueren, und lasse mich von meiner Furcht kontrollieren.

Die Wunde an meinem Arm ist gut verheilt. Die Fäden haben sich aufgelöst, zurück ist nur ein dünner roter Strich geblieben, der sich hoffentlich bald in eine blasse Narbe verwandelt.

In dieser Nacht bin ich noch mal mit dem Schrecken davongekommen, sie hätte auch ganz anders ausgehen können. In meinen Träumen gehe ich die verschiedenen Szenarien durch, eine ist schlimmer als die andere ... Wenn ich dann aufwache, bin ich schweißgebadet, mein Puls rast, ich kann kaum noch atmen.

Mehr als einmal habe ich mich dabei erwischt, wie ich in der Hoffnung, dass wieder Susanne Dienst hat, nach meinem Telefon gegriffen habe.

Aber dafür ist das Heimwegtelefon nicht gedacht, also habe ich der Versuchung widerstanden und mich unter der Bettdecke versteckt.

Schon seltsam. Vor zehn Tagen hätte ich mir nie vorstellen können, dass ich das Clubhaus des *Black Snakes Motorcycle Clubs* freiwillig betreten will, und dass ich mich nach der Nähe des gefürchteten Bones sehne.

Aber so ist es. Für die meisten mag dieser Rockerpräsident nichts weiter als ein brutaler Killer sein – mich hingegen hat er gerettet.

In seiner Nähe habe ich mich sicher und beschützt gefühlt.

Morgen ist Sonntag, mir bleibt also noch ein ganzer Tag, um mich darauf vorzubereiten, mich am Montag wieder der Welt zu stellen.

Ich kann mich nicht noch länger krankmelden, mein Chef dreht durch, wenn ich nicht bald wieder auf der Arbeit erscheine.

Ganz davon abgesehen muss ich dringend einkaufen gehen. Mein Kühlschrank ist leer – richtig leer. Meine letzten Vorräte bestehen aus einer halb vollen Thunfischdose und drei verschrumpelten Karotten. Die letzte Woche habe ich dank diverser Lieferdienste überlebt. Aber ganz ehrlich, ich ertrage keine Pizza und kein Thailändisch mehr. Ich will einfach nur ein Brot oder einen frisch zubereiteten Salat.

Außerdem werde ich noch schizophren, wenn ich mich noch länger in meiner kleinen, aber sehr gemütlichen Zwei-Zimmer-Wohnung einsperre.

Es ist allgemein bekannt, dass Leute, die nicht mehr unter Menschen gehen, einen Knacks bekommen.

Die Zweifel, die mich davon abhalten wollen, mich der Welt zu stellen, herunterschluckend, hole ich ein langes Messer aus der Küchenschublade, lasse es in meiner Handtasche verschwinden und gehe dann raus in den Flur, um mir eine Jacke zu schnappen.

Mutig nicke ich meinem Spiegelbild zu und verdränge die aufsteigende Wut, die sich nicht nur gegen meinen Stalker, sondern hauptsächlich gegen mich selbst richtet.

Scheiße!

Vor lauter Angst habe ich zugelassen, dass dieser Typ mein Leben kontrolliert.

Ich fühle mich wie ein Löwe im Zoo, nur dass ich mich selbst in den verdammten Käfig gesperrt habe. Damit muss jetzt Schluss sein! Sofort!

Seit der Jagd vor acht Tagen ist nichts Verdächtiges mehr passiert. Keine Briefe, keine Rosen – nichts.

Ich stufe das als ein gutes Zeichen ein.

Mit ein bisschen Glück war die Begegnung mit Bones ausreichend einschüchternd, um meinen Stalker dazu zu bringen, sich ein anderes Opfer zu suchen?

Gut, die Wahrscheinlichkeit ist gering, aber vorhanden ... Woher soll ich auch wissen, was in dem Kopf eines Mannes vorgeht, der einer Frau auflauert, sie bedroht und verfolgt?

Ich bezweifle ernsthaft, dass in der Psyche dieses Kerls alles richtig läuft.

Vielleicht hatte er eine schlimme Kindheit?

Vielleicht hat er auch einen tennisballgroßen Hirntumor, der auf irgendwelche Blutgefäße drückt und dafür sorgt, dass er zum Psychopathen wird?

Ich weiß es nicht. Was ich aber weiß, ist, dass ich mein Leben zurückhaben will, und zwar sofort!

Bis zum nächsten Supermarkt sind es zu Fuß zwanzig Minuten. Um sicherzugehen, laufe ich an der Hauptstraße entlang, meide kleinere Gassen und sehe mir dabei ständig über die Schulter. Doch da ist nichts ... Weder eine verdächtige Person noch ein dunkler Schatten, der mir auflauert. Ich schaffe es tatsächlich, einzukaufen und wieder zurück in meine Wohnung und das, ohne überfallen zu werden oder einen verdammten Nervenzusammenbruch zu bekommen. Mir geht es gut, zumindest bis zu dem Moment, in dem ich vor dem Gebäudekomplex, in dem sich meine Wohnung befindet, ankomme und eine einzelne rote Rose in meinem Briefkasten steckend vorfinde.

Innerhalb einer Sekunde schießt mein Puls in die Höhe und mein Kreislauf fällt in den Keller. Mir ist schwindelig und schlecht. Die Geräusche um mich herum erscheinen mir plötzlich viel lauter als noch vor einer Minute.

Panisch wirble ich herum, drehe mich um meine eigene Achse und versuche herauszufinden, ob der Kerl noch in der Nähe ist. Falls ja, hat er sich gut versteckt, denn ich kann ihn nicht entdecken.

Instinktiv ziehe ich mein Handy aus der Tasche und wähle 911. Es läutet, dann ertönt eine monotone Frauenstimme, die mir mitteilt, dass ich mit dem Polizeinotruf verbunden bin, dass ich eine Weile dranbleiben soll und dass ich gleich mit einem Officer verbunden werde.

Soll das ein Witz sein?

Als sich endlich eine dunkle Männerstimme meldet, breitet sich ein Hauch Erleichterung in mir aus.

Er stellt sich mir als Officer Brown vor, ich unterbreche ihn und erzähle ihm schnell, dass mein Stalker wieder da ist, dass eine Rose in meinem Briefkasten steckt und dass ich mir sicher bin, dass er mich umbringen will.

Ich rede schnell und laut, verhasple mich ein paar Mal und hoffe wirklich, dass die Polizei endlich etwas unternimmt, um mich zu retten.

Meine Hoffnung zerplatzt in dem Augenblick, in dem ein kurzes und bellendes Lachen durch den Hörer dringt.

„Sie haben wegen einer Rose angerufen?"

Er kapiert einfach nicht, worum es geht.

Verzweiflung flutet meine Venen.

„Ich wurde vor acht Tagen überfallen. Der Mann, der mich stalkt, hat mich gejagt, mich mit einem Messer bedroht und verletzt, und mir versprochen, dass er mich niemals gehen lässt. Bitte, Sie müssen mir helfen!"

Stille.

„Und warum haben Sie dann vor acht Tagen nicht angerufen?"

Dieses Mal bin ich diejenige, die schweigt.

Was soll ich sagen?

Dass mir die Frau vom Heimwegtelefon ihren bewaffneten Outlaw Bruder geschickt hat? Wohl kaum. Der Polizist denkt eh schon, dass ich nicht mehr richtig ticke. Wenn ich jetzt auch noch den Präsidenten der *Black Snakes* ins Spiel bringe, hält er mich wahrscheinlich für vollkommen durchgeknallt.

Außerdem will ich Bones und dem anderen unheimlichen Typen, der ihn begleitet hat, keinen Ärger machen.

Die Wahrscheinlichkeit, dass alle Cops von Chicago auf der Gehaltsliste der Rocker stehen, ist eher gering, und ich weiß nicht, wie es sich bei diesem Brown verhält. Wenn ich ihm erzähle, dass Bones und der andere, der, glaube ich, Skull hieß, bewaffnet waren, könnte das für Ärger sorgen.

Ich beschließe, die Biker nicht zu erwähnen, was würde das auch bringen?

Als meine Antwort ausbleibt, murmelt der Officer etwas, dann ermahnt er mich, wegen so etwas Lächerlichem wie Blumen nicht mehr die 911 zu wählen, einen Atemzug später ist die Leitung tot und mein Vertrauen in die Polizei komplett zerstört.

Das war das letzte Mal, dass ich so dumm war, darauf zu hoffen, dass mir die Cops jemals helfen werden. Sie interessieren sich nur für Banküberfälle, Geiselnahmen und Mordopfer. Für Frauen wie mich, die verfolgt, bedroht und tyrannisiert werden, haben sie erst Zeit, wenn wir als zerstückelte Leiche im Morgengrauen in irgendeiner Seitenstraße gefunden werden, und das am besten noch mit der DNA unseres Mörders unter den Fingernägeln ...

Scheiße! Scheiße! Scheiße!

Das Handy zurück in die Tasche fallen lassend, ziehe ich den Schlüssel heraus, sperre die Eingangstüre auf und ziehe dann das Messer hervor.

Keine Ahnung, ob ich kaltblütig genug bin, jemanden zu erstechen, aber das ist ja auch gar nicht nötig. Ich denke, dass es schon ausreichen würde, meinen Stalker einfach nur zu verletzen. Ein Stich in Bauch, Beine oder Brust reicht sicher aus, um mir die Chance zu geben, abzuhauen.

Aber was dann? Wohin?

Darüber will ich erst gar nicht nachdenken, vor allem nicht, weil ich sofort an Bones und seinen verdammten Motorradclub denken muss.

Ein weiterer Beweis dafür, wie verrückt mein Leben geworden ist ...

Ich ignoriere den Aufzug, laufe die Treppen in Windeseile hoch und bin, endlich an meiner Wohnung angekommen, völlig außer Atem.

Zumindest liegt hier keine Rose, kein Brief oder sonst irgendein psychopathischer Scheiß.

Schnell sperre ich die Tür auf, schlage sie mit einem Knallen hinter mir zu und hänge die silberne Sicherheitskette ein.

Willkommen zurück in deinem Käfig, Löwe ...

Die ironische Stimme meines Unterbewusstseins ausblendend, gehe ich in die Küche, lege das Messer ab und beginne damit, meine Einkäufe einzuräumen.

Dank der Blume in meinem Briefkasten ist mir der Hunger vergangen. Anstatt mir ein Brot oder einen Salat zu machen, ziehe ich den Rotwein aus der Tüte, schraube den Korken heraus und gönne mir mehrere Schlucke direkt aus der Flasche.

Dabei muss ich an den Whisky denken, den Bones mir gegeben hat – der wäre jetzt auch nicht schlecht.

Nervös lasse ich mich auf den Stuhl am Esstisch fallen, lege die Füße auf die Tischplatte und schließe die Augen.

Ich. Bin. So. Was. Von. Am. Arsch.

Vielleicht sollte ich einfach kapitulieren, mir ein Taxi rufen und zu den schwarzen Schlangen fahren.

Das Einzige, was mich davon abhält, genau das zu tun, ist Bones Warnung und die Art und Weise, wie er mich dabei angesehen hat. Da war ein Feuer in seinen stahlgrauen Augen, ein Feuer und ein unbändiger Hunger. Dieser Mann besteht nur aus Finsternis und Brutalität und dennoch ... Ich sehne mich nach seiner Nähe, ich will in seine Dunkelheit eintauchen, in ihr verschwinden und mich in ihr vor all den Gefahren dieser Welt verstecken.

Wir waren kurz davor Sex zu haben, und dann hat er gestoppt.

... *Weil ich dich nicht zerbrechen will, Mädchen* ...

An manchen Tagen bin ich froh, dass er aufgehört hat, an anderen bereue ich, dass es nicht so weit gekommen ist. Doch an allen diesen Tagen ist mir eine Sache schmerzlich bewusst. Wenn er in mich eingedrungen wäre, wenn wir uns weiter geküsst und das zwischen uns zu Ende gebracht hätten, dann wäre jetzt alles anders.

Dann würde ich jetzt nicht alleine und verängstigt in meiner Küche sitzen und in der Stille auf ein verdächtiges Geräusch warten. Dann wäre ich jetzt bei ihm, in seinem Club und wahrscheinlich sogar in seinem Bett.

Und ich will verdammt sein, aber das wäre mir um einiges lieber als diese drückende und schmerzende Einsamkeit, zu der mich mein Stalker verdammt hat.

Keine Ahnung wie lange ich einfach so dasitze, die Füße auf dem Tisch und den Wein in der Hand. Es kommt mir vor wie eine Ewigkeit.

Je mehr ich trinke, umso schwerer werden meine Augenlider. Diese ständige Wachsamkeit zerrt an meinen Nerven und raubt mir einen Großteil meiner Energie.

Vielleicht sollte ich den Rest des Tages einfach in die Tonne treten und ins Bett gehen?

Scheiße!

Vielleicht sollte ich einfach mein komplettes Leben in die Tonne treten, aus Chicago verschwinden und irgendwo weit weg von hier ein neues Leben beginnen?

Der Gedanke ist verführerischer, als er es sein sollte.

Müde stehe ich auf, nehme erneut einen großen Schluck Wein und stelle die Flasche neben das Messer auf den Tisch. Ich lasse beides liegen und mache mich auf den Weg ins Badezimmer. Kaum dass ich das Licht eingeschaltet und das Wasser angestellt habe, lässt mich ein merkwürdiges Geräusch zusammenzucken.

Schnell drücke ich den Wasserhahn wieder zu, lausche in die Stille und höre nichts ...

Verdammt!

Langsam verliere ich wirklich den Verstand.

Wütend auf mich selbst stelle ich das Wasser wieder an, erneut bilde ich mir ein, so etwas wie ein Knacken zu hören.

Was war das?

Zum zweiten Mal stelle ich das Wasser ab, dieses Mal gehe ich aus dem Bad und versuche herauszufinden, ob ich wirklich was gehört habe, oder ob mir meine Angst einfach nur einen bösen Streich spielt.

Ein leises Rascheln lässt meinen Puls in exorbitante Höhen schnellen. Als Nächstes durchbricht ein Kratzen meine Gedanken.

Oh. Gott!

Das kommt von der Wohnungstüre.

Jemand versucht, sich an meinem Schloss zu schaffen zu machen!

Angst flutet meine Venen, die Härchen in meinem Nacken stellen sich warnend auf und ich weiß instinktiv, dass mein Stalker sich vorbereitet hat und dass er es schaffen wird, mein neues Sicherheitsschloss zu knacken.

Vor lauter Panik sind meine Füße wie angewurzelt. Ich will etwas tun, ich will mich bewegen, das Messer holen, die Polizei anrufen und mich irgendwo verstecken. Am besten im Schrank, oder so ... Aber es gelingt mir nicht, mich von der Stelle zu bewegen.

Meine Knie zittern, ich schaffe es kaum, zu atmen.

Oh bitte nicht ... Bitte! Bitte nicht ...

Das Knacken wird lauter, dröhnt unheilvoll durch mein Trommelfell.

Die Klinke bewegt sich und wird nach unten gedrückt, mein Herzschlag stoppt.

Ich muss hier weg – ich muss etwas tun. Sofort.

Pures Adrenalin breitet sich in meinem Kreislauf aus, es hilft mir dabei, mich endlich in Bewegung zu setzen.

Auf zittrigen Beinen renne ich los und hole das Handy und mein neues Pfefferspray aus der Handtasche. In der Sekunde, in der ich in die Küche rennen und das Messer holen will, sehe ich, wie sich die Türe einen Spaltbreit öffnet und ein Bolzenschneider zum Vorschein kommt, der mühelos die Kette durchtrennt.

Das alles dauert keine Minute und macht mir schmerzhaft bewusst, dass mich nicht mal die neuen Sicherheitsvorkehrungen vor meinem Stalker retten können.

Hilfe! Ich will schreien, bleibe jedoch stumm. Anstatt in die Küche zu eilen – die wäre eine Sackgasse, verstecke ich mich in dem Flurschrank direkt neben der Eingangstüre.

Es wäre ein fataler Fehler zu glauben, dass ich mich nur mit einem Pfefferspray gegen das Arschloch verteidigen kann. Mann gegen Frau – körperlich habe ich keine Chance gegen ihn. Ein direkter Angriff wäre also mehr als sinnlos.

Wenn ich meine Haut retten will, dann muss ich ihm entwischen. Dann muss ich hier raus und das am besten, ohne dass er bemerkt, dass ich ihm entwischt bin.

Ich muss mich still verhalten und warten, bis er die Wohnung nach mir absucht. Sobald er tiefer in meiner Wohnung verschwunden ist, muss ich mich davonschleichen. Erst langsam und leise, und dann so schnell es geht.

Aber wohin?

Zur Polizei?

Wohl eher nicht. Wenn mich die Vergangenheit eine Sache gelehrt hat, dann, dass ich für die Cops erst mit meinem Ableben zu einem ernst zu nehmenden Fall werde.

Solange ich nur Blumen im Briefkasten und einen Stalker am Arsch kleben habe, bin ich für sie nichts weiter als eine hysterische Tussi, die mit ihrem Verehrer nicht klarkommt.

Bones ...

Dieser eine Name hallt durch meinen Kopf, er ist die einzige Chance, die ich habe!

Aber von hier zum Club braucht man mit dem Auto schon eine knappe halbe Stunde, zu Fuß schaffe ich die Strecke nie und die Idee mit dem Bus kann ich vergessen.

Der Stalker wird mir wohl kaum so viel Vorsprung gewähren, dass ich Zeit habe, mich an eine Haltestelle zu setzen und zu warten, bis meine Mitfahrgelegenheit endlich eintrifft.

In genau der Sekunde, in der meine Türe weiter aufgestoßen wird, steige ich in den Schrank, drücke die Jacken zur Seite, schließe ihn schnell wieder und halte die Luft an.

Ich darf jetzt keinen Mucks machen.

Wenn er mich hier drinnen entdeckt, bin ich verloren ... Den Finger auf den Knopf des Pfeffersprays legend, lausche ich den Schritten, die mir immer näher kommen.

Heiße, lautlose Tränen rinnen mir über die Wangen, es fühlt sich so an, als würden mich die salzigen Tropfen verbrennen.

Der Stalker geht am Schrank vorbei, seine massive Gestalt lässt den schmalen Lichtstrahl, der zu mir hereindringt, verschwinden.

Ich schlucke hart, meine Knie drohen nachzugeben.

Noch nie zuvor hatte ich eine solche Angst wie in diesem Moment. Nicht mal in der Nacht vor acht Tagen – noch nie.

Die Situation, in der ich stecke, fühlt sich aussichtslos an.

Dennoch werde ich nicht aufgeben. Niemals!

Meine Zähne fest in die Unterlippe grabend, verhindere ich das verzweifelte Keuchen, das sich aus meiner Kehle lösen will.

Der Schatten bewegt sich, wagt sich ins Wohnzimmer vor.

Von hier drinnen kann ich nicht viel erkennen, dennoch besteht für mich kein Zweifel, dass es sich bei dem Eindringling um denselben Mann handelt, der mir die Rose in den Briefkasten gesteckt und der mich durch die schwarze Nacht gejagt hat.

Die Wahrscheinlichkeit, dass es sich bei diesem Einbrecher um jemand völlig anderen handelt, ist einfach zu gering, um in Betracht gezogen zu werden.

Das Herz donnert mir so heftig gegen die Rippen, dass es schmerzt, es fühlt sich so an, als würde es vor lauter Furcht gleich platzen, wie eine Tomate, die in einer Faust eingeschlossen wird.

Ich atme so flach wie nur möglich. Dank des Sauerstoffmangels breiten sich schwarze Punkte vor meinen Augen aus.

Was tun? Soll ich noch warten?

Soll ich jetzt flüchten?

Wann ist der geeignete Zeitpunkt, um aus dem Schrank zu steigen?

Bones ...

Erneut hallt der Name des Rockerpräsidenten durch meinen Kopf.

Ich spüre instinktiv, dass dieser Mann meine einzige Rettung ist.

Es spielt keine Rolle, dass er das anders zu sehen scheint.

Seine Warnung, dass ich mich von ihm fernhalten soll – seine Drohung, dass ich an ihm zerbrechen würde, das alles spielt in diesem Moment absolut keine Rolle.

Ich spüre instinktiv, dass der Anführer der *Black Snakes* meine einzige Hoffnung ist.

Wenn er mich erneut wegschickt, ist das mein Todesurteil.

Innerlich bis drei zählend, sammle ich all meinen Mut, atme tief durch und wage mich dann aus dem Schrank. Auf Zehenspitzen hetze ich durch den Flur, schlüpfe in meine ausgelatschten Sneakers und will gerade nach meiner Handtasche greifen, als ein leises „Oh Rose ...“ ertönt.

Ich erstarre, zucke entsetzt zusammen und riskiere einen Blick über meine Schulter. Das ist das erste Mal, dass ich meinen Stalker bei Licht gegenüberstehe. Schmale Lippen, blaue Augen, eine gerade Nase und ein rundes Kinn mit kleiner Kerbe.

All diese Informationen nimmt mein Hirn im Bruchteil einer Sekunde wahr.

Genau wie die Erkenntnis, dass ich diesem Typen noch nie begegnet bin.

Er ist kein Arbeitskollege, kein ehemaliger One-Night-Stand und auch kein verschmähter Ex, sondern einfach nur ein Fremder.

Aber wie kann es sein?

Wie ist so etwas möglich?

Was bewegt einen Mann dazu, eine Fremde zu stalken?

Was, um Himmels willen?

Er ist kein Bones, aber dennoch nicht so unattraktiv, dass man meinen könnte, dass er niemals eine Partnerin finden wird, was die ganze Sache nur noch unverständlicher macht. Schwarze Jeans, eine schwarze Jacke und schwarze Schuhe. Alles an ihm ist schwarz, genau wie die Lederhandschuhe an seinen Händen.

Mein Blick fällt auf etwas Weißes, was aus seiner Hose hängt – Kabelbinder. Erst jetzt bemerke ich die Panzertape-Rolle, die zur Hälfte aus seiner Jackentasche herausschaut.

Oh. Mein. Gott!

Die Zeit scheint plötzlich stillzustehen, selbst mein Herzschlag verlangsamt sich wieder etwas. Der Moment ist ganz klar. Keine Versteckspiele, keine Ausflüchte – nur er und ich und die Frage, die mir auf der Zunge liegt.

„Warum tust du das?" Und was noch wichtiger ist. „Warum ich?"

Seine Lippen zucken kurz, der Ausdruck, mit dem er mich ansieht, ist eiskalt und berechnend. Ich entdecke keinen Funken Schuldbewusstsein in den blauen Tiefen seiner Iriden, nur pure Entschlossenheit.

„Weil ich dich will, Rose."

Diese fünf Wörter beantworten alles und nichts.

Was ist das für ein lächerlicher Grund?

„Wie kann man jemanden wollen, den man gar nicht kennt?"

Er sieht mich an, so als ob er nicht wüsste, wovon ich spreche.

„Ich kenne dich besser als jeder andere Mensch. Ich beobachte dich jetzt schon so lange Rose, so lange ... So lange ..."

Seine Stimme verhallt, ein warnender Schauer rieselt an meiner Wirbelsäule hinab.

Ich komme mir vor wie in einem Horrorfilm.

Erneut huschen meine Augen zu den Kabelbindern, er bemerkt es und grinst spöttisch.

„Die habe ich für dich mitgebracht."

Es klingt so, als würde er glauben, dass er mir damit ein riesiges Geschenk macht.

Jetzt, in dieser Sekunde, bin ich mir absolut sicher, dass ich ihn, ohne zu zögern, erschießen würde, wenn ich eine Waffe hätte.

Er sieht mich abwartend an, fast so, als würde er meine nächste Reaktion abschätzen wollen.

Was jetzt?

Was verdammt noch mal jetzt?

Vorsichtig riskiere ich einen Blick Richtung Türe, spanne meine Muskeln an und renne los. Meine Fingerspitzen berühren das kalte Silber des Griffs. Gerade als ich ihn runterdrücken will, werde ich von hinten gepackt, durch die Luft gewirbelt und grob auf den Boden geworfen. Der Aufprall quetscht mir sämtlichen Sauerstoff aus den Lungenflügeln, vor meinen Augen wird es schwarz.

Ich will schreien, bringe jedoch nur ein ersticktes Keuchen über die Lippen.

Bones ...

Mein Unterbewusstsein erinnert mich daran, dass es nur einen Ort auf der Welt gibt, an dem ich vor dem Psychopaten, der gerade dabei ist, die Kabelbinder aus seiner Hose zu ziehen, sicher bin.

Er beugt sich zu mir herab, endlich realisiere ich, was ich noch immer in der Hand halte. Schnell reiße ich den Arm hoch, drücke auf den Knopf und verpasse dem Arschloch eine großzügige Ladung Pfefferspray.

Kaum dass die Mischung sein Gesicht erreicht, weicht er erschrocken zurück, stößt einen lauten Fluch aus und versucht, sich das Zeug aus den Augen zu reiben.

Leider ist das Spray jedoch nicht so effektiv, wie ich dachte. Noch bevor ich mich aufrappeln kann, holt er aus und rammt mir seine Faust in den Magen.

Der Schmerz ist allumfassend und breitet sich wie Feuer in meinen Nervenbahnen aus. Ich krümme mich instinktiv und japse nach Luft wie ein Fisch auf dem Trockenen.

„Du blöde Schlampe."

Mein Stalker klingt ehrlich wütend und entrüstet.

Was ich seltsam finde, wenn er mich wirklich so gut kennt, wie er behauptet, hätte er wissen müssen, dass ich mich nicht einfach so entführen lasse.

„Fick dich!"

Wieder trifft mich seine Faust, dieses Mal am Kiefer.

Dank der Wucht wird mein Kopf nach hinten geschleudert, in meinem Nacken knackst es verdächtig. Wenn er etwas mehr Kraft verwendet hätte, wäre wahrscheinlich mein Genick gebrochen.

„Ich werde dich ficken, Rose."

„Niemals! Eher sterbe ich!"

Er lacht und reibt sich erneut über die Augen.

„Darauf wird es wohl hinauslaufen.“

Die Morddrohung gibt mir die Kraft, die ich brauche, um auf die Füße zu kommen.

Das Arschloch, das mein Leben ruiniert, und dessen Name ich nicht kenne, sieht mich abschätzend an.

„Wenn du jetzt wegläufst, was glaubst du wohl, wie weit du kommst?“

Ihm scheint das tatsächlich alles Spaß zu machen.

Das werde ich ihm wohl kaum auf die Nase binden. Als ich nichts sage, sondern ihn einfach nur blind vor Hass anstarre, redet er einfach weiter.

„Heute ist kein Biker da, der dich retten kann.“

Ach wirklich? Das wäre mir fast entgangen!

Nicht bereit aufzugeben, kämpfe ich mich in eine sitzende Position. Sofort nimmt er mir das Pfefferspray ab und schleudert es durch den Flur. Es knallt gegen die Wand, rollt über den Boden und bleibt direkt vor dem Schrank liegen, in dem ich mich versteckt hatte. *Scheiße!*

„Und was wirst du jetzt tun, Rose?“

Er klingt siegessicher.

Was willst du jetzt tun, Rose?

Mein Unterbewusstsein wiederholt seine Frage.

Verdammt! Ich habe keine Ahnung.

Da er ein Mann ist, macht es keinen Sinn, ihn zu einem Kampf herauszufordern, aber seine Männlichkeit bietet mir auch eine perfekte Angriffsfläche.

Nervös lehne ich mich zurück, winkle mein rechtes Knie an und schicke ein stummes Stoßgebet los, dann trete ich ihm mit voller Wucht in die Eier.

Das hat das Arschloch nicht kommen sehen.

Einen seltsam klingenden Schrei ausstoßend, sinkt er vor mir auf den Boden. Ich nutze die Chance und trete erneut zu. Sein Jaulen hallt durch die Wohnung, purer Schmerz steht ihm ins Gesicht geschrieben.

Mit neuer Energie springe ich auf die Füße und schaffe genug Abstand zwischen uns, sodass ich mich nicht mehr in seiner Reichweite befinde.

„Fick dich!“

Da er sich zwischen mir und meiner Handtasche befindet, verzichte ich darauf, sie mitzunehmen, und reiße die Türe auf. So schnell ich kann stürme ich die Treppen nach unten, renne aus dem Haus und hinaus auf die Straße. Ein Auto hupt, ich ignoriere den wütenden Fahrer und laufe einfach immer weiter. Zuerst ist es mein einziges Ziel, möglichst viel Abstand zwischen mich und meinen Stalker zu bringen, erst als mir das gelungen ist, bleibe ich stehen, beuge mich vor und versuche, zu Atem zu kommen.

Ein fieses Seitenstechen zuckt an meiner linken Seite nach oben, treibt mir Tränen in die Augen.

Ich habe es geschafft!

Ich habe es echt geschafft und bin entkommen!

Das Hoch bleibt genau drei Sekunden, genau genommen so lange, bis mir klar wird, dass ich weder eine Jacke noch mein Handy oder einen einzigen Dollar bei mir habe.

Scheiße! Was jetzt?

Verzweiflung breitet sich in mir aus, das Zittern in meinen Knien wird immer stärker. Ein gelbes Taxi fährt an mir vorbei, es hält an einer auf Rot springenden Ampel – das ist meine Chance.

Ohne lang darüber nachzudenken, wie ich den Fahrer am Schluss bezahlen soll, klopfe ich an die Seitenscheibe.

Der Inder, der das Taxi fährt, sieht mich freundlich an.

„Sind Sie frei?"

Er sieht mein tränenüberströmtes Gesicht, zögert kurz und nickt dann.

Danke Gott!

Er entriegelt die Türen, ich steige ein und riskiere einen prüfenden Blick aus dem Fenster, von meinem Stalker fehlt jede Spur.

„Wo wollen Sie denn hin?"

Eine gute Frage, auf die es nur eine Antwort gibt.

Bones ...

„Wissen Sie, wo der *Black Snakes Motorcycle Club* ist?"

„Natürlich."

Gut.

„Dann bringen Sie mich bitte dahin."

Auf seiner Stirn bilden sich zwei tiefe Falten.

„Sind Sie sich sicher, dass Sie dahin wollen?"

„Absolut sicher!"

Das Ampelsignal wechselt zu Gelb und wird dann Grün, der Inder gibt Gas und wir fahren davon.

Die verschiedenen Ketten, die am Rückspiegel baumeln, schlagen klimpernd gegeneinander. Auf einem der golden eingefassten Anhänger entdecke ich Ganesha.

Der elefantenköpfige und vierarmige Gott des Hinduismus ist der Herr und Aufseher über Shivas Gefolge und der Vermittler zu seinem Vater Shiva und somit ein Götterbote.

Ich könnte jetzt auch ganz gut einen Gott oder Ähnliches gebrauchen. Aber da ich mir ziemlich sicher bin, dass es so einen in Chicago nicht gibt, gebe ich mich auch mit einem Kutte tragenden und gnadenlosen Outlaw zufrieden.

Jetzt, wo die Furcht nachlässt, setzt der Schock ein.

Dass ich es aus der Wohnung geschafft habe, war verdammt knapp.

Aber jetzt, wo ich hier bin, wie geht es weiter?

Was soll ich jetzt tun?

Ich verbiete mir diese Frage, kämpfe gegen die Verzweiflung an und bedanke mich bei dem Taxifahrer, als er mir mit einem mitleidigen Blick eine Taschentuchpackung reicht.

Seine Freundlichkeit bringt mich erst recht zum Heulen.

Die restliche Fahrt sehe ich einfach nur aus dem Fenster.

Orientalisch klingende Musik erfüllt die Limousine, während die rote Zahl des Taxameters mit erschreckender Geschwindigkeit in die Höhe schnellt.

Keine Ahnung wie lange es dauert, bis er direkt vor dem Tor des Clubhauses am Straßenrand anhält. Mittlerweile ist es dunkel, ich schätze, es ist kurz nach acht. Mehrere Scheinwerfer erhellen den hinter dem Stahltor liegenden Hof.

Und nun?

Ich wollte zu Bones, ich wollte zum Club, aber jetzt, wo ich da bin, weiß ich nicht, wie es weitergehen soll.

Dieser Rocker ist nicht die Wohlfahrt, er arbeitet nicht ehrenamtlich beim Heimwegtelefon und hat mir bei unserer letzten Begegnung unmissverständlich klargemacht, dass ich mich von ihm fernhalten soll.

Was ist, wenn er mir nicht helfen will?

Die Wahrscheinlichkeit, dass er mich einfach wieder wegschickt, ist groß, und was dann?

Scheiße! Scheiße! Scheiße!

„Sind Sie sich sicher, dass Sie hierher wollen?“

„Ja, ich meine nein ... vielleicht.“

Eventuell wäre es doch besser gewesen, zur Polizei zu gehen.

Aber was dann?

Die Cops haben mich bis jetzt immer verspottet, sobald sie das Wort ‚Stalker‘ gehört haben. Männer scheinen sich nicht vorstellen zu können, wie es für eine Frau ist, bedroht und verfolgt zu werden.

„Das macht vierunddreißig Dollar und achtzig Pennys.“

Obwohl ich genau weiß, dass ich die Summe nicht bezahlen kann, fasse ich mir in die Tasche und verhalte mich so, als ob ich Geld dabeihätte. Noch bevor der peinliche Moment gekommen ist, in dem ich so tun muss, als ob ich mein Portemonnaie verloren hätte, klopft jemand von außen an die Scheibe. Mein Kopf zuckt hoch und ich sehe in den Lauf eines Maschinengewehrs.

Der junge Typ, der mit der Waffe gegen die Scheibe geklopft hat, ist der gleiche, den Bones vor acht Tagen damit beauftragt hatte, mich nach Hause zu bringen.

Angst gepaart mit einer Brise Hoffnung wallt in mir auf.

Wenn er mich erkennt, wenn er sich noch an mich erinnert, habe ich vielleicht Glück und er lässt mich das Clubgelände betreten, damit ich mich auf die Suche nach Bones machen kann.

Ich habe zwar keine Ahnung, was ich dem Präsidenten sagen, oder wie ich ihn um Hilfe bitten soll, aber damit befasse ich mich erst, wenn es so weit ist.

Ich muss die Hürden, die vor mir liegen, Schritt für Schritt bewältigen.

Eine nach der anderen, so lange, bis ich endlich wieder Licht am Horizont entdecke.

Fürs Erste muss ich aus dem Taxi kommen, ohne die offene Rechnung zu bezahlen, und dann sehen wir weiter ...

Während sich meine Angst vor dem Prospect, wie Bones ihn genannt hat, in Grenzen hält, stößt der Inder neben mir einen entsetzten Schrei aus. Er will Gas geben und davonfahren, ich halte ihn mit einem entschlossenen „Stopp!“ auf und steige blitzschnell aus.

Vor lauter Todesangst scheint er die vierunddreißig Dollar und achtzig Pennys komplett vergessen zu haben.

Wunderbar, das lief besser als gedacht. Nicht sicher, wie ich es jetzt schaffen soll, den Maschinengewehrmann davon zu überzeugen, mich zu seinem Präsidenten zu bringen, sehe ich ihn mit einem schüchternen Lächeln an. Allerdings hält das nicht lange, denn sobald ich spüre, wie mein Kiefer schmerzhaft zu pochen beginnt, rutscht mir die künstliche Sorglosigkeit wieder von den Lippen.

„Was machst du hier, Rose?“

Er mustert mich besorgt, anscheinend sehe ich genauso beschissen aus, wie ich mich fühle. *Klasse.* Mit dem Gewehrlauf auf meine Wange deutend, gibt er mit der Zunge ein lautes Schnalzen von sich.

„Mal wieder Ärger gehabt?“

Das *mal wieder* stört mich mehr als die verdammte Kalaschnikow, die noch immer auf mich gerichtet ist.

„Wie wäre es, wenn du die Schnauze hältst, das verdammte Ding aus meinem Gesicht nimmst und mich zu deinem Präsidenten bringst?“

Wahrscheinlich hätte ich lieb *bitte, bitte* sagen und etwas freundlicher sein sollen, aber scheiße! Meine Nerven hängen an einem seidenen Faden, der durchzureißen droht.

Freundlich kann ich mir gerade nicht leisten und den Prospect scheint mein ruppiger Ton nicht zu stören.

„Bin mir nicht sicher, ob Bones dich sehen will. Wenn ich mich recht erinnere, konnte er es das letzte Mal kaum erwarten, dich loszuwerden."

Es juckt mich in den Fingern, ihm das Gewehr abzunehmen und es ihm über den Schädel zu ziehen. Einzig die Tatsache, dass mir das vermutlich eh nicht gelingen würde, hält mich davon ab.

„Wie wäre es, wenn du mich zu ihm bringst und ihn selbst entscheiden lässt, ob er mich sehen will oder nicht?"

Er reibt sich über die Stirn, wirft einen zweifelnden Blick über die Schulter Richtung Clubhaus und flucht leise.

„Du könntest mich ganz schön in Schwierigkeiten bringen."

„Ich bin die personalisierte Schwierigkeit, ich habe die Schwierigkeiten quasi erfunden. Also was ist jetzt?"

So cool ich mich nach außen hin auch geben mag, so zittrig und schlecht fühle ich mich.

Letzten Winter habe ich mir auf dem GEO-Channel eine Dokumentation über Wölfe angesehen, in der wurde erzählt, dass Wölfe Angst wittern können.

Keine Ahnung wieso, aber ich schätze, bei diesen *Black Snakes* ist es das Gleiche. Ich will nicht, dass mich dieser Prospect als schwach und unwichtig einstuft, sondern dass er mich ernst nimmt.

Ich muss zu Bones. Ich muss. Von ihm hängt einfach alles ab.

Mein Gegenüber reagiert nicht, sondern zündet sich scheinbar seelenruhig eine Kippe an. So ein Arschloch! Meine Knie fühlen sich an, als würden sie gleich einknicken und er nutzt seine Fünf-Minuten-Macht.

„Stell dir vor, du schickst mich weg und dein Präsident findet heraus, dass ich da war, aber du mich nicht zu ihm gelassen hast. Dann steckst du in der Scheiße!"

Er nickt. „Stell dir vor, ich lasse dich zu ihm und Bones will dich nicht sehen. Dann stecke ich ebenfalls in der Scheiße!"

Tja ...

„So wie es aussieht, bist du zu 50 Prozent eh im Arsch, da kannst du mich auch gleich zu ihm bringen."

Dazu sagt der Prospect nichts, zieht eine weitere Ladung Nikotin in seine Lunge und schultert das Gewehr.

Komm schon Arschloch ... Komm schon ...

Je mehr der Schock nachlässt, umso deutlicher nehme ich die Schmerzen wahr. Mein Magen fühlt sich an, als ob ihn jemand mit einem Presslufthammer bearbeitet hätte, und meine linke Gesichtshälfte brennt wie Feuer.

Mein Kreislauf baut das Adrenalin langsam ab, vor meinen Augen schwirren schwarze Punkte.

Ich wanke, der Rocker bemerkt es und stößt ein verärgertes Zischen aus, ehe er mich an der Schulter packt und stützt.

„Was ist los? Brichst du mir gleich zusammen?"

„Bitte, ich muss zu Bones. Sofort!"

Mit wutverzerrter Miene schnippt er seine nur halb gerauchte Zigarette auf die Straße und zerrt mich an dem Stahltor vorbei auf das Clubgelände.

Willkommen zurück in der Schlangengrube ...

Die Stimme meines Unterbewusstseins hallt leise durch meinen dröhnenden Kopf.

Geschafft! Ganz egal wie es weitergeht, fürs Erste bin ich in Sicherheit.

Wir gehen über den Hof. Es kostet mich unfassbar viel Kraft, einen Fuß vor den anderen zu setzen. Dutzende Bikes stehen ordentlich in Reih und Glied mit dem Hinterreifen zuerst an der Hauswand. Die Ölfässer brennen wieder, werfen tanzende Schatten an die Mauer und tauchen alles in ein rötliches Licht. Harte Beats hallen in meinem Brustkorb wider, werden mit jedem Meter, dem ich mich der Eingangstüre nähere, lauter.

Eine wütend klingende Männerstimme brüllt irgendetwas über den Tod, Blut und die schwarze Liebe.

Ich denke über Letzteres nach und kann es nicht verstehen.

Der Tod ist schwarz, die Nacht ist schwarz, ja sogar die Pest ist schwarz, aber die Liebe?

Oh nein ... Die Liebe ist rot und warm und gut, sie ist kein Teil der Finsternis, sie gedeiht nicht in der Dunkelheit, sondern sie vertreibt die Schatten.

Endlich an der offen stehenden Doppeltüre, die in das Clubhaus führt, angekommen, bleibt der Prospect kurz stehen und sieht mich aus zusammengekniffenen Augen an.

„Fuck, Rose! Fuck! Bist du dir sicher, dass du das durchziehen willst?"

„Ja!"

Denn ich habe keine andere Wahl. Zumindest rede ich mir das ein. Tief in meinem Inneren weiß ich jedoch, dass ich Bones so oder so wiedersehen wollte.

Selbst wenn der Stalker nicht mit Kabelbindern und Panzertape in meine Wohnung eingebrochen wäre, um mich zu entführen, hätte mich mein Weg früher oder später hierher zurückgebracht.

Zwischen Bones und mir ist etwas, ich kann nicht genau beschreiben was, aber es ist definitiv da und es lässt mich nicht mehr los.

Die Erinnerung an seine großen Hände, die undomestizierte Wildheit in seinen stahlgrauen Augen und diese unfassbare Stärke, die in ihm lauert und nur darauf wartet, aus ihm herauszubrechen.

Bones ist anders als alle Männer, denen ich bis jetzt begegnet bin.

Dieser *Black Snake* gibt nicht vor, jemand anderes zu sein, er setzt keine Maske auf und verstellt sich nicht. Das was man sieht, das bekommt man auch. Ganz egal ob man damit klarkommt oder nicht.

Sein Leder, die darauf festgenähten Patches, die Waffe und die Gnadenlosigkeit, die ihm aus jeder Pore dringt ... Das alles ergibt einen tödlichen Mix, der mir unter die Haut gegangen ist und mich bis in meine Träume verfolgt hat.

Eine widerliche Mischung aus kaltem Rauch, Schweiß und Sex schlägt mir entgegen. Der Geruch setzt sich in meiner Nase fest, bringt mich beinahe zum Würgen.

Der Rocker beobachtet mich und grinst schadenfroh.

„Daran gewöhnst du dich."

Das bezweifle ich stark. Um sich an etwas gewöhnen zu können, braucht man Zeit, und ich weiß nicht, wie viel Zeit mir in diesem Club bleibt.

Es besteht durchaus die Möglichkeit, dass Bones mich innerhalb von einer Sekunde rausschmeißt. Er ist bei unserer letzten Begegnung ziemlich deutlich gewesen ...

Ein Typ mit Vollbart marschiert an mir vorbei, rempelt mich an und bringt mich beinahe zu Fall. Mein Sichtfeld engt sich ein, vor meinen Augen dreht sich alles.

„Wie viele Schläge hast du auf den Kopf bekommen?"

Die Frage des Prospects hallt durch meinen Schädel wie das Echo von einem Berg.

„Einen, oder zwei ... Ich weiß es nicht mehr."

Und das ist nicht gelogen. Mein Hirn funktioniert nicht mehr richtig, es hat auf Autopilot geschaltet.

„Kipp mir jetzt ja nicht um. Bones killt mich, wenn ich dich bewusstlos bei ihm abliefere."

Wirklich fürsorglich. Aber ich will mich nicht beschweren. Wahrscheinlich muss ich ihm schon dankbar dafür sein, dass er mich nicht mit seinem Maschinengewehr erschossen hat.

Außerdem verdanke ich es ihm, dass ich den Taxifahrer nicht bezahlen musste.

Vierunddreißig Dollar und achtzig Pennys ...

Ich schulde einem Inder, der auf Ganesha steht, vierunddreißig Dollar und achtzig Pennys – mein Leben geht den Bach runter.

Das Chaos in meinem Kopf wird immer schlimmer, ich schaffe es gerade noch, mich auf den Beinen zu halten.

„Bitte, bitte bring mich zu Bones."

Fluchend zerrt mich der Prospect immer tiefer in den Club, an der Bar entlang, durch den dunklen Flur, bis zum Büro seines Präsidenten.

Die Türe ist geschlossen, das Touchfeld daneben wartet auf einen Fingerabdruck.

Er klopft an, lässt dreimal in schneller Abfolge seine Fingerknöchel gegen den silbernen Stahl krachen – keine Reaktion.

„Oh verdammt!"

Sein Ausruf bedeutet gewiss nichts Gutes.

Irritiert sehe ich ihn an.

„Was ist los?"

„Bones ist im Bunker."

Im Bunker? Na und?

„Dann bring mich halt dahin."

Er schüttelt entschieden den Kopf.

„Nein. Niemals!"

Furcht schwingt in seiner Stimme mit.

„Warum nicht?"

„Bones killt mich, wenn ich dich da runterbringe."

Ich will mehr Fragen stellen, aber dafür fehlt mir die Energie.

Ich habe genug eigene Probleme, der Bunker ist mir egal, ich muss einfach nur mit Bones reden.

„Okay, weißt du was? Ich bleibe genau hier ..." Um ihm zu zeigen, wie ernst es mir damit ist, lasse ich mich einfach auf den kalten Boden sinken und lehne mich an die Wand. „... während du deinen Präsident darüber informierst, dass ich da bin. Okay?"

Der Prospect flucht, reibt sich in einer verzweifelten Geste die Stirn und bereut sichtlich, dass er mich draußen auf der Straße nicht einfach weggeschickt hat.

Wenn er die Zeit zurückdrehen könnte, dann würde er es tun. Garantiert!

Aber keiner von uns kann in die Vergangenheit reisen und seine Entscheidungen revidieren.

Leider. Denn wenn das möglich wäre, dann wäre ich vor acht Tagen nie durch die dunklen Straßen gelaufen und hätte mich vorhin nicht im Schrank versteckt.

Aber passiert ist passiert, niemand von uns kann das Geschehene noch mal ändern.

Nicht ich, nicht der Prospect – ja nicht mal der landesweit gefürchtete Präsident der *Black Snakes*.

„Fuck, Rose! Fuck! Du bringst mich in Schwierigkeiten."

„Wo ist das Problem, wenn ich hier sitze?"

„Scheiße Mädchen. Das ist kein Ponyhof, sondern ein OMC."

Himmel, ich habe keine Ahnung, wovon er spricht.

„Ein was?"

„Ein Outlaw Motorcycle Club, wir sind keine Harleystreichler, wenn du verstehst, was ich meine."

Um ehrlich zu sein, verstehe ich kein Wort.

„Gut. Dann warte ich hier also."

Ein Kerl geht an uns vorbei. Sein grauer Bart hat was von Santa Claus. Aber im Gegensatz zu Santa ist der Bauch dieses Bikers flach und höchstwahrscheinlich muskulös. Überhaupt scheinen fast alle diese Rocker nur aus Muskeln, Tattoos und Härte zu bestehen.

Was die wohl frühstücken? Stahl? Eisen? Pure Proteine?

Seltsam. Jetzt wo ich genauer darüber nachdenke, bin ich mir nicht mal sicher, ob Typen wie sie überhaupt frühstücken. Es fällt mir schwer, sie mir mit einem Croissant und einem frisch ausgepressten Orangensaft vorzustellen.

Halleluja! Über was denke ich da eigentlich nach?

Ich habe einen Arsch voller Probleme, bin meinem Stalker gerade so in letzter Sekunde entkommen und jetzt beschäftige ich mich mit so was Sinnlosem wie der Frage, was diese *Black Snakes* nach dem Aufwachen machen?

Über mich selbst verwundert, schüttle ich den Kopf und kläre meine Gedanken. Ich muss so etwas wie eine Gehirnerschütterung erlitten haben, anders kann ich mir den Quatsch, der in meinem Hirn vorgeht, einfach nicht erklären.

Der trainierte Santa mustert mich interessiert und gibt ein lautes Pfeifen von sich.

„Hey Baby, wenn du mit einer schwarzen Schlange ficken willst, dann nimm eine vollwertige und keine halbe."

Erneut kapiere ich nicht, was Sache ist. Der Prospect hingegen scheint es verstanden zu haben. Blitzschnell zieht er das Maschinengewehr von der Schulter, entsichert es und legt den Finger auf den Abzug.

Hilfe!

„Wenn du die Frau anrührst, bist du so gut wie tot, Baxter."

Kampfbereit ballt besagter Baxter die Fäuste.

„Willst du dich mit mir anlegen, Kleiner? Willst du mich wegen der Pussy abknallen? So bekommst du dein Back Patch nie."

Der Prospect grinst siegessicher, mir hingegen rutscht das Herz in die Hose.

„Falsch! Ich schieße dir nur ins Knie. Aber wenn Bones erfährt, dass du Rose angefasst hast, zerrt er dich in den Bunker und du weißt, was dann passiert. Er wird dich aufschneiden und dich mit deinen eigenen Gedärmen erwürgen."

Das Bild, das jetzt in meinem Kopf entsteht, ist so widerlich, dass mir bittere Galle in der Kehle aufsteigt.

Kann er das ernst meinen?

Anscheinend ja, den Baxter weicht sofort einen Schritt zurück.

„Du willst mir weismachen, dass das Mädchen dem Präs gehört?"

„So sieht es aus!"

Baxter grunzt und ergreift die Flucht, was ich irgendwie witzig finde.

Bye bye Santa ...

„Verstehst du jetzt, warum ich dich nicht alleine hier sitzen lassen will? Du bist Freiwild, Rose."

Das ist nichts Neues, immerhin werde ich bereits seit Wochen gejagt.

„Dann gib mir deine Waffe."

Er lacht und schüttelt den Kopf.

„Keine Chance, Rose."

„Gut dann beeil dich, denn ich werde hier sitzen bleiben."

Er zieht eine Grimasse, verpasst der Wand einen wütenden Tritt und stürmt davon.

So weit so gut – Schritt für Schritt ...

11. Kapitel

Bones

Yeah ... Yeah ... Yeah ...

Die Stereoanlage ist aus, Stille umgibt mich, heute fehlt mir der Nerv für Musik.

Ich will hören, wie Silvester stirbt, und will jedes Jammern, jedes noch so leise Winseln, das er von sich gibt, in mich aufsaugen.

Bei allen Höllen! Dieser beschissene Hangaround hat mein Vertrauen missbraucht, er hat die goldene Regel gebrochen und einem verfeindeten Club Informationen zukommen lassen. Wichtige Informationen, die die *Crazy Spiders* gegen uns verwenden werden. Diese Scheiße wird unserem Club schaden. Das genaue Ausmaß der Katastrophe kann ich jetzt noch nicht absehen, aber sie wird nicht so leicht abzuwenden sein wie der Bullshit mit den vier Kilogramm gestohlenen Koks.

Fuck!

Es würde sich nicht so beschissen anfühlen, mein Skalpell immer tiefer in seinen Augapfel zu stoßen, wenn nicht ich derjenige gewesen wäre, der Silvester den Status als Freund des Clubs zukommen lassen hätte.

Es war meine Entscheidung, Silvester zu vertrauen und ihn für gewisse Jobs zu benutzen. Meine Menschenkenntnis ist gut – normalerweise durchschaue ich, wenn jemand ein falsches Spiel treibt, in diesem Fall jedoch habe ich versagt. Was meine Wut in ungeahnte Höhen schnellen lässt.

Der Oberkörper der Ratte zuckt, er versucht, sich von dem im Boden verankerten Metallstuhl loszureißen, hat jedoch keine Chance. Seine Arme sind auf dem Rücken gefesselt, seine Knöchel habe ich an den Stuhlbeinen mit Tape fixiert.

Es gibt kein Entkommen – für keinen von uns.

Mit jedem Atemzug, mit jedem gesprochenen Wort und jeder ausgeführten Tat schaufeln wir uns das Grab, in dem wir am Ende unseres erbärmlichen Lebens landen, selbst.

Wenn wir weich liegen wollen, müssen wir uns so betten ...

Silvester hier hat seinen Sarg mit Nägeln gespickt, er hat sich für den schmerzhaften Weg entschieden und nun muss er ihn bis zum Ende gehen.

Unter normalen Umständen hätte ich ihm ein schnelles Ende gewährt, mir eine Nutte gepackt und mir den Frust aus der Seele gevögelt.

Aber seit Rose ist nichts mehr normal. Falls es das überhaupt jemals gewesen ist ...

Diese Frau hat sich in meine Seele gebohrt, wie ich das Skalpell immer tiefer in Silvesters Pupille stoße. Jeder seiner Versuche, die Augen zu schließen, ist zum Scheitern verurteilt, denn seine Lider sind mit dem gleichen Tape, das auch seine Beine fixiert, an seinen Augenbrauen festgeklebt.

Ich will, dass er mich ansieht, ich will, dass er ganz genau weiß, wer ihm das antut.

Fuck!

Der Gedanke an das Mädchen mit den roten Lippen treibt mich in den Wahnsinn. Mehr als einmal wollte ich sie suchen, mehr als einmal wollte ich sie jagen und an ihren langen, braunen Haaren zurück in mein Bett schleifen, aber ich konnte der Versuchung widerstehen. Der Whisky betäubt meine Sinne, er löscht die brennende Sehnsucht, die mich seit der Begegnung mit Rose einfach nicht mehr loslassen will.

Silvesters Schreie werden immer lauter, hallen von den gefliesten Wänden wider und werden schlussendlich von meinem zufriedenen Knurren verschluckt.

Entschlossen, ihm so viele Schmerzen wie nur möglich zuzufügen, drehe ich die Klinge, ehe ich sie langsam herausziehe. Sein Auge platzt, gleich einer reifen Traube, auf – immer mehr Blut verschwindet in dem Ablauf, der sich direkt unter dem Stuhl befindet.

Ein Hauch von Genugtuung breitet sich in mir aus, doch es reicht noch nicht – noch lange nicht.

Ich wippe mit dem Kopf, summe eine bekannte Melodie und lasse die Schultern kreisen, um die Anspannung in meinem Nacken ein wenig zu lockern.

„Was hast du den *Crazy Spiders* erzählt?“

Ich weiß es längst, er hat es mir bereits ein Dutzend Mal gesagt, aber jedes Mal anders, jedes Mal in einer neuen Version seiner ganz eigenen Wahrheit.

Mit jedem Geständnis sind ihm mehr Details über die blutigen Lippen gekommen. Er lallt und spuckt einen Zahn aus, als er mir mit leidgeplagter Stimme versichert, dass er mir jetzt wirklich alles gebeichtet hat.

Daran zweifle ich. Der Schmerz klärt die Gedanken, er hilft, den Fokus aufs Wesentliche zu lenken.

Silvester wird sterben, ich weiß das und er weiß das auch. Niemand hat den Bunker jemals lebendig verlassen. Gnade ist ein Wort, dessen Bedeutung ich nicht kenne.

Das Herz hämmert mir gegen die Brust. Ich strecke die Finger aus, betrachte die roten Tropfen, die meine Hände überziehen und erkenne ein faszinierendes Muster.

Es riecht nach Schweiß, Urin und Scheiße. Silvester hat schon vor einer Stunde die Kontrolle über seinen Körper verloren.

Der Mensch kann nur ein gewisses Maß an Schmerz ertragen, ehe er kapituliert.

Mit dem Daumen wische ich die Klinge des Skalpells sauber, ehe ich es ihm mit voller Wucht in den Oberschenkel ramme. Silvester brüllt, seine Muskeln spannen sich an, eine Sekunde später sackt er kraftlos in sich zusammen. Es wird nicht mehr lange dauern, ehe er, dank der inneren Verletzungen, die ich ihm zugefügt habe, stirbt.

Mir läuft die Zeit davon ...

„Was hast du den *Crazy Spiders* erzählt?“

Ich hasse es, mich wiederholen zu müssen. Ich hasse es wirklich!

„Nur das, was ich dir schon erzählt habe.“

Für all seine Lügen werde ich ihm die Zunge rausschneiden, doch noch bevor ich das in Angriff nehmen kann, klopft es.

Irritiert ziehe ich eine Augenbraue in die Höhe und sehe Silvester an.

„Hast du das auch gehört?“

Er sagt nichts, nimmt mich nicht mal mehr richtig wahr. Sein Verstand ist dabei einzutrüben, aus seinem zerfetzten Auge rinnt eine gelbliche Flüssigkeit.

Wieder klopft es.

Mein wütendes „Fuck!“ hallt genau wie Silvesters Schmerzensschreie von den Wänden des Bunkers wider. Niemand wagt es, mich hier unten zu stören. Niemand!

Verdammt!

Wenn es einer wagt, hier runterzukommen, dann sind das entweder Skull oder Cube. Aber die würden in ihren wildesten Träumen nicht auf die Idee kommen, zu klopfen.

Vor Zorn bebend drehe ich mich um, marschiere zur Türe und reiße sie auf.

„Was, verfickt noch mal?“

Tim starrt mich eingeschüchtert an. Es ist ihm anzusehen, dass er ganz genau weiß, dass er gerade ein Tabu bricht. „Bist du ein Postbote oder was soll das Geklopfe?“

Er stottert, tritt einen Schritt zurück und murmelt eine Entschuldigung.

Der Prospect gibt einen lustigen Anblick ab, mit den Augen voller Furcht und dem Maschinengewehr über der Schulter. Die Störung zerrt an meinen Nerven, Silvester und ich sind noch nicht miteinander fertig.

„Verdammt, was willst du?"

„Du hast Besuch?"

Was? Seine Wortwahl bringt mich zum Lachen.

Ich habe keinen Besuch, ich habe Menschen, die etwas von mir wollen.

Wenn jemand im Club auftaucht und nach mir fragt, dann sind das entweder Bullen, die Geld wollen, oder Typen, die etwas anderes wollen – wollen tut immer irgendwer irgendwas.

„Laber keinen Bullshit und verpiss dich! Außer natürlich, du willst der Nächste sein, dessen Auge im Abfluss verschwindet."

Sein Blick fällt auf meine blutverschmierten Hände und die roten Spritzer, die meinen bloßen Oberkörper zieren.

Die Kutte und mein Hoodie hängen, wie gewöhnlich, auf dem Stuhl hier draußen im Gang.

Fluchend schüttle ich den Kopf, gehe zurück in den kleinen, fensterlosen Raum und packe den Türgriff, noch bevor ich sie zuknallen kann, kratzt Tim all seinen Mut zusammen und stellt seinen Fuß dazwischen.

„Du musst mit hochkommen, Präs."

„Einen Scheiß muss ich!"

Gedanklich bin ich längst dabei, den nervigen Prospect mit dem Skalpell zu bearbeiten.

„Es geht um Rose."

Der Name lässt mich erstarren, es fühlt sich so an, als hätte mir jemand einen Eimer Eiswasser über den Kopf geschüttet.

„Was ist mit ihr?"

Irgendwie rechne ich damit, dass ich gleich zu hören bekomme, dass der Stalker sie erwischt hat und dass ihre Leiche in irgendeiner Gasse gefunden wurde.

In meinem Schädel ploppt ein Bild auf. Ihr kleiner Körper ist zerstört und mit Blut überzogen, ihre Beine sind angewinkelt, das Sperma eines anderen Mannes tropft aus ihr heraus. Ermordet und vergewaltigt und das nur, weil ich sie weggeschickt habe – das alles nur, weil ich Rose vor mir beschützen wollte!

Fuck! „Fuuuuccckkkk!" Ich balle die Faust, ramme sie gegen die Wand und genieße den Schmerz, der meine Knochen zum Vibrieren bringt.

Rose ... Sie war so schön, so zerbrechlich, so faszinierend.

Es hätte niemals so weit kommen dürfen, ich hätte sie nie aus den Augen lassen dürfen.

Dieses Mädchen ist mir unter die Haut gegangen. Der Geschmack ihrer Lippen hat sich in den meinen festgebrannt, genau wie ihr süßer Duft, der noch immer in meinem Kopfkissen hängt.

Es war falsch, sie fortzuschicken, es war falsch, der Sehnsucht zu widerstehen!

Beil allen Teufeln!

Es mag sein, dass ich nicht der richtige Mann für eine Rose wie sie bin, aber zur Hölle! An meiner Seite hätte sie leben können, ich hätte die Gefahren der Welt für sie abgewehrt und versucht, nicht selbst zu einer zu werden. Bittere Kälte breitet sich in mir aus, überzieht meine Arme und schleicht sich mitten in mein Herz.

Schwarze Liebe ...

Ich kenne diese Frau nicht, alles was ich weiß, ist, dass ich sie so sehr besitzen wollte, dass es mich beinahe in den Wahnsinn getrieben hat.

Seit ich sie fortgeschickt habe, seit acht verdammten Tagen, ist meine Laune mies. Meine Männer gehen mir aus dem Weg, selbst Susanne meidet meine Gesellschaft.

Ich hasse mein Spiegelbild, weil ich weiß, dass der Typ, der mich jeden Morgen aus dem Spiegel heraus anschaut, dafür verantwortlich ist, dass ich Rose verloren habe.

Reue ist ein seltsames Wort, dessen Bedeutung ich bis jetzt nicht gekannt habe.

Ich tue, was getan werden muss, ich stehe zu meinen Taten – immer – und ich bereue nichts! Zum ersten Mal in meinem Leben ist das anders.

Zum ersten Mal bereue ich aus tiefster Seele, dass ich Rose nicht einfach behalten habe.

Ich hätte sie ficken, ihren Körper für mich beanspruchen und meine Zeichen auf ihrer Haut hinterlassen sollen.

Sie wäre meine Rose gewesen und ich hätte dafür gekämpft, ihr genug Licht in meiner aus Schatten bestehenden Welt zu verschaffen.

Jetzt ist es dafür zu spät und die Zeit der Rache ist gekommen.

Ich werde den Bastard, der es gewagt hat, Rose zu verletzen, aufspüren und ihn über Wochen in meinem Bunker gefangen halten. Er wird mein Gast sein und die Welt wird ihn vergessen ...

Dank dem Schmerz, der in meinem Inneren wütet, fällt es mir schwer, den Prospect anzusehen.

„Wo wurde sie gefunden?“

Tim wirkt irritiert.

„Gefunden?“

„Ja verdammt. Wo?“

„Ich habe sie nicht gefunden, sie kam mit einem Taxi und ist direkt vor dem Club ausgestiegen.“

Das ergibt keinen Sinn.

„Wenn sie tot ist, wie soll sie dann aus einem Taxi steigen?“

„Aber Bones, sie ist nicht ... Sie sitzt oben vor deinem Büro auf dem Boden und wartet auf dich."

Bämm ... Das schlägt ein wie eine Bombe.

„Rose lebt und sie ist hier?"

„Ja, das sagte ich doch gerade."

Holy bloody Shit!

Es dauert ein paar Atemzüge, bis die Trauer von mir abfällt und Hoffnung Platz macht.

„Vor meinem Büro?"

Tim nickt und sieht mich verwundert an.

„Aye, auf dem Boden."

Fuck!

Ich zögere nicht, ziehe die Türe des Bunkers mit einem lauten Knall hinter mir zu, packe mir den Hoodie und die Kutte und laufe los.

Ich stürme die Treppen nach oben, spüre, wie mein Blut zu kochen beginnt und wie mein Puls rast. Rose ist hier? *Hier?* Das will mir nicht in den Schädel!

Sie lebt. Was bedeutet, dass mir das Schicksal eine zweite Chance gewährt.

Ich bin nicht naiv und ich weiß, dass das fast an ein Wunder grenzt. Zweite Chancen sind noch seltener als verfickte Einhörner.

Ganz egal was in den vergangenen acht Tagen vorgefallen ist, der Grund, aus dem sie hierher gekommen ist und nach mir fragt, hat für mich keinerlei Bedeutung. Rose ist zu mir zurückgekehrt und das, obwohl ich sie gewarnt hatte. Jetzt werde ich sie behalten.

Scheiß auf richtig und falsch – scheiß auf gut und böse.

Ich bin der Schatten und sie ist die Rose, und ich werde ihr verdammt noch mal genug Licht schenken, damit sie an meiner Seite existieren kann.

Der Schmerz, der mich in dem Moment überkam, in dem ich dachte, sie wäre tot, war der schlimmste, den ich jemals gespürt habe.

Für wenige Minuten dachte ich, Rose wäre ermordet worden, ich war mir sicher, dass der Stalker sie erwischt hat, und was das in mir ausgelöst hat, kann ich nicht in Worte fassen.

Jetzt, wo ich weiß, wie es sich anfühlt, das Mädchen an die Ewigkeit zu verlieren, werde ich alles in meiner Macht Stehende tun, um genau das zu verhindern.

Im Erdgeschoss angekommen, ziehe ich mir den Pullover an und streife mir die Kutte über. Dann atme ich tief durch und folge dem im Dunklen liegenden Gang in die Richtung meines Büros.

Das Herz schlägt mir bis zum Hals.

Zuerst fühle ich nichts, bin wie betäubt. Aber dann entdecke ich die winzige Gestalt, die auf dem Boden ausharrt.
Je näher ich komme, umso mehr erkenne ich.
Rose hat die Knie angewinkelt, die Arme darum gewickelt und das Gesicht darin vergraben. Sie wirkt so klein und zerbrechlich, dass ich für einen Moment befürchte, dass sie einfach auseinanderfallen wird, sobald ich sie berühre.
Uns trennen nur noch wenige Schritte, dank der lauten Musik bemerkt sie mich erst, als ich direkt vor ihr stehe.
Die Fäuste geballt, kämpfe ich gegen den Tornado an Gefühlen, der in mir tobt.
Das ist seltsam. Normalerweise verspüre ich nichts. Susanne behauptet, dass ich emotionsloser bin als die Steine, aus denen das Clubhaus errichtet wurde.
Rose hebt den Kopf, unsere Blicke begegnen sich, ich vergesse zu atmen.
Fuck! Ich vergesse einfach alles um uns herum. Das Einzige, das plötzlich noch für mich zählt, ist das Mädchen mit der geschwollenen Gesichtshälfte und den Tränen in den Augen.
Noch bevor ich es bewusst entscheide, beschließe ich, dass der Typ, der sie geschlagen hat, ein toter Mann ist.
Nervös leckt sie sich die Lippen, mein Schwanz reagiert sofort, schwillt an und presst sich fordernd gegen das Denim.
Rose ist schön, noch viel schöner als ich sie in Erinnerung hatte.
Der Drang, sie zu packen, vom Boden aufzuheben und an mich zu drücken, wird beinahe übermächtig, dennoch kämpfe ich ihn nieder und bleibe reglos stehen.
Nicht sicher was ich sagen soll, beiße ich die Zähne so fest zusammen, dass mein Kiefer zu knacken beginnt.
„Ich ...“ Sie stockt und schluchzt. „Es tut mir leid, Bones. Ich weiß, dass du mich weggeschickt hast. Ich weiß, dass du mich davor gewarnt hast, jemals wieder hierher zurückzukommen, aber ich konnte nicht anders.“
Mir wird klar, dass sie glaubt, dass ich wütend auf sie bin.
Aber damit irrt sie sich gewaltig. Die einzige Wut, die ich verspüre, richtet sich gegen mich selbst. *Bullshit!* Ich hätte sie nie gehen lassen dürfen.
„Was ist passiert?“
Mein Ton klingt barsch, die Art wie ich mit ihr rede, ist ruppig.
Zur Hölle! Freundlicher geht gerade nicht.
Allein ihre Nähe reicht aus, um mich völlig durcheinanderzubringen.

Ich bilde mir ein, sie riechen zu können, blähe die Nasenflügel und atme nochmals tief ein. Eine verführerische Mischung, bestehend aus Frau, Furcht und Vanille füllt meine Lunge.

Mein Schwanz zuckt und meine Hoden ziehen sich schmerzhaft zusammen.

Was hat diese Frau nur an sich, dass ich so heftig auf sie reagiere?

„Er war da."

„Wo?"

„Zuerst war da die Rose in meinem Briefkasten. Dann ist er in meine Wohnung eingebrochen. Er hatte Kabelbinder und Panzertape dabei. Ich habe mich im Schrank versteckt und wollte flüchten ..." Ein Schluchzen unterbricht sie, schüttelt ihren kleinen Körper regelrecht durch. „Aber er hat mich entdeckt und gepackt. Ich konnte sein Gesicht sehen und weiß jetzt, dass ich diesen Mann nicht kenne. Ich habe ihn noch nie zuvor gesehen. Warum will er mich? Warum will er mich, wenn ich ihn doch gar nicht kenne?"

Fuck! Die letzte Frage könnte sie genauso gut mir stellen.

Warum will ich sie? Warum bin ich bereit, mir einen Arsch voller Probleme aufzuhalsen, wenn ich sie dadurch nur behalten kann?

Wenn Rose nicht aufpasst, werde ich ebenfalls zum Stalker, aber mich wird sie nicht so leicht abwehren können ...

Kabelbinder und Panzertape – das klingt, als wäre der Typ gut vorbereitet gewesen.

Erneut betrachte ich ihren blau verfärbten Kiefer.

„Wo bist du verletzt?"

Rose zögert, dass sie mich auf die Antwort warten lässt, macht mich rasend.

Sorge kocht durch meine Adern, ich bin kurz davor durchzudrehen!

„Wo. Bist. Du. Verletzt?"

„Wirst du mich wieder wegschicken?"

Argh ... Diese Frau macht mich wahnsinnig!

„Verflucht! Antworte mir!"

„Nein, antworte du mir, Bones. Denn wenn du vorhast, mich wieder wegzuschicken, bin ich so gut wie tot. Dann ist es völlig egal, ob ich verletzt bin oder nicht."

Fuck! Fuck! Fuck!

Ich ignoriere das Blut an meinen Händen, streife durch meine Haare und ziehe dann so fest an ihnen, dass es sich anfühlt, als würde ich mir die Kopfhaut vom Schädel reißen.

Wir stecken in einer Pattsituation.

Wenn ich Rose sage, was mir wirklich durch den Kopf geht, wird sie aufstehen und die Flucht ergreifen.

Sie wird kapieren, dass ich kein bisschen besser bin als ihr Stalker. Ich will sie ebenfalls besitzen, berühren und ficken. Aber ich habe eine andere Vorgehensweise.

Keine Kabelbinder, kein Panzertape – aber dafür ein weiches Bett, Sicherheit und die Bereitschaft, alles und jeden zu töten, der sie verletzen will.

Geräuschvoll lasse ich die angehaltene Luft aus meiner Lunge entweichen, gehe vor ihr in die Hocke und sehe ihr tief in die Augen.

„Was willst du von mir, Rose?"

Sie blinzelt verwirrt, zwischen ihren Augenbrauen bilden sich zwei tiefe Furchen.

„Was ich will?"

„Aye. Das ist eine ganz einfache Frage. Du bist hierher gekommen, in meinen Club und wolltest mich sehen. Also, was willst du von mir?"

Sie schluchzt, wischt sich über die Nase und setzt sich etwas gerader auf.

„Das ist gemein."

Überrascht sehe ich sie an.

„Was ist gemein?"

„Dass du mich zwingst, es laut auszusprechen."

Echt jetzt?

Rose macht sich keine Vorstellungen davon, wie weit ich bereit bin für sie zu gehen.

Ich werde mich auf die Jagd nach diesem Bastard machen, ihn aufspüren und hierherbringen. Er wird im Bunker landen und ich werde ihn mit Kabelbindern und Klebeband an dem Stuhl fixieren, ehe ich ihm sämtliche Knochen zweimal brechen werde!

Aber bevor ich loslege, muss ich wissen, was diese schöne, faszinierende und verdammt komplizierte Frau eigentlich von mir erwartet.

„Willst du, dass ich deinen Stalker unschädlich mache? Willst du, dass ich ihn töte? Oder soll ich ihn einfach nur zum Kaffee einladen und ihn bitten, dich in Ruhe zu lassen? Was willst du, Rose?"

Sie zögert, senkt den Blick und betrachtet meine Hände. Zuerst scheint sie nicht sofort zu kapieren, was sie sieht, aber dann wird es ihr klar und sie reißt entsetzt die Augen auf.

„Ist das dein Blut?"

„Nein."

„Aber ..."

Ich unterbreche sie mit einem lauten „Stopp“!

„Wenn du bleiben willst, musst du dich an gewisse Regeln halten. Die Erste werde ich dir gleich jetzt erklären. Stelle keine Fragen, wenn du dir nicht sicher bist, ob du die Antwort verkraftest.“

Rose wirkt geschockt, nickt jedoch.

„Bevor du hier aufgetaucht bist, war ich beschäftigt. Mehr musst du nicht wissen.“

Ihr gemurmeltes „Gut“ klingt zaghaft.

„Kommen wir zurück zum Thema. Was willst du von mir, Süße?“

Sie presst die Lippen so fest zusammen, dass sie weiß werden, dann schluckt sie hart und sieht mir wieder direkt in die Augen.

„Ich will bei dir bleiben dürfen und ich will, dass du den Typen findest und beseitigst.“

Das letzte Wort flüstert sie beinahe.

„Beseitigen wie töten? Oder beseitigen wie fortschicken?“

In ihren Iriden blitzt es zornig auf.

„Du bestehst darauf, es mir schwer zu machen. Oder?“

„Hör mir zu, Baby. Nicht jeder hat das Recht, hier aufzutauchen und mich um einen Mord zu bitten. Dir gestehe ich dieses Privileg zu, aber ich erwarte, dass du konkret formulierst, was du erwartest.“

Ein Zittern durchläuft sie, sie räuspert sich und holt tief Luft.

„Ich will, dass dieser Spuk aufhört! Bitte Bones. Ich kann nicht mehr. Es ist fürchterlich, in ständiger Furcht zu leben und sich bei jedem Schritt über die Schulter sehen zu müssen, nur um sicherzugehen, dass man nicht abgestochen oder entführt wird.“

Da sie anscheinend nicht in der Lage dazu ist, übernehme es ich für sie, die Dinge beim Namen zu nennen.

„Du willst seinen Tod?“

Sie nickt.

„Ich will, dass er leidet, so wie ich wegen ihm gelitten habe.“

Das ist ein legitimer Wunsch, den ich durchaus nachvollziehen kann.

„Was willst du noch?“

Zögerlich beugt sie sich zu mir vor, umfasst das Revers meiner Kutte und lässt ihre Augen hinab zu meinen Lippen gleiten.

Fuuuuuuuuuckkkkkkk!

Jetzt sind wir wieder bei demselben Punkt angekommen, an dem ich das letzte Mal die Reißleine gezogen und sie aus meinem Bett getragen habe. Aber dieses Mal stoppe ich sie nicht, dieses Mal werde ich mir nehmen, was sie mir so leichtfertig anbietet.

„Wenn du das anfängst, Rose, werde ich es zu Ende bringen.“

Ihre Pupillen weiten sich, mein Schwanz fühlt sich an, als würde er jede Sekunde platzen.

„Genau das hoffe ich ...“

Und damit hat sie ihr Schicksal besiegelt.

So sanft wie möglich umfasse ich ihren Kopf, presse meinen Mund auf den ihren und teile gierig ihre Lippen. Sie keucht leise, gewährt meiner Zunge Einlass und sinkt kraftlos gegen mich.

Fuck! Ich will mich wirklich zurückhalten, ich will sanft zu ihr sein und ihr die Angst, die in ihr tobt, nehmen, aber ich schaffe es nicht.

Acht verdammt lange Tage habe ich mir genau das hier gewünscht, und jetzt, wo es so weit ist, kann ich mich nicht zurückhalten. Hungrig wühle ich mich durch die samtene Höhle ihres Mundes, koste das Mädchen, das mir unter die Haut gegangen ist.

Ein Schauder durchläuft sie, er geht auf mich über und sorgt dafür, dass sich die Muskeln in meinen Armen anspannen und zu zucken beginnen.

Ich will mehr.

Verdammt!

Ich brauche mehr.

Grob stehle ich ihr den Atem, schenke ihr dafür den meinen und spüre, wie das Monster in mir an seinen Ketten reißt.

Es faucht mich an, befiehlt mir wütend, dass ich unsere Beute endlich mit unserem Zeichen markieren muss.

Mein Herz pumpt, das Blut in meinen Adern fühlt sich zähflüssig an.

Eine undurchdringbare Dunkelheit legt sich auf mich, gleich einer schweren Decke, und das einzige Licht darunter ist Rose.

Was dieser Kuss in mir auslöst, ist gefährlich, für mich, aber besonders für Rose.

Nicht fähig, dem Drang zuzubeißen, zu widerstehen, vergrabe ich meine Zähne in dem weichen Fleisch ihrer Unterlippe, entlocke ihr so ein gepeinigtes Wimmern. Kaum dass ich sie wieder freigebe, sieht sie mich unter gesenkten Wimpern heraus an.

„Bones ...“

Sie wispert meinen Namen wie ein Gebet, so als wäre ich ihre Rettung und nicht ihr Untergang.

Unfähig mich von ihr zu lösen, küsse ich sie erneut, gönne mir eine weitere tödliche Dosis ihres Aromas.

Ich bin jetzt schon süchtig – weiß jetzt schon, dass ich von dieser Frau nie genug bekommen werde.

Auch wenn ich es Rose gegenüber niemals laut aussprechen würde, kann ich verstehen, warum es ihr Stalker auf sie abgesehen hat.

Dieser Bastard hat nie einen Kuss von ihr bekommen und sie nie in den Armen gehalten, und trotzdem ist er bereit, sie zu jagen.

Schwarze Liebe ist eine gefährliche Sache. Sie ist gefährlich, explosiv und kann eine zerstörerische Wirkung entfalten.

Noch begehre ich Rose nur. Noch bin ich einfach nur fasziniert von ihr, aber wenn ich sie über eine längere Zeit besitze, wenn ich sie in meinem Bett habe und Nacht für Nacht ficke, dann werde auch ich diese schwarze Liebe empfinden und das wird Roses Untergang sein.

Die verstörenden Gedanken aus meinem Schädel verbannend, sehe ich das Mädchen an, entdecke den Blutstropfen an ihrer Unterlippe und lecke ihn ab.

Verflucht! Ich muss sanfter mit ihr umgehen, wenn ich sie nicht schon in der ersten Nacht zerstören will.

„Halt dich an mir fest!"

Ihre Finger krallen sich noch etwas tiefer in meine Schulter.

Mühelos hebe ich sie vom Boden auf, bette sie in meine Arme und trage sie den Gang entlang hinauf in meine Wohnung.

Mein Blick fällt auf Tim, der uns mit einigem Abstand beobachtet hat.

„Sperr den Bunker ab. Sorg dafür, dass ihn niemand betritt."

Er nickt.

„Wird erledigt, Präs."

Roses plötzliches Auftauchen hat Silvester davor bewahrt, dass ich ihm die Zunge rausschneide, aber es rettet ihm nicht das Leben.

Die Verletzungen, die ich ihm bereits zugefügt habe, sind schwer genug, morgen bei Sonnenaufgang wird seine Leiche starr und kalt sein.

Skull kommt uns entgegen, sein nackter Oberkörper ist mit Schweiß überzogen. Er und irgendein Hangaround haben sich im Ring draußen einen heftigen Fight geliefert.

Er mustert die Frau in meinen Armen interessiert, als er Rose erkennt, kneift er verwundert die Augen zusammen.

„Das Spielzeug ist zurück?"

„Fass sie an und der Nächste, der dir im Kampf gegenübersteht, bin ich."

Seine Lippen zucken amüsiert, dennoch hebt er die Hände in einer abwehrenden Geste nach oben.

„Schon kapiert, Boss. Kein Grund, mir gleich zu drohen."

Skull ist ein guter Kämpfer, aber gegen mich hat er keine Chance.

Mit großen Schritten gehe ich direkt an ihm vorbei, er weicht zur Seite, macht uns respektvoll Platz. In der Sekunde, in der er Roses bläulich gefärbten Kiefer sieht, weicht jegliche Belustigung aus seiner Mimik.

„Was ist passiert?"

„Das erkläre ich dir morgen. Bis dahin bleiben die Tore verschlossen. Nur Membern und bekannten Freunden wird der Zutritt gewährt.“

Mit einem Nicken zeigt er mir, dass er den Befehl verstanden hat und dass er sich um die Umsetzung kümmert.

Nicht bereit mich von all diesem Bullshit ablenken zu lassen, setze ich meinen Weg fort und bringe Rose in meine Wohnung. Dort angekommen, trage ich sie nicht direkt ins Schlafzimmer, sondern ins Bad.

Mit dem Ellenbogen schalte ich das Licht ein und setze das Mädchen auf der Kommode direkt neben dem Waschbecken ab.

Die Helligkeit offenbart, was die Dunkelheit bis jetzt verborgen hat.

In ihren Augen steht ein gehetzter Ausdruck. Sie scheint noch immer nicht verinnerlicht zu haben, dass sie jetzt in Sicherheit ist. Ich erkenne einen Hauch von Todesangst und mir wird klar, wie knapp der Bullshit heute gewesen ist. Wenn es ihr nicht gelungen wäre, sich zu wehren, wenn sie es nicht geschafft hätte, zu fliehen, wäre sie verloren gewesen. Zorn braut sich in meinem Magen zusammen. Bis zu einem gewissen Grad ist es meine Schuld, dass es überhaupt so weit gekommen ist.

Ich habe sie fortgeschickt, ich habe sie ihrem Schicksal überlassen und das ist dabei rausgekommen. *Fuck!*

„Du bist voller Blut ...“

Ihre Stimme klingt zittrig, für einen Moment befürchte ich, dass sie nun vor mir die Flucht ergreifen wird. Doch Rose überrascht mich, indem sie sich eines der herumliegenden Handtücher schnappt und damit beginnt, die roten Spuren abzutupfen.

„Bevor du gekommen bist, war ich bei der Arbeit.“

Ihr Blick huscht zu mir.

„Solange diese Arbeit nicht irgendwann schuld daran ist, dass dein Blut vergossen wird, ist das für mich in Ordnung.“

Nicht zum ersten Mal überrascht Rose mich mit ihrer inneren Stärke.

Sie hat die Hölle durchgemacht, doch anstatt sich heulend ins Eck zu verkriechen, sorgt sie sich um mich.

Einfach faszinierend ...

Ich streiche durch ihre langen, seidenen Haare und umfasse bestimmend ihren Nacken.

„Es wird Zeit, dass du mir endlich meine Frage beantwortest.“

Unsicher sieht sie mich an.

„Welche?“

„Wo bist du noch verletzt?“

Verlegen senkt sie den Blick.

Für eine Sekunde befürchte ich schon, dass sie mir erneut ausweichen wird, doch dann setzt sie endlich zum Reden an.
„Er hat mir in den Bauch geschlagen."
Die wenigen Worte lösen eine unglaubliche Welle Mordlust aus.
Sobald ich das Arschloch erwische, das ihr das angetan hat, wird es sich wünschen, nie geboren worden zu sein. Mit dem Daumen zeichne ich kleine Kreise auf ihre Haut, versuche sie so zu beruhigen.
„Du musst ihn nicht mehr fürchten, seine letzten Atemzüge sind gezählt. Ich schwöre dir, dass er dir nicht mehr zu nahe kommen wird!"
Und das meine ich ernst. Todernst!
„Das heißt, dass du mich nicht mehr wegschicken wirst?"
Ihre Stimme zittert, Hoffnung blitzt in ihren moosgrünen Augen auf.
„Ich dachte, das hätten wir schon geklärt?"
„Nein!" Sie schüttelt den Kopf. „Stattdessen haben wir uns geküsst."
Stimmt.
„Und du meinst, ich küsse dich und werfe dich dann deinem Stalker zum Fraß vor?"
Sie senkt den Blick.
„Das letzte Mal hast du es getan."
Aye, das tat ich und es gab keinen Tag, an dem ich diese Entscheidung nicht bereut habe.
„Ich wollte dich nur vor mir schützen."
Nun sieht sie mich wieder an.
„Und jetzt willst du das nicht mehr?"
Fuck! Was soll ich darauf antworten?
„Du weißt, was für ein Mann ich bin, und bist trotzdem zu mir zurückgekommen. Ich habe dich gewarnt und du hast mich geküsst. Ich kann dir nicht versprechen, dass du dich nie vor mir fürchten wirst, aber ich kann dir garantieren, dass ich dir nie wehtun werde."
Sie wirkt erleichtert, legt ihre kleinen Hände erneut auf meine Schultern.
„Keine Kabelbinder und kein Panzertape?"
„Nur wenn du mich darum bittest und nur beim Ficken."
Ein zittriges Lächeln huscht über ihren sinnlichen Mund.
„Ich werde es mir überlegen."
Und ich kann es kaum erwarten.
Ich fange ihren Blick ein, sie küsst mich und mir werden die Knie weich.
Fuck! Mir! Die! Verdammten! Knie!
Wie alt bin ich? Zehn? Was passiert hier?
Bei allen *Black Snakes* – bei allem, was mir heilig ist.

So hat es sich noch nie angefühlt, mit einer Frau zusammen zu sein ...

Für die Dauer eines Atemzugs überlasse ich ihr noch die Kontrolle, dann übernehme ich die Führung und wühle mich grob durch ihren Mund. Sie wimmert, unsere Zähne schlagen aufeinander und meine Hoden ziehen sich puckernd zusammen.

Was läuft hier?

Was macht diese Frau mit mir?

Ich finde keine Antworten auf die Fragen, die mir wie Blitze durch den Kopf zucken, aber ich spüre bis in den hintersten Winkel meiner Seele, dass diese Rose nur für mich geschaffen wurde.

Sie ist mein, und niemand wird sie mir jemals wieder nehmen!

12. Kapitel

Rose

Aus dem Kuss wird eine Art Inbesitznahme.

Bones schleicht sich in meinen Verstand, wird zu dem einzigen Gedanken, zu dem ich noch fähig bin.

Der Schmerz in meinem Magen, die Angst vor der Zukunft und mein Stalker – das alles wird immer nebensächlicher.

Um der einen Gefahr zu entkommen, habe ich mich einer noch viel größeren ausgesetzt. Bones ist der Präsident des *Black Snakes Motorcycle Clubs*, seine *Arbeit,* wie er es genannt hat, sorgt dafür, dass seine Hände mit Blut bedeckt sind.

Oh Himmel ... Ich will gar nicht wissen, mit was er gerade beschäftigt war, bis meine Ankunft ihn dabei unterbrochen hat.

Und dieser Bunker. *Hilfe!* Ich habe zwar keine Ahnung, was genau damit gemeint ist, aber ich bin mir sicher, dass ich ihn niemals mit eigenen Augen sehen will.

Seine Regel: *'Stell keine Fragen, wenn du dir nicht sicher bist, ob du die Antwort verkraftest'* klingt gut. Ich werde sie mir zu Herzen nehmen.

Ich bin zu Bones gekommen, weil ich ganz genau wusste, dass er alles, aber garantiert nicht harmlos ist. Dieser Präsident ist ein Killer, er ist gefährlich und gnadenlos und ganz genau deswegen bin ich jetzt hier. Es wäre mehr als scheinheilig, wenn ich mich jetzt wegen dem, was er nun mal ist, beschweren würde. Wäre dieser Rocker nett, harmlos und plüschig, dann könnte er mir bei meinem Stalker-Problem nicht weiterhelfen.

So einfach ist das. Ich muss der Realität in die Augen schauen und mir eingestehen, dass ich die dunkle Seite von Bones nicht annähernd so abstoßend und gruselig finde, wie ich das wahrscheinlich sollte.

Mir gefällt der Gedanke, mit einem Mann zusammen zu sein, der stark genug ist, mich zu beschützen, und das im Notfall auch, ohne zu zögern, macht.

Was sagt es über mich aus, dass ich es erregend finde, von den Händen eines Mörders gehalten zu werden?

Bin ich verrückt?

Oder nach all den Wochen der Angst einfach so verzweifelt, dass mir jedes Mittel recht ist? Keine Ahnung. Ehrlich nicht ... Im Grunde genommen ist es auch überhaupt nicht relevant. Ich bin hier und es fühlt sich gut an.

Ende der Geschichte.

Bones beendet den Kuss, leckt über meinen Mundwinkel und gibt mich wieder frei. Ich bin kurzatmig, erregt und mir schwirrt der Kopf.

Ich fühle mich, als wäre ich auf Droge ... Nicht dass ich Erfahrung mit solchen Dingen hätte, aber so stelle ich es mir vor.

„Fuck Mädchen. Ich will dich."

Spätestens jetzt sollte sich meine Vernunft zu Wort melden und Stopp schreien – sie bleibt stumm.

„Dann nimm mich ..."

Plötzlich lässt er mich los, tritt einen Schritt zurück und ballt die Fäuste.

Er vibriert regelrecht vor unterdrückter Kraft.

„Wenn ich dich jetzt ficke, wird das absolut alles verändern."

Das ist mir bewusst.

Nach dem Sex mit diesem Rocker werde ich nicht mehr die Gleiche sein.

Aber das ist okay, mein jetziges, verängstigtes und panisches Ich hat mir eh nie sonderlich gut gefallen.

Steig auf die Schlange, reite sie und übernimm die Kontrolle über dein Leben ...

Die Stimme meines Unterbewusstseins klingt entschlossen und schenkt mir den Mut, den ich brauche, um von der Kommode zu rutschen, auf Bones zuzugehen und ihm das Leder von den breiten Schultern zu streichen.

„Schwöre mir, dass du mich beschützen wirst."

Er zögert keine Sekunde.

„Ich schwöre es!"

Mein Herz gerät aus dem Takt, schlägt mit doppelter Geschwindigkeit weiter.

Tapfer umfasse ich den Saum seines schwarzen Hoodies und ziehe ihn nach oben. Bones hilft mir, wenige Sekunden später ist der Pullover verschwunden und ich stehe einem massiven, muskulösen, tätowierten und mit Blutspritzern übersäten Oberkörper gegenüber.

Meine Kehle wird trocken, ich sammle etwas Spucke im Mund und schlucke sie runter.

„Heilige Scheiße!"

Mir wird erst klar, dass ich das laut ausgesprochen habe, als Bones ein unterdrücktes Lachen von sich gibt.

Mittig auf seinem Brustkorb thront ein Totenkopf, der auf zwei Knochen zu liegen scheint. Die Augenhöhlen sind schwarz, wirken wie das Tor zur Hölle. Auf den ersten Blick wirkt es grob und abschreckend, aber je länger ich es betrachte, umso mehr Feinheiten erkenne ich.

Der Tätowierer muss ein echter Künstler gewesen sein.

Wahrscheinlich wäre der Skull nur halb so gruselig, wenn er nicht mit den Blutspritzern seines letzten Opfers übersät wäre. Silbrige Narben zeichnen sich auf seiner Haut ab. Sie sind stumme Zeugen der vielen Kämpfe, die dieser Präsident in der Vergangenheit schon ausgefochten hat. Ein schwarzer Kompass nimmt seine komplette linke Schulter ein, seine Nadel deutet auf einen Revolver, dessen Lauf direkt auf Bones Herz zielt. Er trägt so viel Tinte mit sich herum, dass es unmöglich ist, jedes Tattoo als ein einzelnes Kunstwerk zu betrachten, denn sie gehen ineinander über und werden zu einem wunderschönen Gesamtbild.

Ich setze meine visuelle Rundreise fort, lasse meine Augen an seinem Bauch hinabgleiten und beiße mir auf die Unterlippe, als die Hügel seines Sixpacks zu zucken beginnen.

Was ... Ein ... Anblick ...

Mir war von vornherein klar, dass dieser Outlaw ein wahres Kraftpaket ist, aber die Realität ist um einiges beeindruckender als vermutet.

Sein breiter Oberkörper verjüngt sich Richtung Taille zu einem sexy Dreieck. An dem Bund seiner Jeans angekommen stoppe ich, sehe ihm wieder in die Augen und überwinde meine letzte Scheu.

In seinem Blick gefangen, ziehe ich den Gürtel durch die Schnalle, öffne ihn und anschließend den silbernen Knopf.

Jetzt steht seine Hose offen, wartet nur darauf, von mir nach unten gezogen zu werden.

Ich kann Bones ansehen, wie schwer es ihm fällt, mir die Führung zu überlassen und einfach nur ruhig dazustehen. Das Grau seiner Iriden ist eine Nuance dunkler geworden, erinnert mich nun an das eiskalte Wasser eines Gebirgsbachs. Klar, rein und wunderschön ...

Prickelnde Erregung rieselt an meinem Rückgrat nach unten, lässt meinen Slip feucht werden.

„In meiner Fantasie habe ich dich längst gepackt, gegen die Wand geschleudert und dir jeden Fetzen Stoff vom Leib gerissen. Deine Haare sind um meine Faust gewickelt, während ich dich in die Dusche zerre, das Wasser aufdrehe und jeden Zentimeter deiner Haut ablecke, ehe du mir dabei helfen darfst, das Blut des Verräters abzuwaschen."

Ich weiß nicht, was mich mehr schockt. Der winzige Porno, der dank seiner Worte in meinem Kopf aufploppt, oder die Tatsache, dass er sich ganz offensichtlich an einem Mann ausgetobt hat, der ihn verraten hat.

Instinktiv konzentriere ich mich auf den ersten Teil seiner Fantasie und muss zugeben, dass sie gar nicht so schlecht klingt.

Eine mir völlig unbekannte Sehnsucht breitet sich in mir aus, meine Brustspitzen ziehen sich zusammen, werden hart und empfindlich.

„Und warum machst du es dann nicht? Warum lässt du deinen Worten keine Taten folgen?“

Bones kneift die Augen zusammen, die Berge seiner Bizepse zucken und seine Nasenflügel blähen sich, so als würde er meine Fährte aufnehmen wollen.

Von einem Moment auf den anderen steht ein völlig anderer Mann vor mir.

„Weil ich dich nicht zerbrechen will.“

Es ist wirklich faszinierend, dass ein so brutaler, starker Mann eine so fürsorgliche Seite hat. Dass er sich um mich sorgt, verleiht mir den nötigen Mut, um das zu tun, was gleich kommt.

Federleicht lasse ich meine Fingerspitzen über seinen Brustkorb tanzen, ich spure die schwarzen Linien des Skulls nach und stelle mir vor, wie das Tattoo wohl aussehen würde, wenn man es mit einer Rose verziert?

Bones and Rose ...

Mich auf die Zehenspitzen erhebend, lehne ich mich an ihn, genieße seine Wärme und hauche ihm einen sanften Kuss auf die einen Spaltbreit offen stehenden Lippen.

„So leicht zerbreche ich nicht.“ Noch ein Kuss. „Versprochen ...“

Das Brummen, das sich nun aus seiner Kehle löst, erinnert mich an ein wildes, hungriges Raubtier. *So verdammt heiß ...*

Ich steh auf animalische Männer mit großen Händen, Muskeln und kratzigen Bartstoppeln. Testosteron ist einfach was Herrliches.

Bones sieht mich eindringlich an.

„Du hast keine Ahnung, was du in mir auslöst, Mädchen.“

„Dann zeig es mir.“

Ich fühle mich gerade, als würde ich einen Tiger am Schwanz ziehen.

In der einen Sekunde stehe ich noch vor ihm, meine Finger auf seiner Haut. In der nächsten werde ich herumgewirbelt, zuerst verschwindet meine Jacke, dann meine Bluse und anschließend mein BH.

Ich schaffe es gerade noch, mir die Sneakers von den Füßen zu streifen, da macht er sich auch schon an meiner Hose zu schaffen.

Die Routine, mit der ans Werk geht, sollte mich eigentlich stutzig machen, aber das Gefühl von seinen rauen Händen auf meiner Hüfte, meinem Bauch und meinen Schenkeln, sorgt dafür, dass ich zu keinem klaren Gedanken mehr fähig bin.

Bones überfällt mich, fegt wie ein Tornado über mich hinweg und presst seine Lippen, kaum dass ich komplett nackt vor ihm stehe, so fest auf meinen Mund, dass er das überraschte Quietschen, das ich von mir gebe, als er mich plötzlich in die Duschkabine trägt, verschluckt.

Gierig windet sich seine Zunge um die meine, fordert mich zu einem sinnlichen Kampf auf, in dem es keinen Verlierer geben wird.

Erst als ich mich so fühle, als würde ich schweben, lässt er von mir ab und tritt einen Schritt zurück. Er zieht eine schwarze Waffe hinten aus seinem Hosenbund, legt sie auf der Kommode, auf der er mich vorhin abgesetzt hat, ab.

Dann tritt er sich grob die Stiefel von den Füßen, steigt aus der Jeans und schleudert die Sachen aus der Dusche Richtung Waschbecken.

Lange Beine, kraftvolle Oberschenkel – Tattoos und noch mehr Narben. Ich lasse meinen Blick zu seiner Mitte schweifen und bin im ersten Moment sprachlos.

Halleluja!

Bones Penis ist groß, wirklich groß, erigiert und verdammt lang. Bläuliche Adern winden sich vom Schaft an der Basis entlang bis hin zur Krone.

Dick und zuckend reckt er sich mir entgegen, es kostet mich einiges an Selbstbeherrschung, dass ich nicht sofort die Hand nach ihm ausstrecke und ihn für mich beanspruche.

„Gefällt dir, was du siehst?"

Bones klingt amüsiert.

Oh Mist! Ich hätte nicht so starren sollen, aber das ist leichter gesagt als getan bei so einem Prachtexemplar von Schwanz.

„Ja ziemlich ..."

Sein lautes Lachen hallt von den Wänden wider.

Eine Sekunde später prasselt Wasser auf uns herab. Zuerst ist es kalt und fühlt sich wie Nadelstiche auf der Haut an, aber dann wird es warm und ich entspanne mich wieder.

Bones bringt sein Gesicht neben das meine und knabbert an meinem Ohrläppchen.

„Acht verfickt lange Tage habe ich mir genau das gewünscht. Meine Sehnsucht nach dir hat mich beinahe in die Knie gezwungen. Ich wollte es nicht, aber zur Hölle! Wenn du heute nicht plötzlich hier aufgetaucht wärst, hätte ich mich wahrscheinlich auf die Suche nach dir gemacht!"

Sein Eingeständnis löst ein angenehmes Prickeln in meinem Bauch aus.

Es ist gut, zu wissen, dass er mich ganz genauso wenig vergessen konnte wie ich ihn.

Dampf steigt um uns herum auf, hüllt uns in eine Art nebeligen Kokon.

In diesem Moment existieren nur wir beide, es fühlt sich fast so an, als hätte die Welt aufgehört sich zu drehen – als würde sie uns eine Pause verschaffen.

Die vielen Tropfen waschen das Blut von Bones Haut, das Wasser, das im Abfluss verschwindet, ist rosa verfärbt.

Ich nehme mir das Duschgel, das direkt neben uns in einem Metallgestell steht, drücke mir einen Klacks der cremigen Flüssigkeit in die Handfläche und beginne damit, Bones einzuseifen. Sachte gleiten meine Finger über die harten Wölbungen seines Körpers, waschen die Spuren seines letzten Opfers ab und erkunden das neue Terrain.

Bones schließt genussvoll die Augen und genießt meine Berührungen sichtlich.

„Fuck! Mach weiter, Baby."

Mutig weite ich meinen Radius aus, seife seinen Bauch und anschließend sein Glied ein. Dick und hart drückt es sich gegen meine Finger. Bones Beine beginnen zu zucken, eine Art Fauchen ausstoßend, sieht er auf mich herab.

„Du bist so was von verloren, Rose."

Ich verstehe nicht, was er mir damit sagen will. Bevor ich ihn fragen kann, packt er mich an den Schultern, drückt mich gegen die Wand und küsst mich so hart, dass es mir den Atem verschlägt.

Willenlos sinke ich gegen ihn, vergrabe meine Finger in seinen nassen Haaren und heiße seine fordernde Zunge willkommen.

Rau und wild streicht seine linke Hand über meine Hüfte, knetet meine Brüste und zupft an meinen Nippeln. Meine Knie geben nach, er hält mich mühelos aufrecht, drückt meine Beine auseinander und streicht mit seinen Fingern über meinen Spalt.

Wieder und wieder reibt er über meinen Kitzler, dann teilt er meine Schamlippen und gleitet tief in mich hinein.

Ich schreie, mein Inneres zieht sich krampfend um seine zwei Finger zusammen, hinter meinen geschlossenen Augen tanzen rote Blitze.

„Sieh mich an, schöne Rose."

Blinzelnd komme ich seinem Befehl nach, ertrinke in den sturmgrauen Tiefen seiner Iriden.

„Du gehörst jetzt mir. Und ich beschütze, was mir gehört!"

Bones Stimme ist so rau und dunkel, dass ich sie nur mit Mühe verstehen kann. Seine Mimik ist angespannt, seine Wangenmuskulatur zuckt und auf seiner Stirn zeichnet sich eine dicke Ader ab.

Groß, böse und verdammt sexy.

Das Wasser versiegt, Bones schlingt seinen Arm um meine Taille und presst mich an sich. Dann trägt er mich aus der Dusche und ins Schlafzimmer. Vor dem Bett stoppt er kurz, sieht mir tief in die Augen, und lässt sich dann mit mir auf die weichen Decken fallen.

Wir sind klatschnass, meine Haare tropfen, doch das scheint ihn alles nicht zu stören.

Ich bin unter ihm begraben, zwischen ihm und der Matratze gefangen, und sehe mit wild wummerndem Herzen zu ihm nach oben.

Süchtig nach seinem Geschmack streife ich mit den Lippen über die seinen, entlocke ihm so ein lautes Stöhnen und werde mit einem tiefen, langsamen Kuss belohnt.

Jeder Zentimeter meiner Haut glüht, meine Nervenbahnen vibrieren und in meinem Bauch tanzen lodernde Feuerbälle.

„Ich will dich in mir spüren, Präsident. Sofort!“

„Sei vorsichtig mit deinen Wünschen. Ich werde so tief in dir stecken, dass du mich um Gnade anflehen wirst.“

Bones Worte sollten mir eine Warnung sein, sie sollten mich abschrecken – aber das tun sie nicht – eher das Gegenteil ist der Fall.

Ich will flehen, ich will schreien – ich will, dass Bones mich spüren lässt, dass ich noch am Leben bin.

„Fick mich endlich!“

Nachsichtig streift er mit seiner schwieligen Fingerspitze über meine Schläfe, hinab zu meinem Mund bis zu meiner Kehle. Sachte umfasst er meinen Hals, lässt mich seine Kraft spüren und drückt immer fester zu. Ich atme instinktiv flacher, warte gespannt, was er vorhat.

Spätestens jetzt sollte ich Angst kriegen und an meiner Entscheidung, ob es klug war, hierher zu kommen, zweifeln. Aber ich tue es nicht.

Ich vertraue Bones, ich vertraue darauf, dass ich bei ihm sicher bin und dass er mich vor der Finsternis, die ihn im lauert, beschützt ...

13. Kapitel

Bones

Fuck!

Das Monster in mir schreit mich an, zuzudrücken, es will Rose leiden sehen, es will Rose unmissverständlich klarmachen, dass sie keine Chance gegen uns hat, dass sie uns gehört und uns gnadenlos ausgeliefert ist.

Es will ihr Blut, ihre Lust und ihre Tränen ...

Fuuuuucccckkk!

Das alles will ich auch! Ich will sogar noch mehr. Aber am meisten will ich, dass das Vertrauen, das in ihren grünen Augen liegt, während sie zu mir aufschaut, nicht in tausend Teile zerbricht. Ich will, dass es wächst, dass es stärker wird und gedeiht.

Ich will dieses Mädchen nicht zerbrechen, ich will es beschützen.

All meine Willenskraft zusammenkratzend, bringe ich das Monster zum Schweigen und zwinge mich, ihre Kehle wieder freizugeben.

Sofort japst sie nach Luft, kommt mir entgegen und haucht mir einen federleichten Kuss auf den Mund.

„Ich weiß, dass du mir nicht wehtun willst, Bones. Ich vertraue dir ..."

Was sie aber nicht weiß, ist, dass es nicht immer auf das, was ich will, ankommt.

Die wenigen Minuten, in denen ich dachte, dass sie tot ist und dass ich sie für immer verloren habe, geben mir genug Kraft, um zärtlich zu ihr zu sein.

Entschlossen sie wissen zu lassen, wie schwarz meine Seele ist, lasse ich die Maske fallen und gewähre ihr einen Blick in mein tiefstes Inneres.

Zufrieden beobachte ich, wie sie meine Gier nach ihr in meinem Blick erkennt und erschaudert. Doch anstatt auf Abstand zu gehen und die Flucht zu ergreifen, leckt sie sich die Lippen und beginnt, ihre Pussy an meinem Oberschenkel zu reiben.

Holy Shit!

Süchtig danach sie zu spüren, schiebe ich meine Hand über die Seite ihres Gesichts, umfasse grob ihren Nacken, spüre, wie zerbrechlich er ist.

Noch immer sind unsere Blicke ineinander verschlungen und ich weiß, dass es ab jetzt kein Zurück mehr für uns gibt.

Diese Frau wird mir gehören, koste es, was es wolle!

Die mit ihrem Duft durchzogene Luft inhalierend, presse ich meinen Mund auf den ihren, küsse sie grob und beiße mich anschließend an ihrer Kehle fest. Ich spüre, wie ihre Hauptschlagader an meiner Zunge pulsiert, und beginne zu saugen.

Jede einzelne meiner Nerven feuert wie wild um sich. Aufgrund meiner eisernen Zurückhaltung beginnen meine Muskeln zu schmerzen, doch das ist die Sache wert.

Rose will mich, aber ich kann mir nicht vorstellen, dass sie das immer noch tut, wenn ich mich innerhalb einer Sekunde in sie rammen und dann so lange hart ficken würde, bis sie das Bewusstsein verliert.

Knurrend gebe ich ihren Hals wieder frei, betrachte voller Stolz das violette Mal, das sie als mein Eigentum auszeichnet.

Ich umfasse ihre schmale Taille, ertaste jedes Fleckchen ihrer weichen Haut, ehe ich ihre perfekten kleinen Tittchen knete. Hart und gierig pressen sich die Spitzen gegen meine Handfläche und ich spüre, wie mein Schwanz zuckt und pocht.

Anstatt ängstlich oder zurückhaltend zu sein, kommt Rose mir willig entgegen. Sie wimmert und presst sich meinen Händen entgegen, ehe sie ihre Beine um meine Taille schlingt und sich so weit wie möglich für mich öffnet. Leicht streifen ihre Fingernägel über meinen Rücken, legen sich auf meinen Po und treiben mich in den Wahnsinn.

Diese Frau muss verrückt sein, anders kann ich mir nicht erklären, warum sie mich nicht längst angefleht hat, sie laufen zu lassen.

Wie bei allen *Snakes* soll ich mich zurückhalten, wenn es sich so anfühlt, als würde mein Leben davon abhängen, diese Frau zu ficken? Wie, verdammt?

Bullshit! Ich bin so was von erledigt ...

Rose ahnt es nicht, aber sie zwingt mich mühelos in die Knie.

Das Letzte was ich will, ist, ihr wehtun, aber wenn sie so weitermacht, kann ich für nichts mehr garantieren.

Fluchend richte ich mich auf, fange ihre Hände ein und presse sie über ihren Kopf auf das Kissen.

„Mach langsam Frau. Du bist dem, was du da herausforderst, nicht gewachsen!“

Ihre Lippen sind von meinen Küssen geschwollen, ihre Brüste kommen mir bei jedem ihrer schweren Atemzüge entgegen. Erneut fällt mein Blick auf ihren bläulich schimmernden Kiefer, Hass braut sich in mir zusammen.

Wer auch immer ihr Stalker ist, ich kann ihm nur raten, sich eine Schlinge um den Hals zu legen oder sich die Pulsadern aufzuschneiden, denn das, was ich mit ihm machen werde, sobald ich ihn erwischt habe, wird um ein Vielfaches schlimmer sein!

Um mein Mädchen auf das Kommende vorzubereiten, reibe ich meinen schmerzenden Schwanz an ihrer Pussy und lasse sie jeden harten Zentimeter spüren. Nicht mehr lange und ich werde bis zum Anschlag in ihr stecken, sie dehnen, weiten und meinen Bedürfnissen unterwerfen ...

14. Kapitel

Rose

Es fühlt sich so an, als würde ich schweben ...

Glühende Lust brodelt in meinen Venen, zwischen meinen Schenkeln pocht es ungeduldig.

Ich will Bones, ich will diesen Rockerpräsidenten mit all seinen Facetten.

Manchmal erhasche ich einen Blick auf die tiefe Dunkelheit, die in ihm lauert und nur darauf wartet, hervorzubrechen und mich zu verschlingen.

Aber nicht mal die kann mich abschrecken.

Dieser Mann ist ein brutaler Killer, er ist ein *Black Snake* und hat das Blut seiner Opfer an seinem Körper kleben, dennoch will ich ihn mehr als den nächsten Atemzug.

Warum? Ganz einfach, weil er mir Sicherheit schenkt.

Hier, in seiner Nähe, bin ich für die restliche Welt unerreichbar geworden.

Bones wird nicht zögern, seine Waffe zu ziehen, nur um dafür zu sorgen, dass er mich in seinem Bett behalten kann.

Als ich hierher kam, hatte ich Angst davor, dass er mich wieder wegschicken wird, jetzt hingegen bezweifle ich, dass er mich jemals wieder gehen lässt.

Vor acht Tagen hatte er mich gewarnt, er hat versucht mir klarzumachen, dass er eine viel größere Gefahr für mich darstellt als mein Stalker, damals habe ich es nicht kapiert.

Aber jetzt verstehe ich, was ihn dazu gebracht hat, mich fortzuschicken – ich verstehe es und bereue trotzdem nicht, zurückgekommen zu sein.

Bones große Hand hält meine mühelos über unseren Köpfen gefangen, während er mich mit seinem Gewicht tief in die Matratze presst. Sein harter Schwanz gleitet rhythmisch über meine Mitte und ich weiß, dass ich verloren bin ...

Vertrauensvoll schließe ich die Augen, erneut saugt er an meinem Hals und lässt mich seine Zähne spüren.

Meinem Verstand gehen die Lichter aus, mir wird heiß und immer heißer ...

Winzige Schweißperlen bilden sich in meinem Nacken, während sein Glied wieder und wieder durch meinen feuchten Schlitz gleitet.

Ich genieße seine Kraft, seine Macht und die Tatsache, dass er die Kontrolle über mich übernommen hat. Bones Zunge umrundet träge kreisend meine Brustwarzen, ehe er die linke sachte in seinen Mund saugt. Seine Zähne necken mich, schicken eine Welle süßen Lustschmerz durch mein Nervensystem. Mit einem Ruck rammt er erneut zwei seiner Finger tief in mich hinein.

„Bitte ich ..." Nicht in der Lage den Satz zu Ende zu sprechen, verstumme ich wieder.

Vor Lust getrieben, jage ich meine Fingernägel in seine Schultern, markiere ihn so als meinen Liebhaber.

Wenn er seine Spuren auf mir hinterlassen kann, dann will ich das auch ...

„Rose. Augen auf! Du sollst mich sehen, während du für mich kommst!"

Ich tue, was er will, er fickt mich weiter mit seinen Fingern und ich spüre, wie sich meine inneren Muskeln krampfend zusammenziehen. Der Druck, der sich in mir aufbaut, ist zu stark, flehend sehe ich ihn an und dann passiert es ... Ich explodiere.

Meine Zehenspitzen rollen sich ein, meine Atmung stockt und mein ganzer Körper beginnt zu zittern. Heiser und atemlos erfüllt mein verzweifelter Schrei die Stille seiner Wohnung, während mich ein unglaublich intensiver Orgasmus überrollt.

Ich fliege zu den Sternen, versinke in einem Strudel aus bunten Farben und flüstere seinen Namen.

Es dauert lange, bis ich wieder in die Realität zurückkehre ...

„Bones ..."

„Oh Rose ..."

Er zieht seine Finger aus mir heraus, schiebt sie sich in den Mund und leckt sie ab.

Fassungslos beobachte ich ihn dabei, kann nicht glauben, dass er das gerade tatsächlich getan hat. Endlich spüre ich die dicke Spitze seiner Eichel an meiner Öffnung und weiß, dass der Zeitpunkt, in dem sich zwischen uns alles verändern wird, gekommen ist.

Sobald ich ihm erlaubt habe, mich zu ficken, sobald sein riesiger Schwanz in mich eingedrungen ist, wird sich mein Leben auf einen Schlag verändern.

Nichts wird mehr sein, wie es war, denn indem ich Sex mit ihm hatte, habe ich Bones, stillschweigend das Recht eingeräumt, mich zu behalten ...

15. Kapitel

Bones

Rose zittert, sie ist völlig kraftlos und meiner Gnade ausgeliefert.

Jetzt, in diesem Moment, gehört sie allein mir, niemand kann sie mir stehlen, niemand kann sie retten und niemand verletzen.

Falls es möglich ist, einen Menschen ganz und gar zu besitzen, dann tue ich das in genau diesem Moment. Ich besitze Rose, kontrolliere sie, ficke sie und koste sie.

Das Monster in mir reißt an seinen Ketten, ich ignoriere es, konzentriere mich ganz auf die zerbrechliche Rose unter mir.

So perfekt, so wunderschön, so verletzlich ...

So ganz und gar mein!

Ihr leicht abwesender Blick und der süße Geruch ihrer Lust lassen mich beinahe durchdrehen.

Ich will über sie herfallen, sie beißen, und ihr mit ihrem eigenen Blut meinen Namen auf die Stirn schreiben.

Es gelingt mir gerade so, mich zurückzuhalten.

Das was ich von diesem Mädchen will, ist mehr als ihre Angst – es ist weitaus kostbarer!

Weich und anschmiegsam liegt ihr kleiner Körper unter mir, wie eine Opfergabe.

Langsam lege ich mich wieder komplett auf sie, drücke sie noch etwas fester in die Matratze und meine Lippen auf ihren Mund.

Ich schlucke ihr Wimmern, trinke ihre Hingabe.

Mein Schwanz ruht pochend auf ihrer weichen Pussy, nicht mehr lange und ich werde wissen, wie es ist, in ihr zu sein. Die vergangenen acht Tage habe ich mich gefragt, wie es wohl ist, diese Frau zu besitzen, gleich werde ich die Antwort darauf erhalten.

Mit dem Daumen reize ich ihren Kitzler und beobachte zufrieden, wie sie leise stöhnend ihre Schenkel noch ein Stückchen weiter für mich spreizt.

Eine stumme Einladung, sie mir endlich zu nehmen!

Aus glasigen Augen sieht sie mich an. „Ich will dich, Bones."

„Du weißt, was es bedeutet?" Sie nickt. „Wenn ich dich jetzt ficke, gibt es kein Entkommen mehr für dich." Sie nickt wieder, dennoch bezweifle ich, dass sie die Endgültigkeit meiner Androhung verstanden hat.

Die Zähne fest zusammenbeißend, spanne ich meine Oberschenkel an und bringe mich vor meinem Mädchen in Stellung. Langsam stoße ich zu, öffne ihre Pussy für mich und gleite in sie hinein. Tief und tiefer, so lange, bis Rose zu keuchen beginnt und versucht, mir auszuweichen.

Um ihr zu helfen, packe ich sie an der Taille, halte sie fest und ramme mich mit einem lauten Brüllen bis zum letzten Millimeter in die feuchte Hitze.

Sie bäumt sich auf, kreischt und bricht zusammen.

In ihren Augen schwimmen Tränen, sie keucht und schnappt nach Luft.

„Du bist zu groß ... Bitte ... Das ist zu viel."

Falsch. Das ist genau richtig!

„Du bist klein, dein Körper wird eine Weile brauchen, sich an mich zu gewöhnen."

Anstatt es ihr leichter zu machen und mich zurückzuziehen, drücke ich mich noch etwas fester in sie hinein und reiße ihren Unterleib mit einem Ruck gegen mich.

Wieder löst sich ein Schrei aus ihrer Kehle, mein Schwanz zuckt zustimmend.

Bei meinem Leder, noch nie hat sich etwas besser und richtiger angefühlt, wie in dieser Frau zu sein.

„Bones ..." Rose wispert meinen Namen, kämpft um jeden Atemzug, jedoch nicht gegen mich an.

Mit aller Kraft halte ich still, zähle leise bis drei und spüre, wie sich ihr Inneres meiner Härte anpasst. Ihre Pussy dehnt sich für mich, wird zu meinem persönlichen Paradies.

Ich bemerke die Veränderung, die in ihr vorgeht und weiß, dass jetzt der Zeitpunkt gekommen ist, an dem ich sie so ficken kann, wie wir beide es brauchen.

„Augen zu mir!"

Rose sieht mich an, und das, was ich in ihrem Blick erkenne, schickt mich damit über die Klippe.

Ich verliere die Kontrolle, ziehe mich zurück und stoße wieder zu.

Wieder und wieder und wieder ...

Sie schreit und stöhnt, weint und bettelt mich um mehr an.

Das, was ich fühle, ist beinahe zu viel, um es ertragen zu können.

Dennoch höre ich nicht auf, ich bin nicht mehr in der Lage, das, was zwischen uns abgeht, zu stoppen!

„Fuck, Rose! Ohhhhh Fuck!"

Mein Schädel ist wie leer gefegt, und dennoch realisiere ich erleichtert, dass Rose meinen harten Stößen entgegenkommt.

Ich verändere den Winkel, mit dem ich in sie eindringe, und werde mit einem lustvollen Zischen belohnt.

Unser Rhythmus ist schnell und hart. Ich nehme mir jeden Millimeter ihres Körpers, fülle ihn aus und mache ihn so zu meinem Besitz.

Dieser Fick ist so intensiv, so unfassbar geil, dass ich jetzt schon weiß, dass ich von Rose niemals genug bekommen werde.

Meine Hoden klatschen gegen ihren süßen Po, ich reiße die Backen auseinander, sehe an mir herab und sauge den Anblick ihres geschwollenen, tropfenden und ausgefüllten Unterleibs in mich auf.

Roses Wimmern wird leiser, ihre Schreie verstummen und ihr Körper spannt sich an. Ich spüre, wie sich ihre zuckende Muschi für den nächsten Orgasmus bereit macht.

Knurrend treibe ich mich erneut tief in sie hinein, stütze mich mit den Händen neben ihrem Gesicht auf der Matratze ab und lasse sie spüren, wie schutzlos sie in genau diesem Augenblick ist.

Mein. Nur mein!

Vertrauensvoll sieht sie mir in die Augen, ehe sich ihre Pupillen weiten, das Grün ihrer Iriden verdrängt und sie zuckend unter mir kommt.

Wieder und wieder pumpe ich mich immer heftiger in ihre enge Pussy.

Schweiß rinnt mir über den Rücken, ich fühle mich high.

Rose kommt mir entgegen, beißt sich an mir fest.

Der brennende Schmerz gibt mir den Rest.

Heiß und schnell schießt mein Sperma aus mir heraus, markiert ihren Körper von innen heraus als mein Eigentum.

Ich habe das Kondom nicht einfach nur vergessen, ich habe es absichtlich weggelassen.

Diese Frau gehört mir und ich werde sie auf jede nur erdenkliche Art und Weise für mich beanspruchen.

Sie hat sich vor dem Stalker gefürchtet, sie dachte, er könnte ihr gefährlich werden, aber bei allen Höllen, sie hat keine Ahnung, welche Gefahr ich für sie darstelle!

An meiner Seite wird sie sicher sein, vor allem – außer vor mir!

Atemlos kneife ich die Augen zusammen, ich bebe und brenne und weiß nicht, wohin mit den intensiven Gefühlen, die Rose in mir auslöst.

Schwarze Liebe ... Ich besiegle sie mit rotem Blut.

Rose gehört mir und ich bin bereit, einen Pakt mit dem Teufel einzugehen, wenn ich sie dadurch für immer behalten kann.

16. Kapitel

Rose

Um mich herum herrscht absolute Dunkelheit.

Das Bett neben mir ist leer, Bones muss sich irgendwann in den letzten Stunden davongeschlichen haben.

Erschöpft setze ich mich hin, stehe auf und wanke dabei leicht.

Halleluja!

Der Sex mit diesem Rockerpräsidenten hat definitiv seine Spuren an mir hinterlassen. Ich fühle mich wund, aber gut.

Mein Inneres schreit erneut nach Bones, einem Teil von mir macht das, was da zwischen ihm und mir ist, Angst, ein anderer Teil hingegen ist süchtig nach dem, was er mit mir angestellt hat. Erst als ich mir sicher bin, dass mich meine Beine tragen, gehe ich zu dem Fenster, starre hinaus in die Nacht und betrachte den sichelförmigen Mond. Er wirkt einsam und allein, die Sterne scheinen ihn verlassen zu haben.

Ich sehe nach unten, auf dem Hof entdecke ich ein paar schemenhafte Gestalten. Sie trinken, rauchen und sitzen am Feuer. Das Tor ist verschlossen, ich erkenne den Prospect, der mit dem Maschinengewehr über der Schulter auf einem Stuhl sitzt und Wache schiebt.

Er tut mir leid, und ich frage mich instinktiv, was für Gefahren auf die *Black Snakes* lauern, dass sie sogar nachts so wachsam sind?

Ein Schauer lässt mich erbeben, das Blut in meinen Adern gefriert.

Das Gefühl, das mich beschleicht und mir den Atem raubt, ist mir nur allzu vertraut. Nach all den Wochen, in denen ich verfolgt werde, habe ich so etwas wie einen siebten Sinn entwickelt, der mir verrät, wenn sich mein Stalker in meiner Nähe aufhält.

Eine Eiseskälte arbeitet sich an meinem Rückgrat nach oben und ergreift von mir Besitz.

Panik flutet mein Denken, mein erster Instinkt ist, mich auf den Boden zu legen und zu verstecken.

Doch ich kämpfe gegen ihn an, bleibe stehen und suche die Straße vor dem verschlossenen Tor nach ihm ab. Dann entdecke ich ihn. Er steht auf der anderen Straßenseite, sein Gesicht ist in der Finsternis verborgen.

Ich muss es nicht sehen, es hat sich für immer in mein Gedächtnis eingeprägt.

Schritte werden hinter mir laut, Bones schaltet das Licht an, schlingt dann von hinten seine Arme um meine Mitte.

Sein Körper ist so groß und stark, dass er mich von der Außenwelt abschirmt, er trägt seine Jeans und die Stiefel, auf den Rest seiner Kleidung hat er verzichtet.

Ich bin von Muskeln umgeben und genieße das Gefühl seiner rauen Bartstoppeln, die über meine Schläfe kratzen.

„Hey Baby, warum schläfst du nicht?“

Für einen kurzen Moment spiele ich mit dem Gedanken, ihm von dem Beobachter zu erzählen. Lasse es jedoch und nutze die Gelegenheit, um dem Stalker vor Augen zu führen, dass ich bereits einem anderen Mann gehöre und dass ich unerreichbar für ihn bin.

Ich lege meine Hände über die des Rockers, reibe meine nackte Rückseite an ihm und werde mit einem dunklen Brummen belohnt.

„Was soll das werden, Rose?“

Ich schweige weiter, drehe mich zu ihm um und sehe ihm direkt in seine silbernen Augen. Bones ist ein faszinierender Mann. Groß, stark, mächtig. Um ihn küssen zu können, stelle ich mich auf die Zehenspitzen, dennoch muss er mir entgegenkommen, damit ich seine Lippen erreiche.

Er küsst mich tief und hart, ich werde sofort feucht und kann es kaum erwarten, ihn wieder in mir zu spüren.

Als er sich eine kleine Ewigkeit später wieder von mir löst, japse ich nach Luft und mache mich daran, seine Jeans zu öffnen.

Zu meiner Überraschung stoppt er mich.

Irritiert sehe ich ihn an. Ich kann die Lust in seinem Blick erkennen – er will mich, trotzdem hält er mich davon ab, ihn auszuziehen.

Warum?

„Du beantwortest nicht gerne Fragen, was Mädchen?“

„Nicht, wenn die Antwort so offensichtlich ist.“

Seine Mundwinkel zucken.

Auf seiner rechten Wange bildet sich ein sexy Grüppchen.

„Ich war vorhin nicht sanft zu dir, du bist wund. Denkst du wirklich, dass das eine so gute Idee ist?“

Wund ist kein Ausdruck für das, was ich bin ...

„Ich denke es nicht, ich weiß es!“

Er zögert noch immer und das, obwohl ich die wachsende Beule in seiner Jeans spüre.

Bones will mich und dennoch versucht er mich zu schonen.

Er ist bereit, seine Bedürfnisse zurückzustellen, um meine Unversehrtheit zu garantieren.

Wow ... Was für eine Erkenntnis!

Das Geräusch, das er nun von sich gibt, klingt nicht nach einem Menschen, sondern eher nach einem gefährlichen Tier.

„Oh Rose, du hast keine Ahnung, was du mit mir anstellst.“

In der einen Sekunde liegen seine Arme locker auf meiner Hüfte, in der nächsten werde ich grob gepackt und herumgewirbelt. Jetzt stehe ich wieder mit dem Gesicht zum Fenster und sehe zu der reglosen Gestalt auf der anderen Straßenseite.

Ich spüre seinen Blick auf mir und weiß, dass uns mein Stalker beobachtet.

„Stütz dich mit beiden Händen an dem Fenster ab.“

Ich tue es, höre, wie er den Reißverschluss nach unten zieht, und erschaudere.

Prickelnde Erwartung breitet sich in mir aus, mein Herz rast und mein Unterleib zieht sich erwartungsvoll zusammen.

Eine Sekunde später spüre ich die dicke Spitze seiner Eichel bereits an meinem Eingang.

Bones zieht meine Arschbacken auseinander, drückt seinen Schwanz dazwischen und beginnt sich zu bewegen.

Die Reibung bringt mich zum Stöhnen. Er macht das noch einmal, noch mal und noch mal, das nächste Mal hebt er mich leicht an, sodass sein Schwanz mit einem glatten Stoß in mich eindringt. Ich kreische, mein Inneres zieht sich zusammen, während er mich bis zum Anschlag ausfüllt.

„Deine Pussy ist mein Paradies!“

Wieder positioniert er mich um, behandelt mich, als wäre ich seine Puppe und im Moment bin ich das auch.

Bones fickt mich so, wie er es braucht. Dann drückt er mich an das Fenster und legt seine Hände auf meine Hüfte, ehe er in einen schnellen, gnadenlosen Rhythmus fällt, der mich innerhalb weniger Atemzüge kommen lässt. Ich kreische und zapple, zucke und stöhne, doch er ist noch lange nicht fertig ... Er macht weiter, nutzt seine schiere Kraft, um mich zu überwältigen.

Es fühlt sich an, als würde es Stunden dauern, der Stalker beobachtet uns die ganze Zeit über. Ein Orgasmus nach dem anderen rollt über mich hinweg. Mein Inneres ist so gedehnt und wund, dass es wehtut. Doch selbst den Schmerz nehme ich nach kurzer Zeit nicht mehr wahr. Bones fickt mich weiter und immer weiter. Seine Muskeln spannen sich an, wölben sich und sorgen dafür, dass er sich wieder und wieder in mich pumpen kann. Ich vergesse zu atmen, vergesse zu denken, kann nicht mehr stehen und nichts mehr sehen ... Meinem Verstand gehen die Lichter aus. Alles was ich noch wahrnehme, ist der Mann hinter mir, seine Härte tief in mir drinnen und die Kraft, mit der er mich nimmt.

Ich spüre seinen Schwanz, er ist so dick und lang, dass es mir vorkommt, als wäre er in meinem Bauch. Meine Beine haben längst nachgegeben, ich verdanke es seinem festen Griff, dass ich nicht auf dem Boden lande. Noch ein Orgasmus. Ich schreie, dann wird es schwarz vor meinen Augen. Das Letzte, was ich wahrnehme, ist, wie Bones meinen Namen brüllt und seinen heißen Samen Schub für Schub in mich hineinpumpt. Ein Strudel erfasst mich, er zieht mich in einer Art Spirale immer tiefer in eine angenehme Dunkelheit, aus der es kein Entkommen mehr gibt ...

17. Kapitel

Bones

Atmen – zustoßen – atmen!

Ich habe längst die Kontrolle verloren.

Alles was ich wahrnehme, sind Roses Schreie und die Glut, die durch meine Adern pumpt.

Ich weiß, dass es zu viel ist, ich weiß, dass mein Mädchen zusammenbricht, aber ich kann es nicht stoppen.

Ich brauche mehr und mehr ...

Das Monster in mir hat sich von seinen Ketten befreit und die Macht an sich gerissen. Es will Rose genauso sehr wie ich und es wird mit nicht weniger zufrieden sein als Roses absoluter Kapitulation. Wie auch immer diese aussehen mag ...

Atmen – zustoßen – atmen!

Ich kann es nicht stoppen, selbst dann, als Roses Schreie immer leiser werden und sie immer kraftloser in meinen Armen hängt.

Atmen – zustoßen – atmen!

Fester und immer fester stoße ich mich in sie, verweile in der feuchten Hitze, beanspruche ihren Körper unerbittlich für mich.

Atmen – zustoßen – atmen!

Rose kommt erneut, sie wispert meinen Namen, explodiert förmlich um meinen Schwanz herum.

Atmen – zustoßen – atmen!

Ich bin wie im Wahn und kann einfach nicht genug Rose bekommen. Mein Blut kocht, vor meinen Augen ist es gleißend hell. Rose hängt immer regloser in meinem Griff, ich packe noch etwas fester zu. Ficke sie schneller und schneller ...

Atmen – zustoßen – atmen!

Ihre Schreie verstummen, ich riskiere einen Blick auf sie hinunter und stelle fest, dass sie das Bewusstsein verloren hat. Doch nicht mal das kann mich aufhalten ...

Atmen – zustoßen – atmen!

Ich mache weiter und immer weiter, spüre, wie mein Schwanz in ihr noch etwas härter wird und wie die Muskeln in meinen Beinen zu brennen beginnen. Feuer. Ich verbrenne, und es fühlt sich gut an.

Atmen – zustoßen – atmen!

Endlich ziehen sich meine Hoden pochend zusammen, ich positioniere Rose um, ziehe ihren Oberkörper fest an den meinen, packe sie am Hals und fühle ihren Puls.

Den Blick auf ihrem wunderschönen Gesicht festgepinnt, spritze ich meinen Samen tief in ihren Bauch. Sie zeigt keine Reaktion, ihre Augen bleiben geschlossen.

Mein Schwanz zuckt ewig, der Orgasmus scheint kein Ende zu nehmen. Immer mehr und mehr meines Spermas in sie pumpend, präge ich mir den Anblick, den meine Frau mir genau jetzt bietet, für immer in meinen Verstand ein ...

Wie ein Tattoo! Jede feine Linie, jedes Muttermal, jede Sommersprosse, ihren Duft und den sinnlichen Schwung ihrer Lippen. So klein, so schutzlos – so ganz und gar mein.

Der Rausch, der mich fest im Griff hatte, lässt langsam nach, dass Monster zieht sich zurück, ihr Puls schlägt weiter. Gott. Sei. Dank.

So viel Sauerstoff wie nur möglich in meine Lunge saugend, sehe ich nach draußen und bemerke, dass wir beobachtet wurden.

Es ist mir egal! Von mir aus kann die ganze Welt dabei zusehen, wie ich Rose ficke. Alle sollen wissen, dass diese Frau mir gehört.

Ich ziehe mich aus ihr heraus, hebe sie hoch und lege sie mittig in mein Bett.

Sie regt sich nicht, gibt nicht einen Laut von sich.

Gierig spreize ich ihre Beine, betrachte ihre Pussy und sehe zu, wie mein Sperma aus ihr heraustropft. Ich verreibe es, verteile es auf ihrem Anus, auf ihren Schamlippen und ihrem Bauch.

Die tiefe Zufriedenheit, die sich dabei in mir ausbreitet, löst ein heftiges Ziehen in meiner Brust aus.

Schwarze Liebe ...

Erschöpft lege ich mich neben sie, breite die Decke über uns aus und zünde mir eine Kippe an.

Die nächsten Stunden verbringe ich damit, an die Zimmerdecke zu starren und Roses gleichmäßigen Atemzügen zu lauschen.

Irgendwann gibt sie ein leises Seufzen von sich, kuschelt sich an mich und platziert ihre winzige Hand auf meiner Brust, genau an der Stelle, an der sich der Totenkopf befindet, den ich mir schon vor Jahren in die Haut stechen lassen habe.

Bones and Rose ...

In meinem Kopf entsteht ein neues Bild aus Knochen und Rosen und ich weiß, was ich zu tun habe ...

18. Kapitel

Die im Schatten lauernde Gefahr

Die Feuchtigkeit der Nacht bedeckt mein Gesicht, Hass lodert in mir auf, entfaltet seine zerstörerische Kraft.

Sie hat sich gegen mich gewehrt, um zu ihm zu kommen ...

Rose ist zu einem anderen Mann gelaufen. Seit Wochen beobachte ich diese Frau, lerne sie kennen und füttere meine Obsession mit den Bildern, die ich heimlich von ihr gemacht habe.

Daher weiß ich auch, dass sie bis zu der Nacht vor acht Tagen nichts mit diesen Rockern zu tun hatte.

Dieser Bones ist einfach aufgetaucht – wie aus dem Nichts – und hat mir Rose gestohlen.

Er will, was mir gehört, und das kann ich ihm nicht durchgehen lassen. Keinem von beiden. Rose weiß gar nicht, was ich alles für sie getan habe, sie hat keine Vorstellung davon, zu was ich fähig bin.

Dabei zusehen zu müssen, wie sie sich von einem anderen Mann so lange ficken lässt, bis sie ohnmächtig wird, hat mir klargemacht, dass ich handeln muss.

All die Zeit, die ich bereits in sie investiert habe, ist verloren, wenn es mir nicht bald gelingt, sie mir endlich zu schnappen. Rose ist verwirrt, sie kapiert einfach nicht, dass ich der Richtige für sie bin. Dass ich schon immer der Richtige für sie war.

Ich hingegen habe das sofort erkannt. Schon an dem Tag, an dem ich in die Wohnung über der ihren gezogen bin. Wir leben im gleichen Haus, doch sie hat mich nie wahrgenommen. Das macht mich wütend.

Das Messer in meiner linken Hand fühlt sich warm und gut an.

Nicht mehr lange und ich werde es benutzen, um Rose meinen Namen in die Haut zu ritzen. Noch wehrt sie sich gegen den Willen des Schicksals.

Aber sobald ich sie gefangen habe – sobald sie bei mir ist – wird sie erkennen, dass sie sich geirrt hat, dass ich der Richtige für sie bin und dass sie für mich bestimmt ist.

Dieser Rocker kommt zu spät! Ich habe sie zuerst gesehen und ich werde sie mir nehmen. Ich werde nicht zulassen, dass die schwarze Schlange meine Pläne durchkreuzt. Rose gehört mir, und wenn ich sie nicht haben kann, dann darf sie keiner haben.

Ich gebe ihr eine letzte Chance, und wenn sie die nicht ergreift, werde ich sie töten!

Ich werde ihr die Kehle aufschneiden – ich werde das Letzte sein, was ihre Augen sehen werden, und sie wird noch während ihres letzten Atemzugs erkennen, dass ich der Richtige gewesen wäre ...

Aber dann ist es zu spät und sie muss sterben!

19. Kapitel

Rose

Die nächsten Tage vergehen wie im Flug, sie rauschen an mir vorbei, ohne dass ich sie wirklich wahrnehme.

Kaum geht die Sonne auf, geht sie auch schon wieder unter. Was dazwischen liegt, ist eine Mischung aus Sex, Furcht und Hoffnung.

Bones hält sein Wort und nutzt seine Macht, um mich zu beschützen.

Ich gehe wieder ganz normal zur Arbeit, allerdings nutze ich dafür nicht die öffentlichen Verkehrsmittel, sondern den Ponyexpress, wie Susanne meine Mitfahrgelegenheiten spaßeshalber nennt. Bones lässt es sich nicht nehmen, mich in der Früh persönlich zur Kanzlei zur fahren und meistens holt er mich abends auch wieder ab.

Wenn er es nicht schafft, dann bietet sich entweder seine Schwester an oder der Prospect, der natürlich sein heiß geliebtes Maschinengewehr dabeihat.

Mittlerweile weiß ich, dass er Tim heißt und was es bedeutet, ein Prospect zu sein.

Überhaupt gibt es so einiges, was ich über den *Black Snakes Motorcycle Club* noch lernen muss.

Diese harleyfanatische Gemeinschaft ist komplexer, als auf den ersten Blick vermutet, und lebt tatsächlich nach ihren ganz eigenen Gesetzen und Regeln.

Im Club herrscht eine Demokratie, aber das letzte Wort hat der Präsident. Seine Meinung ist gewichtiger als die der anderen.

Skull, der Mann, der auch in der Nacht, in der ich überfallen wurde, dabei war, ist der Sergeant at Arms der *Snakes*. Er ist der Waffenmeister. Seine Aufgabe ist die Bewaffnung und der Schutz des Clubs. Außerdem ist er für die Einhaltung der Clubdisziplin zuständig – was ich mir ziemlich schwer vorstelle.

Denn verdammt noch mal, hier geht es zu wie bei Sodom und Gomorrha.

Laute Musik, außer Kontrolle geratene Partys, heiße Flammen, harter Alkohol, nackte Frauen und ungezügelter Sex in der Öffentlichkeit.

Die ersten zwei Tage hatte ich wirklich Angst, in diesem Sumpf unterzugehen, aber mittlerweile habe ich kapiert, dass ich eine Art Sonderstellung einnehme, die mich davor bewahrt, im wahrsten Sinne des Wortes unter die Räder zu geraten.

Ich weiß nicht, wie oder wann das geschehen ist, aber Bones scheint allen unmissverständlich klargemacht zu haben, dass ich ihm gehöre und absolut tabu bin.

Wie hat Cube, der Vizepräsident, es neulich formuliert?

Mein Arsch ist eine tickende Zeitbombe und sobald es einer wagt, ihn anzurühren, bringe ich ihm den Tod.

Nicht gerade eine sonderlich schmeichelhafte Formulierung, aber ich weiß, dass er recht hat. Bones ist knallhart. Es vergeht kein Tag, an dem ich keine Blutspritzer an ihm entdecke.

Oft kommt er erst mitten in der Nacht zu mir ins Bett und der Ausdruck, der dann in seinen stahlgrauen Augen liegt, macht mir Angst.

Einzig die Tatsache, dass seine Küsse sanft und seine Berührungen besitzergreifend und nicht schmerzhaft sind, hält mich davon ab, ihn um Gnade anzuflehen. Wobei das wahrscheinlich eh nichts bringen würde, denn das *Expect-no-mercy-Patch*, das seine Kutte ziert, ist nur schwer zu übersehen.

Mein Leben steht auf dem Kopf und verrückterweise will ich nichts daran ändern. Denn ganz egal wie durcheinander und chaotisch meine Tage zurzeit auch sein mögen, es gefällt mir bei den schwarzen Schlangen besser als gedacht.

Die Männer sind rau und grob, sie fluchen laut und trinken viel, aber unter dieser harten Schale verbirgt sich ein weicher Kern.

Bei den meisten zumindest. Bei Skull bin ich mir da nicht so sicher. Dieser Sergeant ist durch und durch hart wie Stein und kalt wie Eis.

Als ich Susanne gefragt habe, warum er Skull genannt wird, hat ihr Gesicht jegliche Farbe verloren und sie hat einfach nur den Kopf geschüttelt. Eine Antwort auf meine Frage habe ich bis jetzt noch nicht erhalten und mittlerweile bin ich mir gar nicht mehr so sicher, ob ich es überhaupt noch wissen will.

Manche Dinge lässt man am besten auf sich beruhen und akzeptiert sie einfach so, wie sie sind.

Seit der Nacht, in der Bones mich so lange gevögelt hat, bis meinem Verstand die Lichter ausgegangen sind, habe ich meinen Stalker nicht mehr gesehen. Jetzt, im Nachhinein, bin ich mir nicht mal mehr zu hundert Prozent sicher, dass der Mann auf der anderen Straßenseite mein Jäger war.

Dank den vielen Orgasmen und der Erschöpfung sind meine Erinnerungen an das Geschehene ziemlich verschwommen. Sie ähneln einem Aquarellbild, bei dem jemand, bevor es richtig trocknen konnte, mit den Fingern drüber gestrichen hat ...

Der Schnitt auf meinem Arm ist so gut wie verheilt, die Narbe wird bleiben und mich für immer daran erinnern, wie knapp ich meinem Stalker entkommen bin.

Seufzend schließe ich die Augen, lasse den Kopf in den Nacken fallen und genieße die warmen Sonnenstrahlen, die es ab und an schaffen, sich durch die dicke Wolkendecke zu mogeln. Es fühlt sich ein bisschen so an, als wäre ich im Urlaub.

Dieser Club ist wie ein eigenes kleines, unabhängiges Land inmitten von Chicago.

„Hey, bist du eingeschlafen, oder was?"

Susannes Stimme reißt mich aus meinen Überlegungen.

„Wenn ich es wäre, hättest du mich jetzt aufgeweckt."

Sie lacht, das „Ups!", das ihr über die Lippen kommt, klingt nicht wirklich so, als würde es ihr leidtun.

Mit einer Zigarette in der einen und einem Kaffee in der anderen Hand lässt sie sich neben mich auf die Bank fallen, streckt die Füße aus und mustert mich skeptisch.

„Du siehst fertig aus, meine Liebe."

Danke.

„Genau das wollte ich hören."

„Sorry. Ich sag nur, wie's ist."

Als Rache stibitze ich ihr die Tasse mit dem dampfenden Inhalt.

„Dein Bruder ist eine Maschine. Keine Ahnung wie er es macht, aber ihm reichen zwei oder drei Stunden Schlaf pro Nacht. Ich hatte noch nie so viel Sex und bin schon ganz wund."

Susanne verzieht das Gesicht, als ob sie in eine saure Zitrone gebissen hätte.

„Scheiße, Rose! Das will ich nicht hören. Diese Bilder in meinem Kopf!"

Sie schüttelt sich so, als ob es sie ekeln würde.

„Denk einfach an Hundebabys."

Sie zieht an ihrer Kippe und bläst mir den Rauch direkt ins Gesicht, sodass ich ihn mit der Hand wegwedle.

„Bitte keine Details mehr. Das sind zu viele Informationen in der Früh."

Ich habe keine Ahnung, wie sie darüber denkt, dass Bones und ich ... na ja was sind wir eigentlich? Ich denke, wir sind auf irgendeine schräge Art und Weise zusammen. Aber nicht auf diese romantische Bis-dass-der-Tod-uns-scheidet-Art, sondern eher auf die Bis-ich-deinen-Stalker-getötet-habe-gehört-deine-Pussy-mir-Weise.

Vielleicht ist jetzt der geeignete Augenblick, um das herauszufinden?!

„Stört es dich, dass ich im Bett deines Bruders liege?“

Susanne brummt etwas, dann beugt sie sich nach vorne und stemmt die Ellenbogen auf ihren Knien ab. In dieser Denkerpose sieht sie Bones verdammt ähnlich.

Der Präsident wirkt auch immer grummelig und wütend, selbst dann, wenn er es eigentlich gar nicht ist.

„Nein es stört mich nicht, dass du in seinem Schlafzimmer gelandet bist. Im Gegenteil, das ist momentan wahrscheinlich der sicherste Ort für dich.“ Ich höre das unausgesprochene *Aber* zwischen den Zeilen.

„Trotzdem hast du was dagegen? Stimmt's?“

Sie nickt, das Herz rutscht mir in die Hose. Ich verdanke Susanne so viel – ich verdanke ihr mein Leben. Wenn sie nicht ihren Bruder dazu gebracht hätte, mich zu retten, wäre ich längst zu einer Vermisstenanzeige geworden. Das Letzte, was ich will, ist, sie zu enttäuschen oder zu verärgern.

„Hör zu ...“

Sie lässt mich nicht ausreden, sondern bringt mich mit einem strengen Blick zum Schweigen.

„Es stört mich nicht, dass ihr, wie auch immer, zusammen seid. Ehrlich nicht. Mein Bruder und du, ihr seid alt genug, eure eigenen Entscheidungen zu treffen. Was mir jedoch Sorgen macht, ist die Art, wie er mit dir umgeht, was mir Bauchschmerzen bereitet, ist der Ausdruck in seinen Augen, mit dem er dich beobachtet.“

Sie macht eine kurze Pause, füllt ihre Lunge mit einer weiteren Portion Nikotin und lässt diese dann durch die Nase entweichen, ehe sie weiterspricht.

„Bones hilft dir dabei, einen Stalker loszuwerden, aber ich befürchte, dass er mittlerweile mindestens so besessen von dir ist, wie der Typ, den er zur Strecke bringen will.“

Ohhhh ... Das muss ich erst mal sacken lassen!

Mir sind seine Blicke natürlich aufgefallen, wie sollten sie auch nicht?

Selbst wenn Bones sich nicht in meiner Nähe aufhält, spüre ich, dass er mich beobachtet und dass er ganz genau weiß, wo ich bin und was ich mache.

Seine Präsenz ist allgegenwärtig und verdammt intensiv. Zugegeben, am Anfang fand ich das etwas unheimlich, aber mittlerweile sehne ich mich nach seiner Nähe.

Ich will bei ihm sein, auf seinem Schoß sitzen, seine groben Küsse kosten und in seinem Bett schlafen.

Oh Gott, ich bin verloren ...

Selbst wenn ich in der Arbeit bin, kann ich an nichts anderes als an ihn denken und das, obwohl ich wegen der Rocker längst einen heftigen Streit mit meinem Boss hatte.

Ihm ist mein neuer Begleitservice natürlich aufgefallen, wie sollte er auch nicht?

Bones und seine Männer sind kaum zu übersehen. Mit ihren dicken Maschinen, ihren Kutten und all den Muskeln bieten sie einen beeindruckenden Anblick und sorgen, egal wo sie sind, für Furore. Mein Chef ist Anwalt, sein Glaube an das Strafgesetzbuch ist unerschütterlich. Es ist also keine Überraschung, dass er meinen neuen Umgang mehr als bedenklich findet und er mir nahegelegt hat, dass ich diesen unterlassen soll.

Sehr witzig!

Mein erster Instinkt war, ihm von meinem Stalker und der Unfähigkeit der Polizei zu erzählen, aber dann habe ich mir auf die Zunge gebissen und es gelassen.

Ich bin erwachsen und mein Privatleben geht ihn absolut nichts an.

Im Januar werde ich fünfundzwanzig, die Zeiten, in denen ich mich vor jemand anderem als meinem eigenen Spiegelbild rechtfertigen muss, sind längst vorbei.

Das zwischen dem Präsidenten der *Black Snakes* und mir ist kompliziert, gefährlich und heftig, und wird mit jeder gemeinsamen Nacht noch intensiver. Dieser Mann raubt mir den Atem, lässt in meinem Bauch Schmetterlinge fliegen und bringt mein Herz aus dem Takt ... *Hilfe! Verdammt ... Nein!*

Die Erkenntnis schlägt ein wie eine Bombe.

Susanne, die mich beobachtet hat, grinst wissend.

„Du und Bones, ihr seid so was von am Arsch!“

Eine wirklich nette Zusammenfassung. Aber sie hat recht. Ich bin erledigt!

Die ersten Male, als wir Sex hatten, haben wir nicht mal ein Kondom verwendet.

Erst seitdem mir der Fauxpas aufgefallen ist und ich Bones darauf angesprochen habe, verhüten wir.

Ich nehme keine Pille, was bedeutet, dass durchaus die Möglichkeit besteht, dass ich längst schwanger von dem Präsidenten des landesweit gefährlichsten Rockerclubs bin.

Heilige Scheiße! Mir wird schlecht. Um den bitteren Geschmack von der Zunge zu bekommen, nippe ich an dem köstlich duftenden Kaffee, verdränge die mögliche Schwangerschaft in den hintersten Winkel meines Gehirns und hänge ein dickes Zutritt-verboten-Schild davor.

Mein Leben wird immer chaotischer und die Erkenntnis, dass ich mich in Bones verliebt habe, hilft mir nicht gerade dabei, ruhig zu bleiben.

Vielleicht wäre es doch das Beste, wenn ich von hier verschwinde, wenn ich Chicago, Bones, den Stalker und einfach alles zurücklasse, mir eine neue Identität besorge und irgendwo anders ganz neu anfange ...

Aber wie geht so etwas?

Wie wechselt man seinen Namen und seine Sozialversicherungsnummer?

Wie wird man zu einem anderen Menschen?

Susanne, die mich immer noch beobachtet, zieht die Augenbrauen zusammen und sieht mich warnend an.

„Vergiss es! Vergiss es sofort, Rose! Außer du willst eine Katastrophe heraufbeschwören."

Fuck!

Offensichtlich standen mir meine Gedanken ins Gesicht geschrieben.

Ich muss echt lernen, meine Mimik unter Kontrolle zu kriegen.

Ich beschließe, mich dumm zu stellen, und erwidere, ohne mit der Wimper zu zucken, ihren plötzlich wütenden Blick.

„Was meinst du?"

„Verarsch mich nicht. Ich weiß, dass du gerade daran gedacht hast, abzuhauen."

Ups ... erwischt.

„Ich bin keine Gefangene. Ich kann kommen und gehen, wann ich will."

Sie nickt zögerlich.

„Das ist richtig und zugleich falsch. Deinem Stalker konntest du vielleicht noch entkommen, aber meinem Bruder? Niemals! Nicht, solange er dich behalten will. Er hat sich schützend vor dich gestellt und dem Club gegenüber verkündet, dass du sein Eigentum bist. Das macht dich für den Rest der Welt unantastbar. Das war eine verdammt krasse Geste. Echt verdammt krass! Du bist eine Außenstehende, Rose. Du hast keine Ahnung, wie es in einem MC abgeht, und darum verstehst du auch nicht, was das zu bedeuten hat. Aber wenn dir unsere Freundschaft etwas wert ist, dann bleibst du hier und stellst dich Bones. Wenn du es nicht tust, kann dich keiner mehr retten! Nicht mal ich, ganz davon abgesehen, würde ich es auch gar nicht mehr versuchen, denn meine Hilfe hättest du dann nicht mehr verdient."

Ach verdammt!

Sie schnippt ihre Kippe über den Hof, dreht sich zu mir um und nimmt mich an der Hand.

„Man kann vor seinen eigenen Gefühlen sowieso nicht davonlaufen."

In dem Fall muss ich ihr wohl oder übel zustimmen.
„Seit wann bist du so klug?“
Sie grinst breit.
„Schon immer.“
„Sehr bescheiden. Wirklich.“
Sie zuckt mit den Schultern und wird auf einen Schlag wieder ernst.
„Bones und du, ihr passt perfekt zusammen. Mein Bruder hat bis jetzt nur dumme Nutten gefickt. Er hat nie eine Frau in seine Wohnung gelassen und schon gar nicht in sein Bett. Dich hingegen hat er schon in der ersten Nacht hochgebracht. Du bedeutest ihm was, ehrlich. Mag sein, dass er es nicht sagen oder zeigen kann. Aber wenn du abhaust, wird er ausflippen und Amok laufen, und das Blutbad, das er dann anrichten wird, können wir beide uns nicht mal ansatzweise vorstellen.“
Die letzten beiden Sätze sind wohl die, die mich am meisten beschäftigen sollten. Aber verdammt, das Einzige, woran ich denken kann, ist, dass er für mich eine Ausnahme gemacht und mich in sein Bett gebracht hat.
Huiuiuiuiui ...
Eine warme Blase steigt in meinem Bauch nach oben.

„Du bedeutest ihm was ...“

Das will ich auch hoffen, denn wenn es dumm läuft – und das tut es meistens – erwarte ich längst Bones Kind.
Ich lege mir die noch freie Hand auf den Bauch, exe den mittlerweile lauwarmen Kaffee und wünsche mir, dass es sich dabei um den Whisky handelt, den Bones mir in meiner allerersten Nacht im Club gegeben hat.
Das Zeug war gut ... Sehr gut. Es hat die Stimmen in meinem Kopf zum Verstummen gebracht und all die stechenden Sorgen, die wie spitze Nadeln in meiner Seele stecken und mich schon seit einer kleinen Ewigkeit quälen, betäubt.
„Ich werde nicht abhauen. Versprochen!“
Um Susanne zu beruhigen, zwinge ich mich zu einem schiefen Lächeln.
Das Letzte, was ich gebrauchen kann, ist, dass sie Bones über ihren Verdacht in Kenntnis setzt.
Bones lässt mich so schon kaum aus den Augen, wenn er befürchten muss, dass ich verschwinde, wird er mich wahrscheinlich an sein Bett fesseln.
Panzertape und Kabelbinder – nein danke!

Außerdem fällt mir dieses Versprechen leicht. Wo sollte ich denn auch hin?

Ich bin zu den *Snakes* zurückgekommen, weil ich keine andere Möglichkeit gesehen habe, um meinem Stalker zu entkommen.

In meinem Hirn ploppt ein Bild auf. Ich sehe ein Reh. Links von ihm sitzt ein hungriger Wolf, rechts von ihm ein riesengroßer T-Rex. Der Wolf will das Reh zerfetzen, es bluten lassen und sterben sehen. Aber der T-Rex will es nur leicht anknabbern und behalten ... Die Absichten des Rex, das Reh betreffend, sind noch etwas unklar, aber er will es auf keinen Fall auffressen – er will auf gar keinen Fall seinen Tod.

Die Karikatur löst sich in Luft auf.

Ich muss gar nicht erst darüber nachdenken, wer der verdammte Wolf und wer der unbesiegbare Dinosaurier war – die Antwort liegt auf der Hand.

Trotz der Sonne überzieht eine eisige Gänsehaut meine Arme, mir wird kalt und die Härchen in meinem Nacken stellen sich warnend auf.

Mein siebter Sinn schlägt Alarm.

Wir werden beobachtet! Aber nicht von Bones, der ist schon vor drei Stunden mit Cube und Skull aufgebrochen, um irgendwelche ominösen Clubangelegenheiten zu klären, sondern von dem Wolf, der es auf mein Blut abgesehen hat.

Mein Stalker ist wieder da. Und nachdem er erst neulich dabei zugesehen hat, wie Bones mich halb ins Koma gefickt hat, wird er wohl kaum vorbeigekommen sein, um sich einfach nur nett mit mir zu unterhalten.

Nervös sehe ich mich um. Kann jedoch nichts Verdächtiges entdecken. Tim sitzt wie üblich mit seinem Gewehr über der Schulter am Tor, er tippt auf seinem Handy herum, er scheint entspannt zu sein und nichts bemerkt zu haben.

Dennoch – *er ist hier* – ich kann es spüren!

Mit rasendem Puls stehe ich auf, kneife die Augen zusammen und entdecke etwas Rotes vor dem Tor auf dem Asphalt liegen. Instinktiv gehe ich ein paar Schritte auf den Farbtupfer zu, dann erkenne ich, was meine Aufmerksamkeit auf sich gezogen hat.

Ein riesengroßer, wunderschöner Strauß roter Rosen.

Der Anblick hat auf mich dieselbe Wirkung wie ein Faustschlag direkt in den Magen.

Susanne, die mir gefolgt ist, gibt ein zorniges Schnauben von sich, geht zu dem Prospect und verpasst dem Stuhl, auf dem er sitzt, einen harten Tritt. Ihm fällt das Handy aus der Hand und landet mit dem Display voran auf dem Boden, das Glas bricht mit einem lauten Knacksen.

„Hey, du Schwachkopf. Bist du nur Dekoration oder passt du auch auf?"

Tim, der nicht kapiert, was los ist, sieht Susanne überrascht an.

„Spinnst du?"

„Dein kaputtes Telefon ist dein geringstes Problem, Arschloch!" Sie zeigt auf die Blumen und reckt ihm dann ihren ausgestreckten Mittelfinger ins Gesicht.

„Dafür wird Bones dich bluten lassen!"

Noch bevor er reagieren – noch bevor ich irgendetwas sagen kann, packt Susanne mich am Arm und zieht mich ins Innere des Clubhauses.

Der Anblick der Rosen, die Erkenntnis, dass ich Bones liebe und die mögliche Schwangerschaft sind zu viel. Mir wird schwindelig, bittere Galle steigt mir in die Kehle – ich bin zu keinem klaren Gedanken mehr fähig.

Susanne, die mein merkwürdiges Verhalten als Angst einstuft, flucht und bringt mich direkt zu Bones Büro. Sie drückt ihren Finger auf den Scanner, das Schloss öffnet sich und gewährt uns Einlass.

„Setz dich."

Ich tue es.

„Dafür wird Bones den Idioten skalpieren."

Ich verstehe nicht, warum sie auf Tim so wütend ist. Schließlich war nicht er derjenige, der die Blumen dahin gelegt hat.

„Doch nicht wegen ein paar Rosen?"

Susanne sieht mich fassungslos an.

„Du checkst es einfach nicht, oder? Es war die Aufgabe des Prospects, aufzupassen und wachsam zu sein. Wir leben gefährlich, die *Snakes* haben unzählige Feinde. Es hätte genauso gut jemand eine Bombe dort ablegen, oder eine Kiste voller Handgranaten platzieren können! Dein Stalker ist ein Idiot. Mein Bruder wird ihn finden und killen. Aber da draußen gibt es Typen, die eine bedeutend größere Gefahr für uns darstellen. Die *Crazy Spiders* zum Beispiel! Es geht nicht um die beschissenen Rosen, sondern darum, dass Tim es verkackt hat!"

Okay. Auch wenn ich keine Ahnung habe, wer die *Crazy Spiders* sind, leuchtet mir das irgendwie ein. Trotzdem will ich nicht, dass Tim wegen meines Stalkers Ärger bekommt.

„Es war aber keine Bombe, sondern es sind und bleiben Rosen. Können wir sie nicht einfach verschwinden lassen und so tun, als ob nichts gewesen wäre?"

Susanne sieht mich entsetzt an, schüttelt dann den Kopf.

„Nein das können wir nicht, Rose."

Ja, das dachte ich mir schon.

„Und wie geht es jetzt weiter?"
„Ganz einfach. Wir schicken die Männer auf die Jagd. Dieser Mist muss endlich ein Ende nehmen."
Da kann ich ihr nur zustimmen.
Sie zückt ihr Handy und tippt auf dem Display herum, ich muss sie gar nicht erst fragen, wen sie anruft.
Das Gespräch dauert nur wenige Minuten, sie erzählt ihm von den Rosen, dem Prospect und mir, dann streckt sie mir das Telefon entgegen und verschwindet aus dem Büro.
Nicht sicher was mich erwartet, halte ich es mir ans Ohr.
„Rose?"
Bones Stimme klingt rau und dunkel, streicht wie Schleifpapier über meine blank liegenden Nerven.
„Rose? Verdammt, sag was Baby!"
Leider fällt mir nichts Passendes ein, also probiere ich es mit einem einfachen „Hi".
„Fuck! Was war da gerade los?"
Zorn schwingt in seiner Frage mit.
Auch wenn ich es nicht sehen kann, weiß ich, dass er die freie Hand zur Faust geballt hat. Das macht Bones immer, wenn er wütend ist. Fast so, als könnte er sich nur mit großer Mühe davon abhalten, alles und jeden zu Brei zu schlagen. Um ihn zu beruhigen, schlucke ich meine Angst herunter.
„Nichts, deine Schwester übertreibt. Es lag einfach nur ein Blumenstrauß vor dem Tor."
Ein wildes Knurren dringt durch die Leitung zu mir durch.
„Was für Blumen?"
„Rosen."
„Welche Farbe haben sie?"
Ich will es nicht sagen ...
„Sie waren rot."
Er flucht.
„Willst du mich für blöd verkaufen, Rose? Wir wissen beide, wer sie dahin gelegt hat und für wen sie sind. Das war eine Drohung. Der Wichser bedroht, was mir gehört, und dafür wird er sterben!"
Nicht sicher was ich dazu sagen soll, beschließe ich zu schweigen. Bones kapiert, dass ich nicht vorhabe, auf seine Androhung einzugehen, flucht erneut und spricht weiter.
„Halt dich vom Tor fern. Bleib im Haus und warte dort auf mich. Ich bin in einer Stunde zurück."

Die Frage, wo er denn eigentlich ist, liegt mir auf der Zunge, ich schlucke sie runter. Je weniger ich über seine Arbeit weiß, umso besser.

„Hast du mich verstanden, Rose? Du. Bleibst. Im. Club! Kapiert?“

Deutlicher hätte er es ja wohl kaum machen können.

„Kapiert.“

„Gut. Am besten bewegst du deinen Arsch ins Bett!“

Wirklich nett.

„Mein Arsch und ich kommen klar. Mach dir keine Sorgen. Es. Waren. Einfach. Nur. Rosen!“

Wenn er mit mir wie mit einem Bekloppten sprechen kann, dann kann ich das mit ihm genauso machen.

Er zischt, brüllt Skull was zu und widmet sich dann wieder mir.

„Dein Arsch ist mein Eigentum! Vergiss das nicht, Rose.“

Plötzlich ist die Leitung tot. Fassungslos starre ich das iPhone in meiner Hand an. Mit jeder Sekunde, die ich länger hier stehe und über das kurze Telefonat nachdenke, wird mir klarer, dass Susanne mit dem, was sie vorhin zu mir gesagt hat, recht hatte.

Wenn ich Bones irgendwann verlasse, wenn der Stalker beseitigt wurde und ich eines fernen Tages zurück in mein altes Leben will, wird das eine Katastrophe auslösen.

Ein Zittern durchläuft mich. Erschöpft lasse ich mich auf das Sofa sinken, lehne mich zurück und richte den Blick an die Zimmerdecke.

Hier stecken keine Dolche im Beton, alles, was ich sehe, ist langweiliges Weiß.

Was eine Scheiße!

Ich wollte das Wochenende genießen, ich wollte mich ausschlafen und den Ärger mit meinem Boss vergessen.

Aber daraus wird wohl nichts. Heute ist Samstag, es ist noch nicht mal mittags und trotzdem fühlt es sich so an, als wäre das Wochenende schon gelaufen.

Und warum das alles? Wegen roten Rosen. Nicht zu fassen!

Das ist genauso bescheuert wie diese Sache mit den roten Luftballons und dem gruseligen Clown Pennywise.

Rosen und Luftballons sind eigentlich was Schönes, das sind Dinge, die den Menschen Freude bringen. Rote Rosen stehen für die Liebe und Romantik, Luftballons hingegen erinnern an Partys, gute Laune und Spaß.

Eigentlich zumindest ...

Wenn ich eine rote Rose sehe, wird mir schlecht und eiskalt.

Selbst wenn sich das mit meinem Stalker irgendwann erledigt hat, werden Rosen für mich etwas sein, das ich mit Angst und Schrecken in Verbindung bringe.

Es ist wie mit diesen Luftballons, wer Stephen Kings ES gesehen hat, muss auch jedes Mal an Pennywise denken, wenn er einen davon sieht.

Das Handy in meiner Hand beginnt zu piepen, der Inhalt der eingegangenen Textnachricht wird auf dem gesperrten Display angezeigt.

>> Ich bin in zehn Minuten da. B.<<

Verdammt! Eine Stunde wäre mir lieber gewesen. Ich muss erst das Durcheinander in meinem Kopf sortieren, bevor ich ihm gegenübertreten kann. Dieser Rocker hat das unheimliche Talent, mir direkt in die Seele blicken zu können, und ich muss unbedingt verhindern, dass er meine innere Zerrissenheit erkennt.

20. Kapitel

Bones

Fuck! Fuck! Fuck!

Wut und Zorn kochen in mir hoch, sorgen dafür, dass ich meine Waffe ziehe und der vor mir am Boden liegenden Leiche drei weitere Kugeln in den Kopf jage.

Der Schädel zerplatzt, Blut und Hirnmasse verteilen sich im Dreck.

Doch das reicht nicht – nichts reicht aus, um den Druck in meinem Inneren zu mildern.

Seit Rose in mein Leben getreten ist, fühlt es sich so an, als würde ich die Kontrolle verlieren. Das gefällt mir nicht.

Dieses Mädchen gehört mir! Daran wird sich auch nie wieder etwas ändern.

Aber dennoch muss es mir gelingen, die Kontrolle zurückzuerlangen.

Skull, der direkt neben mir steht, mustert mich amüsiert.

„Lass mich raten. Dein neues, kleines Spielzeug steckt mal wieder in der Scheiße."

„Halt's Maul oder du bist der Nächste, dessen Schädel ich platzen lasse."

Mein Sergeant lacht, zeigt mir so, was er von meiner Drohung hält.

„Reg dich ab, Präs."

Das ist leichter gesagt als getan.

Bämm ... Das Knallen eines weiteren Schusses zerreißt die Luft, verrät uns, dass Cube sein Verhör beendet hat.

Silvester, das Dreckschwein, hat gelogen, er hat bei Weitem delikatere Informationen an die *Crazy Spiders* weitergegeben als die, die er mir im Bunker gestanden hat. Vielleicht hätte ich mehr herausgefunden, wenn Rose nicht so plötzlich aufgetaucht wäre. So aber war die Ratte, als ich mich nachts aus dem Bett geschlichen habe und in den Keller gegangen bin, längst tot.

Ich kann ihr deswegen keinen Vorwurf machen. Es war meine Entscheidung, die Sitzung zu unterbrechen, das Mädchen in mein Bett zu schleppen und zu ficken. Trotzdem ist es im Nachhinein verdammt ärgerlich, dass ich nicht herausgefunden habe, wie viel die *Crazy Spiders* nun wirklich wissen.

Diese Bastarde wollen sich in unsere Geschäfte einmischen, sie wollen sich ein Stück vom Kokskuchen abschneiden und sich in unserem Revier ausbreiten.

Aber Bullshit! Nur über meine Leiche.

Solange ich Präsident bin, werde ich nicht zulassen, dass diese Hurensöhne ihr Netz in unserem Territorium spinnen. Mein Vize steckt die Knarre weg, stellt sich zu uns und schiebt sich einen Kaugummi in den mit Blutspritzern befleckten Mund. Eine Sekunde später erfüllt der künstliche Geruch von Maracuja die Luft.

„Hast du was herausgefunden?"

Er brummt und reibt sich mit der Faust über das Würfeltattoo an der Schläfe.

Unser VP verdankt seinen Straßennamen seiner Vorliebe für Glücksspiel.

Spielkarten und Roulette kann er widerstehen, aber sobald irgendwo ein Würfel involviert ist, verliert er jegliche Kontrolle und setzt Tausende von Dollars, selbst wenn die Gewinnchance so minimal ist, dass sie quasi gar nicht existiert.

Das letzte Mal, als er in einem Casino war, hat er die Beherrschung verloren und dem Arschloch, das gewonnen hat, die verfluchten Würfel so tief in den Rachen geschlagen, dass er daran erstickt ist.

„Yeah, die *Spiders* haben eine Drogenküche an der North Side errichtet. Dort packen sie ihr Koks ab, stellen Meth her und verteilen die Scheiße in unserem Revier."

Fuck! Das sind beschissene Nachrichten.

Die *Spiders* wissen von Silvester, dass wir an der North Side schlecht aufgestellt sind und haben sich deswegen für dieses Stadtviertel entschieden. Sie haben gehofft, dass sie so unter unserem Radar bleiben und wir sie nicht erwischen.

Falsch gedacht!

„Okay wir werden sie finden und packen. Noch heute! Aber bevor wir uns auf den Weg machen, muss ich zurück zum Club."

Cube und Skull tauschen einen wissenden Blick. Es kostet mich einiges an Beherrschung, dass ich den beiden nicht einfach eine Kugel verpasse und ihre Posten neu besetze.

„Wisst ihr was? Fickt euch ins Knie!"

Der Vize lacht, formt eine Kaugummiblase und lässt diese dann zerplatzen.

„Schlechte Laune, Präs?"

Fuck nein.

„Nur schlechtes Personal."

Ich ignoriere ihre dummen Sprüche, bin gedanklich längst bei Rose.

Der Prospect hat versagt, er wird seine Strafe bekommen. Aber bevor ich mich um ihn kümmere, werde ich die Sache mit dem Stalker erledigen.

Es gibt momentan einfach zu viele offene Baustellen, um die ich mich kümmern muss.

Ich zweifle keine Sekunde daran, dass der Wichser mein Mädchen beobachtet, was bedeutet, dass er ganz genau weiß, dass Rose jetzt mir gehört, und dennoch lauert er ihr auf und schenkt ihr beschissene Blumen.

Das muss ein Ende finden. Sofort!

Auch wenn Rose bemüht war, den Vorfall runterzuspielen, konnte ich die Furcht in ihrer Stimme hören, ich konnte an der Unregelmäßigkeit ihrer Atemzüge erkennen, dass sie diese Scheiße nach und nach in die Knie zwingt.

Nachts plagen sie Albträume, sie schreit in meinen Armen und weint. Noch nie zuvor habe ich mich so hilflos gefühlt wie in dem Moment, in dem die Frau, die ich liebe, vor Furcht in meinem Bett zu zittern beginnt.

Und yeah, ich liebe Rose – daran besteht längst kein Zweifel mehr.

Das alles war nicht geplant. Ich wollte diese Gefühle nicht, aber ich konnte es nicht verhindern. *Fuck!*

Diese Frau bringt mich dazu, alles, was ich bis jetzt als selbstverständlich angesehen habe, anzuzweifeln. Sie geht mir unter die Haut, kontrolliert mein Denken und besitzt mein Herz, beziehungsweise das, was davon nach all den Jahren des Folterns und des Mordens noch übrig geblieben ist.

Meine Seele ist schwarz, mein Leben ist schwarz und meine Liebe ist schwarz. Aber sie gehört Rose und darum werde ich alles in meiner Macht Stehende tun, um sie zu schützen.

Ich habe einen Plan, ich weiß, wie ich den Stalker anlocken und die Falle zuschnappen lassen kann. Das Problem ist nur, dass er für Rose ein gewisses Risiko birgt, das ich bis jetzt nicht einzugehen bereit war. Aber es muss sein!

Cube und Skull folgen mir, wir lassen die toten Männer liegen, machen uns nicht die Mühe, unsere Spuren zu verwischen. Ich will, dass die *Crazy Spiders* ganz genau wissen, dass wir es auf sie abgesehen haben, dass wir sie jagen und schlussendlich alle abknallen werden.

Der Fahrtwind klärt meine Gedanken, ich betrachte das rote Muster auf meinen Handrücken und erinnere mich daran, dass es besser wäre, das Blut abzuwaschen, bevor ich Rose gegenübertrete.

Meine Frau kommt nicht aus meiner Welt, Blut und Totschlag sind Dinge, die sie abschrecken. Rose darf mich nicht fürchten, sie muss mir vertrauen oder mein Plan ist zum Scheitern verurteilt.

Die Fahrt zum Clubhaus dauert eine halbe Stunde. Vor Ort angekommen, stechen mir sofort die vor dem Tor liegenden Rosen ins Auge.

Die langen Stiele und die dicken vollen Blütenköpfe in sattem Rot verhöhnen mich regelrecht. Etwas viel Stärkeres als Wut breitet sich in mir aus, löst ein dumpfes Pochen hinter meinen Schläfen aus, sorgt dafür, dass mir die Sicherungen durchbrennen.

Ich stoppe abrupt, zwinge so Cube, der direkt hinter mir gefahren ist, dazu, mir auszuweichen. Seinen Fluch ignorierend, klappe ich den Ständer aus, steige ab und ziehe mir den Helm vom Kopf.

Fuck!

Das Blut in meinen Adern verwandelt sich in Feuer, es pulst dickflüssig durch meine Venen, in meinem Brustkorb angekommen löst es einen stechenden Schmerz aus.

Hass! Purer Hass flutet mein Denken. Wenn dieser Bastard jetzt greifbar wäre, würde ich meinen Monstern die Ketten abnehmen und ihnen freien Lauf lassen.

Aber er ist nicht greifbar!

Das feige Schwein versteckt sich, es hält sich im Verborgenen, anstatt sich mir zu stellen.

Ich packe mir die Rosen, die spitzen Dornen bohren sich in meine Haut.

Erst auf den zweiten Blick bemerke ich das kleine Kuvert, das sich zwischen den Blütenköpfen befindet. Die Zähne so fest aufeinanderbeißend, dass es zu knacken beginnt, ziehe ich den Umschlag hervor, öffne ihn und hole den Brief heraus.

Blind vor Groll starre ich die schwarzen Buchstaben an.

Geliebte Rose
Du wirst mir gehören oder du wirst sterben.
Weder der Tod noch ich sind bereit, dich zu teilen.

Skull, der direkt hinter mir steht, liest die Zeilen und schüttelt fassungslos den Kopf.

„Was eine kranke Scheiße!“

Da kann ich ihm nicht widersprechen.

„Wir müssen diesen Typen stoppen, ehe er dir dein kleines Spielzeug wegnimmt und es kaputtmacht.“

Dem Sergeant ist es schon immer schwergefallen, Menschen wie Menschen zu behandeln. Für ihn zählt nur der Club – der Rest der Welt geht ihn am Arsch vorbei.

Es wir dauern, bis er Rose als Rose sieht und nicht als nettes, fickbares Ding, das ich mir zum Spaß ins Bett gelegt hab.

Cube kommt zu uns, er betrachtet den Blumenstrauß in meiner Hand und sieht mich irritiert an.

„Was ist los?"

Wortlos gebe ich ihm den Brief, gehe auf den Prospect zu, hole aus und ramme ihm meine Faust mit voller Wucht in die Fresse.

Er wird nach hinten geschleudert, kracht auf den Boden und spuckt Blut. Ich gebe ihm nicht genug Zeit, um zu verstehen, was passiert, sondern schlage erneut zu. Wieder und wieder ramme ich meine Faust in sein Gesicht. Spüre brechende Knochen jedoch nicht einen Hauch von Mitleid.

„Du blöder Wichser!"

Er keucht und gurgelt, erstickt beinahe an seinem eigenen Blut. Es gelingt ihm, den Kopf auf die Seite zu drehen und eine Ladung Zähne auszuspucken.

Keuchend schnappt er nach Luft, sieht desorientiert zu mir hoch, bringt jedoch kein Wort über die aufgeplatzten Lippen.

Aber das ist eh nicht von Belang. Selbst wenn er eine Entschuldigung stottern würde, hätte das keinen Einfluss auf das, was nun mit ihm geschieht.

„Wie konntest du nicht bemerken, dass der Wichser, der es auf Rose abgesehen hat, hier war? Keine vier Meter von dir entfernt? Wie? Verdammt!"

Das Wissen, dass der ganze Bullshit vorbei wäre, wenn Tim besser aufgepasst hätte, macht mich rasend. Rose könnte in Sicherheit sein, hätte der Prospect seine Pflicht erfüllt. So aber ist alles beim Alten, dem Stalker ist es erneut gelungen, mein Mädchen in Angst und Schrecken zu versetzen und keiner von uns hat ihn davon abgehalten.

Ein Brüllen herunterschluckend, verpasse ich ihm einen Tritt in die Rippen, höre das Knacksen und weiß, dass ich jetzt stoppen muss, wenn ich den Prospect nicht töten will.

Das Problem daran ist, dass ich es will – dass mir einfach kein guter Grund einfällt, warum ich den Idioten am Leben lassen sollte.

Skull scheint es da anders zu gehen. Anstatt es mich einfach zu Ende bringen zu lassen, packt er mich von hinten an den Armen und zieht mich in der Sekunde, in der ich dem Anwärter den tödlichen Tritt gegen die Kehle verpassen will, nach hinten.

Ich tobe, will mich losreißen, doch er schafft es, mich festzuhalten.

„Fuck Präs! Willst du wirklich, dass dein Spielzeug dabei zusieht, wie du dem Hurensohn den Schädel zertrümmerst?“

Es dauert ein paar Atemzüge, bis die Bedeutung seiner Worte in mein Hirn sickert.

Rose ... Sie ist hier ...

Den Blick von Tim abwendend, sehe ich hoch und direkt in Roses vor Entsetzen weit aufgerissene Augen.

Uns trennen keine drei Meter, dicke Tränen rinnen ihr über die Wangen, ihr Mund ist für einen lauten Schrei geöffnet, sie bringt jedoch nur ein atemloses Keuchen zusammen.

Susanne, die vor dem offenen Werkstattor steht, schüttelt missbilligend den Kopf.

Im Gegensatz zu Rose ist sie nicht sauer auf mich, weil ich dem Prospect eine Lektion erteile, sondern weil ich nicht darauf geachtet habe, wer dabei zusieht.

Fuck!

Ich steige über den jammernden Haufen Scheiße vor meinen Füßen, gehe auf meine Frau zu und lasse den Blick dabei prüfend über sie gleiten.

Ihre Jeans ist so verflucht eng anliegend, dass sie wie eine zweite Haut ihre langen Beine und ihren prallen Arsch umschließt. Mein Schwanz wird sofort hart. Schwarze Sneakers zieren ihre winzigen Füße. In ihren Ohren stecken silberne Ringe und die Farbe ihres Pullovers passt perfekt zu dem Moosgrün ihrer Iriden.

Sie ist so verdammt schön, dass es fast schon wehtut, sie einfach nur anzusehen.

Ich kann verstehen, warum der Stalker so besessen von ihr ist.

Ich bin es ebenfalls!

Besitzen, behalten und beschützen ...

Völlig egal wie hoch der Preis ist, den ich bezahlen muss, um ihre Sicherheit garantieren zu können – es gibt keine Grenzen ...

Rose und Susanne sind meine Familie – sie sind unantastbar!

Bei meinem Mädchen angekommen, vergrabe ich meine Hände in ihren Haaren, wickle mir die weichen Strähnen um die Finger und beuge mich zu ihr herab, dann ziehe ich ihr Gesicht so nah an das meine, dass ihr warmer Atem über meine Wange streift, und suche ihren Blick.

Ich will sie fragen, wie es ihr geht. Ich will sie anbrüllen. Sie für das, was sie in mir auslöst, bestrafen, und ich will sie küssen ... *Fuck!* Ich will so vieles von ihr, dass ich es nicht in Worte fassen kann.

Ich bringe kein Wort über die Lippen, in meinem Hirn herrscht Chaos. Rose scheint zu spüren, wie es in mir aussieht, sie legt ihre Hände auf meinen Brustkorb und haucht mir einen viel zu sanften Kuss auf den Mund.

„Es geht mir gut, Bones."

Der angsterfüllte Ausdruck in ihren Augen straft ihre Worte Lügen.

„Nein, geht es nicht."

In dieser Sekunde bin ich einfach verdammt froh darüber, dass sie nur die Rosen gesehen hat und nichts von dem Brief weiß.

Geliebte Rose
Du wirst mir gehören oder du wirst sterben.
Weder der Tod noch ich sind bereit, dich zu teilen.

Fuck! Von wegen ...

Der Bastard will spielen? Von mir aus!

In der nächsten Runde gelten meine Regeln. Ich bestimme, wie es weitergeht, und zur Hölle! Ich verliere nicht. Niemals!

Der Typ hat zum wiederholten Male bedroht, was mir gehört, und jetzt ist Schluss! Meine Frau wird nichts von der Drohung erfahren, ich werde die Zeilen in Asche verwandeln.

Rose gehört mir! Ich werde nicht zulassen, dass ihr Stalker Anspruch auf sie erhebt.

Der Tod muss sich hinten anstellen, und dieser Wichser sollte laufen – schnell und weit, denn mir wird kein Weg zu weit sein, um ihn zur Strecke zu bringen!

Sie küsst mich erneut, dieses Mal erlaube ich ihr nicht, sich wieder zurückzuziehen, sondern dringe mit meiner Zunge tief in sie ein, erobere ihren Mund und trinke ihr Stöhnen. Mein Schwanz wird noch etwas härter, wenn ich sie nicht sofort ficke, verliere ich den Verstand.

Nicht fähig mich von ihr zu lösen, ziehe ich den Kuss in die Länge, labe mich an ihrem Geschmack und koste den Triumph aus, dass diese Frau mir gehört.

Rose sinkt vertrauensvoll an meine Brust, ich löse die Hände aus ihren Haaren, lasse sie an ihr nach unten gleiten und umfasse ihre schmale Taille.

Den blutenden Prospect, mein Bike vor dem Tor – ich blende einfach alles um uns herum aus, hebe meine Frau hoch und grinse zufrieden, als sie ihre Beine instinktiv um meine Mitte schlingt. Mit großen Schritten trage ich sie weg von den neugierigen Blicken, hinein in den Club und rauf in meine Wohnung.

Ich brauche Rose dringender als den nächsten Atemzug.

Allein die Vorstellung, sie wieder zu verlieren, löst einen so heftigen Schmerz in meiner Brust aus, dass ich kaum mehr atmen kann.

Fuck! Fuck! Fuck!

Die Ereignisse der vergangenen Stunden haben mein Monster genährt. Der Blutrausch ebbt langsam ab. Die drei toten *Crazy Spiders* sind ein guter Anfang.

Jetzt werde ich meine Frau ficken, ich werde mich davon überzeugen, dass sie in Sicherheit ist und die nächsten Stunden in meinem Bett liegt und schläft, und mich dann auf den Weg zur North Side machen, um die Drogenküche in die Luft zu sprengen.

Silvester hat mit dem Feind geredet, er hat uns verraten und ist dafür gestorben.

Jetzt geht es darum, den Schaden zu begrenzen und die *Crazy Spiders* auszurotten.

Wenn uns die Vergangenheit eine Sache gelehrt hat, dann, dass nur tote Spinnen gute Spinnen sind.

„Ich brauche dich, Bones! Halt mich fest ..."

Roses gewispertes Flehen hallt wie ein Bombeneinschlag in meinem Schädel wider.

Sachte stelle ich sie auf dem Bett ab, jetzt befinden wir uns auf Augenhöhe.

Mit zwei Fingern ihren Kiefer umfassend, sehe ich ihr tief in die Augen und erkenne die Verletzlichkeit, die sie von mir unterscheidet.

Wo ich stark bin, ist Rose schwach – wo ich hart, bin, ist sie weich.

Ich bin der Knochen, ich stehe für Tod und Schmerz. Rose hingegen ist eine wunderschöne, zerbrechliche Blüte und sie gehört mir.

Langsam streiche ich mit der Daumenkuppe über ihre volle Unterlippe, genieße das Gefühl ihres weichen Mundes an meinem rauen Finger.

Wenn sie wüsste, wie viele Menschen schon durch meine Hände gestorben sind, würde sie mich dann in einem anderen Licht sehen?

Würde sie vor mir davonlaufen?

Würde sie in mir das gleiche Monster sehen wie in ihrem Stalker?

Fuck! Ich weiß es nicht und ich habe nicht vor, es jemals herauszufinden.

21. Kapitel

Rose

In Bones Augen tobt ein heftiger Sturm. Das Stahlgrau seiner Iriden wirkt eisig und hart wie Stein. Keine Ahnung, womit er die letzten Stunden beschäftigt war, es ist wahrscheinlich besser, wenn ich es niemals herausfinde.

Der Präsident der *Black Snakes* ist ein starker, gewaltbereiter Mann, der für seinen Club einsteht und, ohne zu zögern, tut, was getan werden muss.

Er beschützt die Seinen, steht für sie ein und schreckt nicht davor zurück, dabei über Leichen zu gehen. Es mag verrückt klingen, aber genau diese brutale Seite seines Ichs ist die, die mich so anzieht und fasziniert.

Nur dank seiner Tödlichkeit bin ich in Sicherheit ...

Ich will diesen Mann. Ich will ihn so sehr, dass ich bereit bin, all die Schatten seiner Welt in Kauf zu nehmen, nur damit ich bei ihm bleiben kann – und das erschreckt mich.

Bis jetzt habe ich ein einfaches, gutes und gesetzestreues Leben geführt.

Bis auf eine überfahrene rote Ampel und ein paar Notlügen habe ich mir nie etwas zuschulden kommen lassen. Und jetzt?

Jetzt habe ich dabei zugesehen, wie Bones den Prospect beinahe zu Tode geprügelt hat, und das nur, weil er kurz unaufmerksam war.

Das ist echt heftig und zugleich megasexy.

Er betrachtet mich gedankenverloren, ich wüsste nur zu gerne, was gerade in seinem Kopf vorgeht.

„Ich will, dass du mein Leder trägst. Fuck Rose! Werde meine Old Lady, bleib bei mir, für immer! Ich brauche das elementare Recht, dich beschützen zu dürfen. Ich muss wissen, dass du die meine bist, dass dich nie wieder ein anderer Mann besitzen wird, oder ich verliere den Verstand!“

Seine Stimme ist rau und leise, sie schleicht sich in meine einsame Seele und schenkt ihr eine düstere Hoffnung.

Das, was sein Angebot in mir auslöst, ist eine nicht zu beschreibende Sehnsucht.

Aber sie ist nicht rein und klar, nicht sanft und zärtlich, sondern schwarz – so schwarz wie die finstere Nacht.

Sie macht mir deutlich, was ich wirklich will, und dass ich bereit bin, dafür zu opfern – mein bisheriges Leben.

Susanne hat mir schon mal erklärt, was es mit dieser Old-Lady-Sache auf sich hat.

Soweit ich weiß, gibt es davon drei Stück bei den *Black Snakes*, allerdings habe ich erst eine zu Gesicht bekommen.

Wenn ein *Black Snake* einer Frau sein Leder anbietet, dann ist das eine große Sache. Es bedeutet, dass er sie unter seinen Schutz stellt, dass er sie zu seinem Eigentum macht und bereit ist, für sie zu sorgen, für sie zu kämpfen und sogar für sie zu sterben.

Bones bietet mir gerade einen festen Platz an seiner Seite an. An sich klingt das gut, geradezu perfekt, aber dieses Angebot hat auch einen Haken, denn diese Verbindung ist wie eine Ehe und gilt bis dass der Tod uns scheidet.

Ich bin nicht so naiv, das Ausmaß zu unterschätzen, mir ist schmerzlich bewusst, dass ich mich, wenn ich jetzt ja sage, für immer – bis zu meinem letzten Atemzug – an Bones binde.

Und so sehr ich diesen Rocker auch will, aber dafür bin ich noch nicht bereit.

Das zwischen uns beiden ist viel zu frisch, viel zu neu, um jetzt auch nur erahnen zu können, wohin es schlussendlich führt.

Sein Daumen ruht noch immer auf meinem Mund, während sich seine Augen so tief in die meinen bohren, dass es mir unmöglich ist, den Blick zu senken.

Bones wartet auf meine Antwort, aber ich schaffe es einfach nicht, die richtigen Worte zu finden. Wie soll ich aussprechen, was ich selbst nicht verstehe?

Das, was dieser Rocker in mir auslöst, ist wild und schwarz und alles verzehrend. Wie glühende Lava, die aus einem jahrtausendealten Vulkan sprudelt und alles unter sich begräbt und verbrennt.

Seine zerstörerische Kraft hat mich voll und ganz in Besitz genommen. Noch schaffe ich es, ganz zu bleiben und mich ihr bis zu einem gewissen Grad zu entziehen, aber wie lange werde ich noch stark genug sein, dieser schwarzen Sehnsucht zu widerstehen?

Nicht mehr lange ...

Es ist nur eine Frage der Zeit, bis ich schwach werde und mich Bones voll und ganz schenke. Aber noch ist es nicht so weit, nicht heute – nicht jetzt.

„Rose?“

Endlich schaffe ich es, unseren Blickkontakt zu unterbrechen und das Gesicht zur Seite zu drehen. Seine Hand gibt meinen Kiefer frei, fällt zwischen uns nach unten, landet wieder auf meiner Hüfte.

Es fühlt sich fast so an, als würde Bones spüren, dass mir im Moment alles zu viel wird und dass ich am liebsten die Flucht ergreifen würde.

„Fuck Rose! Antworte mir endlich."

„Bitte Bones, gib mir mehr Zeit. Das geht zu schnell, viel zu schnell!"

Ich tue es, schenke den Worten, die auf meiner Zunge liegen, eine Stimme, schaffe es jedoch nicht, ihm dabei in die Augen zu sehen.

Auf die Reaktion auf mein Eingeständnis muss ich nicht lange warten. Ein Ruck geht durch seinen Körper, die Muskeln unter meinen Händen werden hart und spannen sich an. Das dunkle Knurren, das sich aus seiner Kehle löst, lässt mich erschaudern.

„Mehr Zeit?"

Sein Brummen halt von den Wänden wieder.

„Ja bitte."

„Wie viel mehr?"

Woher soll ich das so genau wissen?

„Etwas."

„Sieh mich an, Rose!"

Der Klang seiner Stimme lässt meinen Kopf instinktiv zu ihm schnellen.

In seinen Augen zucken Blitze, Bones ist verdammt wütend.

„Du hast Zweifel."

Ich beschließe, ehrlich zu ihm zu sein.

„Ich weiß nicht, was ich habe. Das alles ...", ich deute auf ihn, auf mich und mache dann eine ausladende Geste, die die ganze Welt umfassen soll, „... ist einfach zu viel auf einmal." Ich schluchze, kann nichts gegen die Tränen, die mir plötzlich über das Gesicht rinnen, tun.

„Du und ich, das ist so intensiv, dass es mir den Atem raubt. Dazu der Club, all das Blut, die Waffen und die Gesetze, nach denen du lebst. Ich will dich Bones, nur bei dir fühle ich mich sicher. Ehrlich. Aber irgendwo da draußen ist ein Stalker, der es auf mich abgesehen hat. Wenn er mich erwischt, bin ich so gut wie tot. Ich weiß ja noch nicht mal, ob ich so etwas wie eine Zukunft habe und du willst, dass ich sie dir schenke. Gib mir Zeit, gib mir ein paar Wochen und dann sehen wir weiter. Okay?"

Es ist Bones deutlich anzusehen, dass er das alles andere als *Okay* findet.

„Er wird dich nicht erwischen. Das lasse ich nicht zu, niemals! Du hast eine Zukunft und sie gehört mir. Ich gebe dir genau eine Woche, um das zu kapieren, dann trägst du mein Leder und wirst offiziell zu meinem Eigentum."

Die unfassbare Arroganz, die ihm aus jeder Pore dringt, ist gewürzt mit einer gewaltigen Ladung Testosteron und Höhlenmenschgehabe.

Eigentlich wurde uns emanzipierten Frauen anerzogen, dass wir solche Machtansprüche total scheiße und megaunangebracht finden sollen, aber verdammt ...

V.E.R.D.A.M.M.T!

Es fühlt sich einfach unfassbar gut an, gewollt zu werden.

Ich will nicht mit ihm streiten, also sage ich nichts mehr, stimme ihm weder zu noch widerspreche ich ihm, sondern packe ihn einfach nur am Revers seiner Kutte und ziehe ihn zu mir heran. Sein Blick legt sich auf meine Lippen, die Magie eines Kusses breitet sich zwischen uns aus, und zwischen meinen Schenkeln beginnt es sehnsuchtsvoll zu pochen.

Keiner von uns weiß, was die Zukunft für uns bereithält. Nicht mal der mächtige und unerschrockene Präsident des *Black Snakes Motorcycle Clubs*, aber ich weiß, wie ich die nächste Stunde verbringen will. Auf dem Bett, unter seinen beeindruckenden Muskeln vergraben und mit seinem harten Schwanz tief in mir drin.

„Fick mich!"

Mein Wispern entlockt ihm ein Fauchen.

„Sag es noch mal."

Bones liebt es, wenn ich ihn dazu auffordere, mich zu nehmen.

„Fick mich, Bones!"

Seine Lippen zucken, das Grau seiner Iriden verdunkelt sich und auf seiner Stirn tritt eine Ader hervor.

„Ich werde dich jetzt so hart ficken, dass all deine Zweifel zerbrechen und du bis in den hintersten Winkel deines Herzens spüren kannst, dass du meine Frau bist."

Grob knallt sein Mund auf den meinen, er beißt sich an meiner Unterlippe fest, zieht an ihr und macht sich daran, meine Jeans zu öffnen.

Mein Herz rast, Erregung setzt meine Nervenbahnen in Brand, plötzlich kann ich es kaum erwarten, von Bones gepackt und genommen zu werden.

„Fuck Baby. Fuck! Fuck! Fuck!"

Seine Hände ballen sich zu Fäusten, meine Atmung beschleunigt sich.

„Es ist völlig irre, aber ich will dich so sehr, dass ich an nichts anders mehr denken kann."

Sein massiver Körper vibriert vor Anspannung. Bones lässt den Kopf in den Nacken fallen, gibt ein leises Zischen von sich und legt dann seine Waffe ab.

Als Nächstes zieht er sich das Hemd über den Kopf, erlaubt mir einen Blick auf seine tätowierte Brust. Die leeren Augenhöhlen des Totenkopfs starren mich an, mittlerweile haben wir uns angefreundet.

Ich sauge seinen Anblick tief in mich auf, genieße jedes Detail dieser perfekten Männlichkeit.

Nicht zum ersten Mal wird mir bewusst, wie gefährlich der Mann, auf den ich mich da gerade eingelassen habe, ist. Er bückt sich, zieht sich zuerst die Stiefel und dann die Jeans aus. *Oh verdammt!*

Eine Minute später hat er sich bis auf die schwarzen Boxershorts komplett ausgezogen.

Mein Gaumen wird trocken, an diesen Anblick werde ich mich einfach nie gewöhnen.

Die Hügel seines Sixpacks zucken, dick und hart drückt sich seine Erektion gegen den eng anliegenden Stoff, die Muskeln in seinen Oberschenkeln spannen sich an.

„Willst du nur starren oder auch anfassen?“

Gute Frage.

„Ich will ablecken.“

Bones sieht mich überrascht an.

Bis jetzt haben wir schon so einiges getan ... wirklich einiges. Manches davon lässt mich sogar noch im Nachhinein erröten. Seine raue Zunge hat mir schon so einige Orgasmen beschert, aber ich habe ihn noch nie oral befriedigt. Ich will wissen, wie er schmeckt und wie es sich anfühlt, über seinen Schwanz zu lecken und ihn so in den Wahnsinn zu treiben.

„Du spielst mit dem Feuer, Rose.“

Falsch.

„Ich spiele mit einer schwarzen Schlange ...“

Gerade als ich meine Hand in seine Shorts schieben will, packt er mich und zerfetzt meine restlichen Kleidungsstücke.

Seine Bewegungen sind schnell und effizient, er berührt mich besitzergreifend, fasst mich an, als würde ich schon immer ihm gehören.

Lustvoll ziehen sich meine Nippel zusammen, zwischen meinen Beinen wird es feucht, mein Herz gerät aus dem Takt.

An dem Ausdruck in seinen Augen kann ich ablesen, wie stark seine Besitzgier in genau diesem Moment ist.

Das zwischen uns ist alles andere als normal und unkompliziert und dennoch würde ich nichts an unserer Beziehung verändern oder perfektionieren wollen.

Nackt und zitternd stehe ich vor ihm, sein Blick legt sich auf meine Brüste, gleitet dann hinab zu meinem Bauch.

Entschlossen mich für all die Male, die er mich so gekonnt geleckt hat, zu revanchieren, sinke ich vor ihm auf die Knie.

Noch bevor ich irgendetwas tun kann, hebt er mich mit einem Ruck wieder hoch, legt sich mit mir in seinen Armen ins Bett und presst seinen harten Schaft gegen meine empfindliche Mitte.

Obwohl ich dank letzter Nacht innerlich wund bin, kann ich es kaum erwarten, ihn erneut in mich aufzunehmen.

Wieder und wieder lässt er seinen Schwanz durch meine feuchten Schamlippen gleiten. „Du bist so nass, so heiß – so perfekt."

Etwas, das wie Ehrfurcht klingt, schwingt bei seinen Worten mit.

„Sag, dass du bereit für mich bist. Sag, dass du mir gehörst und ich das Recht habe, mich tief in dich zu stoßen. Ich will hören, wie du dir gegenüber eingestehst, dass du mir gehörst und dass ich dein Mann bin!"

Bones verliert die Kontrolle und bewegt seine Hüften immer schneller.

Mit einem harten, tiefen Stoß bohrt er sich in mich, dehnt meinen engen Kanal und stöhnt dabei laut.

„Warum ist dir das ausgerechnet heute so wichtig?"

Er lässt sich Zeit, als ich endlich eine Antwort bekomme, ist sie nichts weiter als ein leises, bedrohliches Flüstern, das sich direkt in meine Seele frisst.

„Weil ich dich will, Rose. Du faszinierst mich wie keine Frau zuvor. Du hast die Macht das Monster in meinem Inneren zum Verstummen zu bringen. Du befriedigst meine Gier nach mehr und gibst mir das Gefühl, einen Blick ins Paradies zu werfen. Es war nicht geplant, dass es so zwischen uns wird, doch jetzt, wo es so ist, will ich es gar nicht mehr anders! Du wirst bei mir bleiben. Ich werde für dich sorgen und dich beschützen. Niemand wird dich mir jemals wieder wegnehmen! Das schwöre ich auf meine Kutte. Du bist mein Besitz, mein Mädchen und ich verteidige, was mir gehört. Immer! Dein Stalker ist so gut wie tot!"

Während er spricht, verändert sich seine Mimik. Ich entdecke nicht nur die Entschlossenheit in seinen Augen, sondern auch etwas anderes, etwas, das mich zutiefst erschüttert.

Ich ahne instinktiv, dass er mir nicht alles sagt, das heute irgendetwas geschehen ist, das diesen Wahn in ihm ausgelöst hat. Aber was?

Waren es die Rosen? Oder die Tatsache, dass sich der Stalker so nah an den MC rangewagt hat?

„Das ist heftig, Bones. Das ist dir schon klar, oder?"

Er lacht rau auf.

„Glaube mir Mädchen, das ist mir mehr als bewusst."

Seine Muskeln spannen sich an, er rollt sich von mir runter, packt mich an den Knöcheln und zieht mich bis an die Bettkante.

Immer nervöser werdend, sehe ich auf seinen beeindruckenden, leicht nach oben gebogenen Penis, erneut flutet feuchte Hitze meine Pussy.

„Mund auf ..."

Er legt seinen Daumen auf meine Unterlippe, schiebt ihn mir in den Mund und reibt über meine Zunge.

„Saug an ihm."

Ein erwartungsvolles Zittern durchläuft mich. Ich erwidere seinen eindringlichen Blick und tue, was er von mir verlangt. Langsam verwöhne ich seine Fingerkuppe, züngle an ihr und massiere sie mit den Lippen.

Bones atmet mit einem lauten Grollen aus, zieht seinen Finger aus meinem Mund, vergräbt seine Faust in meinen Haaren, und zerrt meinen Kopf nach oben.

„Schau mir in die Augen und öffne deinen Mund!"

Ich zögere.

„Jetzt, Rose!"

Die rote, geschwollene Krone seines Schwanzes befindet sich nur wenige Zentimeter vor meinem Gesicht.

Ich inhaliere den herben Geruch seiner Lust. Wie er wohl schmeckt?

„Sei ein braves Mädchen und leck an ihm."

Zögerlich lasse ich meine Zunge über den kleinen Schlitz an der Spitze schnellen und werde mit einem Zucken seiner Bauchmuskeln belohnt.

Bones kommt mir entgegen, schiebt sich tiefer in meinen Mund und stöhnt laut.

Dick und schwer liegt sein Glied nun auf meiner Zunge, der Geschmack seiner Lust explodiert an meinem Gaumen. Noch bevor ich mir sicher bin, wie es weitergeht, dirigiert er meinen Kopf vor und zurück.

Seine Hüfte bewegt sich, die Muskeln in seinen Beinen beginnen zu zucken, fast so, als könnten sie es kaum erwarten, immer tiefer in mich zu stoßen.

Bones schiebt sich in meinen Hals, ich kämpfe gegen meinen Würgereflex an – es gelingt mir. Nur gegen die Tränen, die mir in die Augen steigen, kann ich nichts tun.

„Saug fester!"

Erneut folge ich seinem Befehl. Meine Wangen höhlen sich aus, während ich ihn mit meinen Lippen, meiner Zunge und meinem Gaumen bearbeite.

Das ist kein klassischer Blowjob, doch zu meiner Überraschung gefällt es mir, seinen Schwanz in meinem Mund zu haben.

„Sieh mich an."

Ich tue es und genieße die Begierde, die ich in seinem Blick erkennen kann.

Bones beobachtet, wie mir eine Träne aus dem Augenwinkel rinnt, wie sich sein Schwanz wieder und wieder zwischen meine Lippen schiebt und ich, als er besonders tief eindringt, doch würgen muss.

„Yeah Baby, du machst das gut. Sehr gut. Lass mich noch tiefer!"

Schon beim nächsten Vorstoß gleitet er so weit in meine Kehle, dass ich instinktiv ausweichen will. Seine Faust in meinen Haaren verhindert das und so bleibt mir nichts anderes übrig, als meine Halsmuskulatur zu entspannen und jeden harten Zentimeter zu schlucken.

Immer unnachgiebiger hält Bones mich in Position, stößt immer kraftvoller zu und knurrt vor Lust.

In diesem Moment hat er die vollkommene Kontrolle über mich. Seltsam, ich hätte nicht gedacht, dass es mich so erregt, ihm hilflos ausgeliefert zu sein.

Mein Unterleib zurrt sich zusammen, das Pochen zwischen meinen Schenkeln wird immer stärker.

„Krall dich an mir fest, Baby!"

Kaum dass die Warnung verhallt ist, beginnt er meinen Mund in einem unglaublich schnellen und tiefen Rhythmus zu bearbeiten.

Speichel rinnt mir über das Kinn, vor meinen Augen tanzen schwarze Punkte.

Meine Lippen wölben sich um seinen harten Schaft, während ich versuche, zwischen den einzelnen Stößen nach Luft zu schnappen.

„Fuck Rose! Du bist so unfassbar schön. Dank der Tränen schimmern deine Augen wie grüne Diamanten. Mein Schwanz passt perfekt in deine Kehle ... Du wurdest nur für mich geschaffen!"

Das nächste Mal, als er in mich gleitet, zieht er sich nicht sofort zurück, sondern verharrt tief in meinem Rachen.

Ich will nach Luft schnappen, aber es geht nicht.

Bones bleckt die Zähne, seine Nasenflügel sind gebläht, während sich sein massiver Brustkorb dank seiner tiefen Atemzüge hebt und senkt.

Die Hüften kreisen lassend, bohrt er sich noch ein Stückchen tiefer in meine Kehle.

Vor Lust getrieben packe ich seine Beine und drücke mich selbst noch näher an ihn und streife dabei mit meiner Nase über die unterste Reihe seines Sixpacks.

„Oh Rose ..."

Er flüstert meinen Namen, als wäre er ein Gebet, als könnte ich ihm die Absolution von seinen Sünden schenken.

Ich weiß nicht genau, woher das Bedürfnis kommt, ihn zu befriedigen, doch es ist da und es wird mit jedem Herzschlag stärker und stärker.

Mit der rechten Hand halt ich mich weiter an seinem Bein fest, mit der linken umfasse ich seine prallen Hoden, knete und massiere sie, ziehe sie dabei leicht in die Länge.

Bones flucht, gibt ein lautes Zischen von sich und sieht aus schwarzen Augen auf mich herab.

Langsam zieht er sich aus meiner Kehle, umfasst meine Schultern und wirft mich rückwärts in das weiche Bett. Noch bevor ich ahne, was er vorhat, ist er auch schon über mir und drückt mich mit seinem Gewicht tief in die Matratze.

Liebevoll streichen seine Lippen über meine Schläfe, er packt mich an der Taille, hebt meinen Unterleib an und presst ihn gegen den seinen.

Dick und schwer drückt sich seine Erektion gegen meine Mitte und löst eine heftige Sehnsucht in mir aus.

Ich will ihn anflehen, dass er endlich die Leere in mir vertreibt, dass er mich endlich nehmen soll, doch ich bringe nur ein leises Stöhnen zustande.

Bones fängt meinen Blick ein und küsst mich sanft.

„Bevor ich dir begegnet bin, habe ich in völliger Dunkelheit gelebt. Die Schwärze war mein Zuhause. Du bist mein Licht, Rose ... Wenn ich dich jemals wieder verliere, dann ist das mein Untergang."

An der Ernsthaftigkeit, mit der er spricht, und mit der er mich ansieht, erkenne ich, dass er das absolut ernst meint. Nicht sicher was ich dazu sagen soll, schlinge ich meine Arme um seinen kraftvollen Nacken, ziehe ihn zu mir herab und küsse ihn mit all der Liebe, die ich schon nach dieser kurzen Zeit für ihn empfinde.

Er gibt nach, schenkt mir seine Zunge und überlässt mir die Führung.

Bones plötzliche Sanftheit steht im starken Kontrast zu seinen vor Erregung zuckenden Muskeln. Seine schwieligen Finger finden meine Brustwarzen, er spielt mit ihnen, neckt und zwickt sie.

Mein Nacken wird von einer dünnen Schweißschicht überzogen, mir ist so heiß, dass es sich anfühlt, als würden wir auf der Sonne tanzen.

Wieder und wieder flüstert er mir ins Ohr, wie schön er mich findet und wie dringend er mich besitzen will.

Verspielt knabbert er an meinem Schlüsselbein, leckt an meinem Hals nach oben und saugt sich direkt an der Stelle, an der sich mein Puls überschlägt, fest.

Mein Herz macht einen Satz, wenn es möglich wäre, würde es aus meinem Brustkorb in den seinen hüpfen. Es sehnt sich nach diesem Rockerpräsident wie der Mond nach den Sternen.

Bones raue Zunge schnellt über meinen rechten Nippel. Er saugt ihn in seinen feuchten Mund, lässt mich seine Zähne spüren und schiebt seine Hand zwischen meine gespreizten Schenkel.

Als er spürt, wie nass ich bereits für ihn bin, gibt er ein zufriedenes Brummen von sich.

„Du kannst es kaum erwarten, endlich von mir gebumst zu werden.“

Das kann ich wohl kaum leugnen ...

Er grinst zufrieden, auf seiner rechten Wange bildet sich wieder das sexy Grübchen.

Langsam schiebt sich sein langer Finger in mich. Tief und tiefer, vor meinen Augen beginnt sich die Welt zu drehen ...

Geschickt reibt er mit seinem Handballen über meinen Kitzler, übt Druck aus und beobachtet dabei jede meiner Regungen.

Ich kämpfe gegen den viel zu schnell ansteigenden Orgasmus an, doch ich spüre, dass ich keine Chance gegen das habe, was Bones in mir auslöst.

„Lass es zu, Baby ... Komm für mich.“

Die Art, wie er mich mit seinen Fingern fickt, wird härter und gnadenloser. Die zart schmelzende Zärtlichkeit, mit der er mich eben noch behandelt hat, verwandelt sich in pure Gier. Eine schwarze Sehnsucht leckt an meinen Sinnen.

Dieser Rocker verführt mich nicht einfach nur, er verschlingt mich regelrecht.

Endlich spüre ich wieder, wie die dicke Spitze seiner Eichel gegen meine Öffnung stupst, sie weitet und wenige Zentimeter in mich eindringt.

Gnadenlos fesselt er meinen Blick an den seinen und schiebt sich Stück für Stück in mich.

Das köstliche dekadente Gefühl der Dehnung, seine Haut, die über die meine reibt, und seine Hände, die sich besitzergreifend um meine Taille schlingen.

Es ist perfekt! Wir passen perfekt. Er und ich sind perfekt!

Ihn in mir aufzunehmen schmerzt, ich wimmere, was mir einen tiefen Kuss einbringt.

Der Stalker, der blutende Prospect und die roten Rosen verschwinden aus meinen Gedanken und hinterlassen nichts als pure Lust. Alles was in diesem Augenblick noch zählt, sind Bones und ich und das göttliche Gefühl, das sein dicker Schwanz in mir auslöst.

Stöhnend presse ich mich ihm entgegen, fordere mehr und beiße mich an seiner Schulter fest.

Mit jedem Zentimeter, den er mich weiter ausfüllt, mit jedem geteilten Atemzug und jedem sanften Kuss werde ich mehr zu der seinen – ob ich es will oder nicht.

Ich spüre bis in den hintersten Winkel meiner Seele, dass der Präsident der *Black Snakes* meine Zukunft ist und dass ich weder Bones noch dem Schicksal entkommen kann.

Endlich rammt er sich mit einer kraftvollen Bewegung bis zum Anschlag in mich, füllt mich so bis auf den letzten Millimeter aus, und entlockt mir einen lauten Schrei.

Ich versuche leise zu sein, ehrlich – doch ich schaffe es nicht.

Dafür ist das, was er in mir auslöst, einfach viel zu stark.

Zuerst bewegt er sich quälend langsam, wird dann immer schneller und schneller.

Das klatschende Geräusch unserer aufeinandertreffenden Körper vermischt sich mit seinem lauten Fauchen.

„Mehr! Gib mir mehr Bones. Bitte gib mir alles!“

Fluchend gräbt er seine Finger tiefer in mein Fleisch, ehe er beginnt, mich gnadenlos zu ficken. Zitternd reibe ich mich an ihm, spanne meine inneren Muskeln an und beobachte wie in Trance das verführerische Spiel seiner beeindruckenden Muskelberge.

„Oh Mädchen, ich schwöre dir, du hast mich süchtig gemacht. Deine süße kleine Pussy muss mit Magie gefüllt sein, anders kann ich mir das, was du in mir auslöst, einfach nicht erklären.“

Nicht in der Lage auf seine Worte einzugehen, vergrabe ich meine Nägel in seiner Haut und suche nach Halt, während ich mich in meiner Lust verliere.

Ein Strudel erfasst mich, der Druck in meinem Unterleib wird so stark, dass er kaum noch auszuhalten ist. Er rammt sich erneut in mich – mehr brauche ich nicht.

Zuckend, bebend und kreischend stürze ich über die Klippe des Erträglichen – verliere mich an diesen Rocker und fliege zu den Sternen.

Sein animalisches Stöhnen wird immer lauter, sein gebrülltes „Oh verdammt!“ hallt genau wie mein Schrei von den Wänden wider, ehe er sich heiß und pumpend in mir ergießt. Erschöpft breche ich zusammen, atme die mit unseren Gerüchen geschwängerte Luft und versuche, wieder zu Atem zu kommen.

Halleluja! Das war ... Das war ... Keine Ahnung! Es wurden noch nicht die passenden Worte erfunden, um das, was Bones in mir auslöst, beschreiben zu können.

Ich spüre, wie sich eine angenehme Mattigkeit in mir ausbreitet, meine Nervenbahnen vibrieren und vor meinen Augen tanzen schwarze Punkte.

Bones steckt noch immer in mir, während er sich herabbeugt und sich an meiner Kehle festbeißt. Die bittere Pein lässt mich zusammenzucken, ich versuche ihn von mir zu stoßen, doch sein massiver Brustkorb bewegt sich keinen Millimeter.

Genauso gut könnte ich auch versuchen, ein Hochhaus umzuschupsen.

Leise seufzend gebe ich nach, schließe die Augen und überlasse mich dem Outlaw mit den stahlgrauen Augen und dem riesigen Totenkopf auf der Brust.

„Du bist mein, Rose.“

Ich will ihm widersprechen – doch ich tue es nicht, denn ich spüre instinktiv, dass er recht hat. Ich gehöre ihm und er gehört mir – leugnen ist da zwecklos.

In einer fließenden Bewegung zieht er sich aus mir raus, lässt sich neben mich auf die Matratze fallen, presst mich besitzergreifend an seine Seite und erobert meinen Mund. Ich trinke seinen Atem, inhaliere seinen unverkennbaren Duft und schlinge meine Zunge um die seine.

Der Kuss will kein Ende nehmen, keiner von uns ist bereit, sich von dem anderen zu lösen.

Die Zeit steht still, sein Sperma rinnt aus mir heraus und mir wird schlagartig bewusst, dass er erneut das Kondom weggelassen hat.

Ich warte auf die allzu vertraute Panik, doch sie bleibt aus.

Anstatt Furcht verspüre ich nichts als Zufriedenheit – mir fehlt die Kraft, um mir Sorgen zu machen oder um Bones Motive zu hinterfragen.

22. Kapitel

Bones

„Hast du verstanden, worum es geht?"

Mehr oder weniger genervt starre ich Rose an und warte auf eine Reaktion – doch sie kommt nicht. Mein Mädchen wirkt wie eine Maus, der gerade gesagt wurde, dass sie sich das verdammte Stück Käse aus der Falle holen soll, selbst wenn das bedeutet, dass diese zuschnappt und ihr dabei das Genick bricht.

„Rose?"

Meine Geduld hängt an einem seidenen Faden. In letzter Zeit landet einfach zu viel Bullshit auf meinen Schultern.

„Du willst, dass ich meinem Stalker direkt in die Arme laufe?"

Pures Entsetzen schwingt in ihrer Stimme mit, Furcht blitzt in ihren Augen auf.

„Falsch! Ich will, dass du in deine Wohnung gehst, allein, und dort darauf wartest, dass er dich holen kommt."

Sie schüttelt entschieden den Kopf und weicht einen Schritt zurück. Es gefällt mir nicht, wenn sie das tut, ich hasse jeden Zentimeter, der sie von mir trennt, aber im Moment scheint sie etwas Abstand zu brauchen. Das muss ich akzeptieren.

„Warum? Willst du mich etwa nicht mehr?"

Fuuuccckkk! Was?

Von nicht mehr wollen kann wohl kaum die Rede sein. Rose ist zu meiner Besessenheit geworden, sie geht mir nicht mehr aus dem Kopf, kontrolliert mein Denken und mein Handeln.

„Ich will dich mehr als den nächsten Atemzug!"

Und das ist nicht übertrieben. *Fuck!* Absolut nicht.

Ihre Augen schimmern verdächtig, der Killer in mir kann ihre wachsende Furcht wittern, das Monster in meinem Inneren reißt an seinen Ketten, es will seine Zähne in die zarte Haut ihrer Kehle schlagen und ihr Blut trinken. Mein Blick tackert sich an der Stelle fest, an der sich ihre Halsschlagader bläulich unter der weißen Haut abzeichnet.

Holy Shit!

Um mich abzulenken, reibe ich mir über die Stirn, zünde mir eine Kippe an und fülle meine Lunge mit dem warmen Rauch.

„Dann verlang das nicht von mir. Bitte Bones. Ich kann das nicht."

„Du musst. Das ist die effektivste Methode, um den Bastard aus seiner Deckung zu locken."

Mein Plan ist denkbar einfach.

Rose geht in ihre Wohnung, allein. Dort wartet sie auf den Wichser. Skull, Cube und ich liegen auf der Lauer und sobald wir ihn sehen, schnappt die Falle zu. Wir packen uns den Typen und verfrachten ihn in den Bunker.

Wie lange ich ihn am Leben lasse, kann ich jetzt noch nicht sagen. Aber die Vorstellung, ihn für Wochen gefangen zu halten und ihm jeden Tag ein weiteres Körperteil abzutrennen, gefällt mir.

Ich will, dass dieser Hurensohn mindestens so viel Angst empfindet wie Rose.

Er muss leiden! Der Tod allein ist nicht genug.

„Es gibt sicherlich noch eine andere Möglichkeit."

Aye, die gibt es, aber keine davon verspricht so ein schnelles Ende wie diese.

„Natürlich können wir auch noch ein paar Wochen warten und darauf hoffen, dass er mal wieder Blumen vors Tor legt. Aber willst du das? Willst du noch monatelang mit dem Wissen einschlafen, dass es da draußen einen Psychopathen gibt, der dich mir wegnehmen will?"

Zorn wallt in mir hoch, ich versuche ihn niederzuzwingen, es gelingt mir nur teilweise.

„Du hast versprochen, mich zu beschützen."

Fuck!

Daran muss sie mich nicht erinnern.

„Und das werde ich!"

„Es fühlt sich aber ganz anders an!"

Der Vorwurf ist ein verbaler Schuss ins Knie.

Von Wut getrieben gehe ich auf sie zu.

„Du redest Scheißdreck, Rose."

Ich wollte dieses Gespräch ruhig und sachlich führen, ihre Bedenken ausräumen und dafür sorgen, dass Rose kapiert, dass ich die ganze Zeit über in ihrer Nähe sein werde, aber ich verliere die Geduld, umfasse ihre schmalen Schultern und schüttle sie leicht.

„Lass mich sofort los!"

Sie zischt mich wie eine Schlange an, in ihren grünen Iriden blitzt es gefährlich. Dennoch ignoriere ich ihre Forderung und ziehe sie stattdessen in meine Arme. Ich muss sie einfach spüren, mich selbst davon überzeugen, dass sie in Sicherheit ist.

Die Sache mit dem Ladyleder habe ich bewusst nicht mehr angesprochen und Rose scheint erleichtert darüber zu sein.

Ein Teil meines Ichs kann verstehen, dass sie mehr Zeit braucht, doch das Monster in mir fletscht, wann immer ich an ihre Weigerung, meine Kutte zu tragen, denke, die Zähne.

Aber verdammt! Wie heißt es so schön?

Im Krieg und in der Liebe ist alles erlaubt!

Es gibt viel bessere Methoden, diese Frau an mich zu binden, als ihr einfach nur mein Leder anzuziehen und ihren Rücken so mit einem ‚*Property of Bones*' zu schmücken.

Ich ficke sie oft, ich ficke sie hart und ich ficke sie ohne Kondom.

Scheiß auf die Kutte!

Spätestens wenn ihr Bauch anschwillt und sie mein Kind in sich trägt, wird Rose sich eingestehen müssen, dass sie meine Frau ist. Bis dahin übe ich mich in Geduld, sorge für ihre Sicherheit und lasse den Bastard, der es auf sie abgesehen hat, verschwinden.

Aber damit Letzteres klappt, muss Rose meinem Plan zustimmen. Bis jetzt dachte ich immer, dass meine Schwester ein Sturkopf ist, aber Rose toppt Susanne um ein Vielfaches.

Wie ein Junkie, der den nächsten Schuss braucht, vergrabe ich meine Nase in ihren Haaren und fülle meine Lunge mit ihrem göttlichen Duft.

„Vertrau mir ..." Als Präsident bin ich es nicht gewohnt, zu bitten. Mein Wort ist Gesetz. Immer. Immer, außer bei Rose. „... Bitte."

Sie schnieft, sieht zu mir nach oben und schüttelt den Kopf.

„Ich vertraue dir. Wirklich. Aber nicht so weit, dass ich mich als Lockvogel hergebe."

Es dauert eine Sekunde, bis das Gehörte in mein Hirn sickert – dann sehe ich rot.

Vor Wut schnaubend stoße ich sie von mir, starre sie an und balle die Fäuste.

Wäre Rose einer meiner Männer, würde ich nicht zögern und ihr für ihre erneute Befehlsverweigerung meine Faust in den Magen rammen. Ich würde ihr zuerst den Kiefer und dann die Nase brechen und sie dann vor ein Ultimatum stellen.

Folgen oder sterben! Aber Rose ist kein *Snake*, sie ist ein verängstigtes Mädchen, sie ist neu in meiner Welt und hat keine Ahnung, wie es läuft. Also halte ich mich zurück, beiße die Zähne so fest zusammen, bis es knackt, und ziehe den mittlerweile total zerknitterten Brief aus der Innentasche meiner Kutte, den ich zwischen den Rosen gefunden hatte, und bis jetzt für mich behalten habe.

Ich kenne die wenigen Zeilen in- und auswendig, sie haben sich für immer in meine Netzhaut eingebrannt. Ich kann mir durchaus vorstellen, was sie in Rose auslösen werden. Panik. Es war nicht geplant, sie die Nachricht lesen zu lassen, aber wenn es mir dabei hilft, ihr den Ernst der Lage zu verdeutlichen, dann muss es eben sein.

Geliebte Rose
Du wirst mir gehören oder du wirst sterben.
Weder der Tod noch ich sind bereit, dich zu teilen.

„Du erinnerst dich an die Rosen von vor einer Woche?“

Sie nickt, ihr Gesicht verliert jegliche Farbe. Mir ist sofort klar, dass sie sich an die Scheiße mit Tim erinnert. Der Prospect lebt noch, mehr kann ich zu seinem derzeitigen Zustand nicht sagen. Er liegt im Northwestern Memorial Krankenhaus und wird durch einen Schlauch ernährt.

„Dieser Brief war in den Blüten versteckt. Es wird Zeit, dass du ihn liest!“

Ich reiche ihr die Nachricht, drehe mich um und marschiere aus der Wohnung, lasse Rose mit ihren Ängsten allein in meinem Wohnzimmer zurück.

Fünf Minuten länger in ihrer unmittelbaren Nähe und ich hätte sie gepackt, zu Boden geschleudert, gefickt und mit meinem Samen vollgepumpt.

Rose bringt mich an den Rand des Erträglichen, sie lockt meine Monster aus der Dunkelheit hervor und bringt sie ans Licht. Das ist gefährlich für sie – sehr sogar.

Die schwarze Sehnsucht, die in mir kocht, könnte durchaus tödlich für sie enden!

Unten angekommen setze ich mich an die Bar, bestelle mir einen doppelten Whisky und leere ihn in einem Zug.

Betty, die Tussi, die heute den Thekendienst übernommen hat, füllt das Glas schweigend wieder auf.

Der Vorgang wiederholt sich dreimal, dann beginnt der Whisky seine beruhigende Wirkung zu entfalten und der Druck in meinem Inneren gibt langsam nach.

Fuck!

Cube kommt auf mich zu, ich weiß, was er von mir will und schicke ihn mit einem Winken weg. Entgegen meiner sonstigen Gewohnheit haben wir die Drogenküche der *Crazy Spiders* noch immer nicht in die Luft gejagt.

Ich wollte es. *Verdammt!* Aber dann kam die Scheiße mit Roses Stalker dazu und mir hat einfach der Nerv für diesen Mist gefehlt.

Ganz davon abgesehen hat vorgestern die Übergabe der neuen russischen Lieferung stattgefunden. Sechs Dutzend Kalaschnikows, dazu kistenweise Munition, Sprengstoff und Granaten. Unser Bestand war leergekauft und unsere Lager mussten dringend aufgefüllt werden.

Eine Lieferung in der Größenordnung erfordert viel Vorbereitung und einen großen Batzen Bargeld. Um das alles erledigt zu kriegen, habe ich die *Spiders*, entgegen Cube's Rat, erst mal auf Eis gestellt. Mein Vize ist nicht glücklich über die Entscheidung – ich kann es ihm nicht verübeln. Doch die Bastarde werden uns nicht davonlaufen, eher das genaue Gegenteil wird der Fall sein.

Bullshit!

Wann hat mein Leben angefangen, so schrecklich kompliziert zu werden?

Ich kenne die Antwort auf die Frage längst. Es war in genau der Nacht, in der meine Schwester mich dazu überredet hat, die Frau vom Heimwegtelefon zu retten!

Betty mustert mich interessiert, leckt sich aufreizend die Lippen. Meinem Schwanz ist die Einladung, die in ihrem Blick liegt, egal.

All die vielen Clubbitches, die sich hier zu jeder Tageszeit herumtreiben, haben ihren Reiz verloren. Ich will keine der Nutten, ich will Rose. Nur Rose.

Wieder und wieder und wieder – für immer und darüber hinaus.

Den letzten Schluck des Whiskys leerend, spüre ich, wie mich meine Leber um Gnade anbettelt. Von einer inneren Unruhe getrieben, mache ich mich auf die Suche nach Hank, unserem Tätowierer. Es wird Zeit, meine Idee von neulich in die Tat umzusetzen.

Rose geht mir unter die Haut und heute Nacht sorge ich dafür, dass das für alle Welt sichtbar wird.

Bones and Rose ... Knochen und Rosen ... Der Tod und das Leben – wie Schatten und Licht.

Ich finde Hank im Hof, eine Kippe rauchend und eine Nutte auf dem Schoß sitzt er vor einem der brennenden Ölfässer und unterhält sich mit Baxter.

„Wie wäre es mit einer Sitzung?“

Sein Kopf schnellt zu mir, er mustert mich gründlich, entdeckt die Dunkelheit, die an meinen Nerven leckt und nickt zögerlich.

„Was hast du vor, Präs?“

„Der Skull auf meiner Brust braucht eine Veränderung.“

Skeptisch zieht er eine Augenbraue in die Höhe?“

„Nur der Skull?“

Fuck!

„Fürs Erste muss das reichen!“

Er nickt wieder, schiebt die Bitch von seinen Beinen und steht auf.

Wir gehen zu dem Studio, das er sich in dem Raum neben meinem Büro eingerichtet hat.

Der unverkennbare Geruch von Desinfektionsmitteln schlägt mir entgegen, Hank schaltet das Licht ein, die Leuchtstoffröhre über unseren Köpfen erwacht flackernd zum Leben.

Die Waffe ablegend, streife ich die Kutte ab, ziehe mir den Hoodie aus und lasse mich auf den Stuhl sinken.

Hank bereitet alles vor, zieht sich Handschuhe über und schaltet die Musik ein.

„Bereit?"

„Absolut."

„Was soll es werden?"

Die verknautschte Schachtel Luckys aus der Jeanstasche ziehend, zünde ich mir eine an und sauge das Nikotin tief in meine Lungenflügel.

„Eine rote Rose direkt auf dem Schädel, mehrere Blüten außen rum, ein paar gezackte Blätter und tropfendes Blut."

Es fällt mir schwer das Bild, das ich in meinem Kopf habe, zu beschreiben. Aber das muss ich auch gar nicht. Hank kennt mich, er weiß, was ich will, und er ist ein wahrer Künstler. Seine Tattoos sind mit Abstand die besten des Landes.

„Knochen und Rose?" Er reibt sich über den Nacken. „Könnte passen."

Es dauert nicht lange, bis mich das leise Surren der Maschine einlullt. Die Stiche der Nadel beruhigen mich, das haben sie schon immer. Schmerz ist etwas, das mich erdet.

Wir schweigen.

Und während Hank damit beschäftigt ist, Rose für immer in meiner Brust zu verewigen, frage ich mich, wie es meiner Frau geht? Wie tief sie jetzt, wo ich ihr die Nachricht des Stalkers gegeben habe, mit beiden Beinen in ihrer ganz persönlichen Hölle steht?

23. Kapitel

Rose

Die letzte Nacht habe ich damit verbracht, die drei Zeilen anzustarren und sie wieder und wieder zu lesen.

Seltsamerweise überwiegt nicht die Angst, sondern die Wut.

Dieser Brief war für mich. Egal wie krank, falsch und pervers die Nachricht auch sein mag, sie war für mich und Bones hatte kein Recht, sie so vor mir zu verbergen.

Geliebte Rose
Du wirst mir gehören oder du wirst sterben.
Weder der Tod noch ich sind bereit, dich zu teilen.

Ich *weiß*, dass mein Stalker ein irrer Psychopath ist. Mit dieser unschönen Tatsache habe ich mich längst abgefunden. Trotzdem. Dass Bones mich verraten hat, tut weh.

Mir ist klar, warum er mir den kurzen, jedoch heftigen Text vorenthalten hat, aber egal wie edel die Motive des Präsidenten der *Black Snakes* auch gewesen sein mögen, sie waren falsch.

Bones verlangt, dass ich ihm vertraue, er will, dass ich mich auf seinen Plan einlasse und den Lockvogel spiele. Aber wie um Gottes willen soll ich ihm vertrauen, wenn er nicht ehrlich zu mir ist? Wie?

Ich bin stundenlang wach gelegen und konnte ewig nicht einschlafen. Erst war ich einfach nur wütend, am liebsten hätte ich Bones eine geknallt. Aber dann ist die Wut verraucht und zurück ist nichts als Einsamkeit geblieben.

Wenn ich es gekonnt hätte – wenn es nicht so verdammt gefährlich gewesen wäre, dann wäre ich einfach nach Hause in meine Wohnung gegangen.

Bones Bett ist groß, weich, warm und es duftet nach ihm. Der Geruch von Mann, Leder, Motoröl und Schießpulver hängt in der Luft und in seinen Kissen fest, und sorgt dafür, dass ich ihn einfach nur bei mir haben will.

Was wirklich verwirrend ist. Wie kann man einen Mann gleichzeitig vermissen und ihn dennoch in die verdammte Hölle wünschen?

Mein Hirn braucht eine Pause, um das alles verarbeiten zu können.

Anstatt etwas Abstand zu schaffen und den Club zu verlassen, bin ich einfach nur im dunklen Schlafzimmer gelegen und habe auf seine Rückkehr gewartet.

Doch er ist nicht gekommen – nicht mal dann, als bereits die Sonne wieder aufgegangen ist.

Meine bittere Wut hat sich nach und nach in stechende Eifersucht verwandelt.

Die Frage, wo und mit wem er die Nacht verbracht hat, hat mich beinahe in den Wahnsinn getrieben.

Mittlerweile ist es nachmittags und von Bones fehlt jede Spur.

Der Brief meines Stalkers liegt drohend auf dem Küchentisch, die schwarzen Buchstaben auf dem weißen Papier verhöhnen mich regelrecht.

Je länger ich darüber nachdenke, umso mehr gefällt mir Bones Plan.

Klar er birgt ein gewisses Risiko. Aber je eher wir meinen Stalker unschädlich gemacht haben, umso schneller bekomme ich meine alte Freiheit zurück.

Ich will Bones nicht verlassen. Er, Susanne und der Club sind mir ans Herz gewachsen. Selbst Skull, der unheimliche Sergeant, wird mir von Tag zu Tag sympathischer. Je mehr Zeit ich mir ihm verbringe und je länger ich ihn beobachte, umso klarer wird mir, dass er ein gutes Herz hat.

Ja mag sein, dass ich mich mit dieser Behauptung weit aus dem Fenster lehne, aber na ja ... Skull liebt den Club, er ist loyal und ehrlich. Dass er genau wie Bones ein Killer ist, steht außer Frage, aber da ist noch etwas in ihm, das nicht nur aus Tod und Brutalität besteht. Es kommt immer dann zum Vorschein, wenn er Susanne beobachtet.

Ob der Präsident ahnt, dass der Sergeant at Arms ein Auge auf seine kleine Schwester geworfen hat?

Trotzdem brauche ich mehr Luft zum Atmen, Luft, die nicht nach Harleys, Kutten und muskulösen Rockern riecht.

Das zwischen Bones und mir hat sich schnell entwickelt, vielleicht sogar ein bisschen zu schnell. Ich liebe diesen Biker, ich liebe ihn so sehr, dass ich mir eine Zukunft ohne ihn nicht mehr vorstellen kann. Dennoch glaube ich, dass es besser für uns beide wäre, wenn wir uns etwas mehr Zeit lassen würden, wenn ich wieder mehr Zeit bei mir und außerhalb des Clubs verbringen würde.

Ich brauche wieder etwas mehr Normalität und weniger von all dem Wahnsinn, der mich seit Wochen umgibt.

Ganz davon abgesehen sollte Bones mir besser schnellstmöglich erklären, wo er die komplette letzte Nacht gewesen ist ... Wenn er bei einer anderen Frau war – Gnade ihm Gott! Dann werde ich mir eine der vielen Waffen nehmen, die überall in seiner Wohnung verstreut liegen, und ihm das komplette Magazin in die Brust ballern. Ich werde sein Herz durchsieben, bis es mehr Ähnlichkeit mit einem Schweizer Käse hat als mit einem lebenswichtigen Organ.

Den zerknitterten Brief lasse ich liegen, schlüpfe in meine Jacke und verlasse die Höhle des Löwen. Ich brauche frische Luft, selbst wenn ich die nur unten im Hof und nicht meilenweit von hier entfernt schnappen kann. Außerdem kann mir vielleicht jemand verraten, wo Bones sich den ganzen Tag schon aufhält.

Wenn ich es nicht besser wüsste, würde ich fast meinen, dass mir der große, böse Rockerpräsident mit Absicht aus dem Weg geht ...

24. Kapitel

Bones

Die North Side ist das achte von siebenundsiebzig Gemeindegebieten Chicagos. Es ist nicht nur das nördlichste der drei Stadtviertel, sondern auch das, in dem wir *Snakes* am schlechtesten aufgestellt sind.

Die anderen zwei sind der Loop und die Near South Side, in diesen haben sich die *Crazy Spiders* laut unseren Informanten noch nicht ausgebreitet.

Was bedeutet, dass es ein Leichtes sein sollte, die Bastarde auszuräuchern und in ihre Schranken zu verweisen.

Cube hat seine Fühler ausgestreckt und herausgefunden, dass die Drogenküche im Keller eines Spielcasinos eingerichtet wurde.

An sich ein gutes Versteck, aber Fuck!

Chicago ist unser Revier, hier gibt es kein Entkommen vor den *Black Snakes*.

Mir brummt der Schädel, mein Brustkorb ist dank der frischen Tinte empfindlich, aber das Tattoo ist den Schmerz wert.

Die Kombination aus Rosen und Knochen passt perfekt. Hank hat sich mal wieder selbst übertroffen.

Um Rose vor mir und meinen Monstern zu schützen, habe ich auf der Couch in meinem Büro gepennt. Mein Rücken schmerzt und hinter meiner Stirn pocht es dumpf.

Die Nacht war gelinde gesagt beschissen, es ist also kein Wunder, das meine Laune ebenfalls einen Tiefpunkt erreicht hat.

Rose treibt mich mit ihrer Sturheit noch in den Wahnsinn!

Skull, der mich mit einem blöden Grinsen mustert, schraubt den Schalldämpfer an seine Knarre und schiebt sich einen Kaugummi in den Mund.

„Du siehst echt scheiße aus, Alter."

„Fick dich, Sergeant."

Er lacht, ich blende ihn aus und lasse den Blick über die nähere Umgebung schweifen. Touristen schlendern über die Straßen, füllen die Geschäfte und knipsen unzählige Fotos.

„Wir müssen darauf achten, nicht zu viel Aufmerksamkeit auf uns zu lenken. Tote Zivilisten bringen ganz mieses Karma."

Baxter hat recht, dieses Viertel ist heikel, gleich einer tickenden Zeitbombe. Cube nickt, versteckt seine Waffe unter der Kutte und weist Skull an, es ihm nachzutun.

„Wie lautet noch mal die Adresse?"

Der Vize zückt sein Handy, geht die eingegangenen Nachrichten durch und hält mir dann das Display entgegen.

„Walton Street, Ecke Dearborn Street – Hausnummer habe ich keine, aber es wird wohl kaum so viele Spielhöllen geben."

Es wird Zeit, diesen Dreck zu erledigen, als Nächstes ist Roses Stalker dran, und dann will ich verfickt noch mal für ein paar Wochen meine Ruhe!

„Ich geh voran!"

Cube, der es kaum erwarten kann, Spinnenblut zu vergießen, bahnt sich seinen Weg durch die Menschenmassen. Die meisten der Zivilisten sehen unsere Kutten und machen uns bereitwillig Platz, nur einige wenige haben anscheinend keine Ahnung, was das Leder zu bedeuten hat.

„Die Mutigen sterben zuerst."

Baxter lässt mir den Vortritt, von seinen neunmalklugen Sprüchen genervt marschiere ich, von Skull flankiert, die Straße entlang.

Wir brauchen ganze fünf Minuten, um das Casino zu entdecken, drei weitere, um die Wache möglichst geräuschlos und unauffällig beiseitezuschaffen und in einem der Müllcontainer, der zwischen den Hausmauern steht, zu entsorgen.

„Fuck! Das ging leichter als gedacht."

Cube reibt sich freudig die Hände.

„Wir sollten unser Glück nicht noch mehr herausfordern."

In dem Fall kann ich Baxter nur zustimmen.

Mit dem Stiefel trete ich die mit schwarzer Folie abgedunkelte Türe auf, abgestandene Luft schlägt uns entgegen, genau wie die schrillen Töne Dutzender Spielautomaten.

Die Flipperautomaten blinken wild, Poster von Las Vegas zieren die Wände, der Schein der LED-Deckenbeleuchtung verursacht bei mir Kopfschmerzen.

„Fuck, ich will hier raus."

Skull schnalzt mit der Zunge.

„Wenn du willst, kannst du oben bleiben und eine Runde zocken, wir erledigen den Rest und holen dich nach getaner Arbeit wieder ab.

Ja genau ...

„Das hättest du wohl gern, Sergeant."

„Wenn du aussetzt, Präs, bleiben mehr Spinnen für mich."

Ein gelangweilter Typ steht hinter der Kasse, ansonsten ist das Casino leer. In der Sekunde, in der er bemerkt, wer da gerade seinen Laden betreten hat, kommt er plötzlich in Bewegung und versucht, seinen Arsch zu retten.

Er verschwindet durch eine Feuerschutztüre, ich hechte hinter ihm her, die Kasse knallt dabei auf den Boden, ein paar Dollars fliegen durch die Luft. Das frische Tattoo auf meiner Brust brennt, ich schenke ihm keine Beachtung.

Cube flucht, Skull zieht seine Knarre und klebt mir an den Fersen. Ich verfolge das Arschloch und renne einen langen Flur entlang. Schüsse werden laut, ich weiche den durch die Luft surrenden Kugeln aus.

So viel zum Thema unauffällig!

Der Wichser sprintet eine Treppe nach unten, schießt dabei wieder und wieder über seine Schulter, eines der Geschosse streift meine Kutte, der Geruch von verbranntem Leder steigt mir in die Nase. Hass kocht in mir hoch. Dafür wird der Wichser sterben! Irgendwo hinter mir stößt Cube ein lautes Brüllen aus.

Ich stoppe, wirble herum und finde meinen Vize auf dem Boden liegend vor. Blut strömt aus einer Schusswunde an seinem Bein, seine Mimik ist schmerzverzerrt.

„Scheiße Cube!“

Er lacht, drückt seine Hände auf die Wunde und befiehlt mir, dass ich mir das Arschloch gefälligst schnappen soll.

Es gefällt mir nicht, ihn alleine und verletzt zurückzulassen, aber verdammt!

Wenn wir diesen Bullshit heute zu Ende bringen wollen, müssen wir weitermachen.

„Kommst du klar?“

„Fuck! Logo ... Ich warte einfach hier und überlasse euch den Spaß!“

Sehr witzig!

Skull und ich wechseln einen besorgten Blick, tauschen uns wortlos aus und sind uns einig, dass es wohl so sein muss. Cube bleibt zurück.

Baxter wird unruhig.

„Wir müssen weiter.“

Ein Zischen ausstoßend, nehme ich die Verfolgung wieder auf und hetze die vor uns liegende Treppe nach unten, doch von dem um sich schießenden Bastard fehlt jede Spur. An der letzten Stufe angekommen, sehe ich mich hektisch um. Vier Türen gehen von dem eckigen Vorraum, in dem wir jetzt stehen, ab.

Alle sehen absolut identisch aus.

„Was jetzt?“

„Jetzt machen wir uns auf die Suche.“

Ich reiße an dem ersten Türgriff, dann an dem zweiten und schlussendlich am dritten. Baxter nimmt sich die letzte Türe vor und steht prompt unter Beschuss.

Er lässt sich instinktiv auf den Boden fallen, Skull ist sofort zur Stelle und eröffnet ebenfalls das Feuer. Die beiden schaffen es, die schwere Stahltüre zuzuknallen, zwei Kugeln bahnen sich ihren Weg hindurch, dann kehrt Ruhe ein.

Mein wütendes „Fuck!“ hallt von den Wänden wider. Noch bevor ich mir einen Plan ausdenken kann, zieht Skull zwei Handgranaten unter seiner Kutte hervor, wirft mir eine zu und zieht bei seiner den Splint.

„Du bist völlig irre, Bro.“

Er grinst breit, ihm macht dieser Mist ganz offensichtlich auch noch Spaß.

„Lasst uns die Spinnen ausräuchern!“

Wie auf Kommando reißt Baxter die Türe erneut einen Spaltbreit auf, gerade so weit, dass Skull seine Granate in den dahinter liegenden Raum werfen kann.

Es dauert keine drei Sekunden, ehe der Boden unter unseren Füßen, dank der Detonation, erschüttert, wird.

Etwas Putz rieselt von der Decke auf uns herab, ein dicker Riss zieht sich durch das Mauerwerk.

Holy Shit!

Der Sergeant wirkt zufrieden.

„Wollen wir doch mal nachsehen, wie viele der Bastarde noch am Leben sind.“

Sicherheitshalber ziehe ich bei meiner Granate ebenfalls die Sicherung. Baxter öffnet die Türe, eine Rauchwolke kommt uns entgegen, bringt uns zum Husten.

Ein chemischer Geruch liegt in der Luft. Kaum dass sich der Rauch etwas gelegt hat, wird das ganze Ausmaß der Verwüstung sichtbar.

Mehrere Leichen liegen in dem großen Raum, ich steige über einen abgetrennten Arm, von einem der Typen fehlt der halbe Kopf. Niemand regt sich, keine Schüsse werden laut. Uns bietet sich ein Bild der absoluten Zerstörung!

Baxters „Oh Fuck!“ klingt zufrieden. Ich halte mir den Arm vor den Mund und die Nase und versuche, möglichst flach zu atmen.

„Wir müssen hier sofort raus, das verbrannte Koks sorgt für giftige Dämpfe.“

Baxter hat recht. Doch bevor wir den Rückzug antreten, müssen wir sichergehen, dass es tatsächlich keine Überlebenden gibt.

„Verdammt Skull! Eine Drogenküche und eine Granate geben eine ganz beschissene Kombination.“

Der Sergeant bleibt unbeeindruckt, zuckt lediglich mit den Schultern und hebt einen verbeulten Koffer nach oben.

Gespannt was er gefunden hat, weise ich ihn an, das Ding zu öffnen. Zum Vorschein kommen unzählige, dicke Dollarbündel.

„Das sind locker zwanzigtausend Dollar."

Baxter hat recht, vielleicht sind es sogar mehr.

„Das nenne ich mal eine angemessene Aufwandsentschädigung."

Erleichtert, dass die zweite Granate nicht mehr zum Einsatz kommt, schiebe ich den Splint wieder zurück und stecke das Ding ein.

„Prüft, ob es Überlebende gibt, wenn ja, macht sie kalt und dann nichts wie weg hier."

Wir entdecken noch drei weitere Männer, einer von ihnen lebt noch. Nach einer letzten Kugel direkt ins Herz des Wichsers macht das insgesamt zehn tote Spinnen – kein schlechter Schnitt für ein einziges *Boom*.

Von dem Wichser, der Cube angeschossen hat, fehlt jedoch jede Spur.

Was verdammt ärgerlich ist. Aber Fuck!

Es ist nur eine Frage der Zeit, bis wir den Hurensohn erwischen und vom Sack bis zur Nasenspitze aufschlitzen.

Niemand verletzt einen Member des *Black Snakes Motorcycle Clubs* und kommt mit seinem Leben davon. Absolut niemand!

Zumindest nicht, solange wie ich Präsident bin.

Skull nimmt den Koffer und Baxter sichert uns den Rücken, während wir uns daran machen, Cube einzusammeln.

Uns kommt niemand entgegen. Falls sich in dem Gebäude tatsächlich noch mehr *Crazy Spiders* aufhalten, sind sie auf keine weitere Konfrontation aus.

Ihr Glück! Mein Pech!

Ich hätte große Lust, ein paar Knochen zu brechen. Die Mission war ein voller Erfolg, doch für meinen Geschmack war sie viel zu schnell vorbei.

Skulls Granate hat für ein vorzeitiges Ende gesorgt.

Aber Holy Fuck! Mir soll es recht sein.

Die nächsten Wochen und Monate werden uns noch genug Möglichkeiten geben, den Spinnen die Beine rauszureißen!

Cube schafft es nur mit Hilfe nach draußen. Zurück bei den Bikes rufe ich Hank an und gebe ihm unseren jetzigen Standpunkt durch, damit er den Vize mit dem Van holen kann. In solchen Momenten wäre ein Prospect Gold wert, dumm nur, dass es einfach kein anständiges Material für diesen Posten gibt.

Tim wird zwar noch für ein paar Wochen in der Klinik bleiben, aber sein Leder hat er längst verloren. Für unfähige Idioten wie ihn gibt es keinen Platz in meinem Chapter.

Es dauert dreißig Minuten, bis wir zurück am Club sind und noch mal zehn, bis endlich unser Doc eintrifft. Nach einem kurzen Blick auf die Schusswunde beginnt er unseren Vize zu verarzten. Seine Diagnose ist gut und sorgt dafür, dass der Druck in meinem Inneren etwas nachlässt. In wenigen Wochen sollte Cube wieder ganz der Alte sein.

Mein erster Weg führt mich an die Bar, erst nach einem Whisky und zwei Zigaretten mache ich mich auf die Suche nach Rose.

25. Kapitel

Rose

„Wo zur Hölle warst du?“

Es war nicht mein Plan, Bones zur Begrüßung anzuschreien. Ehrlich nicht!

Aber verdammt!

Dieser Mann treibt mich in den Wahnsinn!

Erst erzählt er mir, dass er einen Plan hat, wie wir meinen Stalker ein für alle Mal unschädlich machen können, dann wird klar, dass ich der verdammte Lockvogel sein soll und als ich da nicht mitspielen will, knallt er mir einen Brief vor die Nase, in dem steht, dass mich das psychopathische Arschloch, das mich aus irgendwelchen unerfindlichen Gründen jagt, nur mit dem Tod teilen will.

Ich bin nicht dumm, die Message der drei Zeilen war leicht zu verstehen. Entweder gehöre ich dem Stalker oder aber er bringt mich um.

Und was macht Bones?

Anstatt mich zu trösten oder mir Mut zuzusprechen, lässt er mich alleine mit der Nachricht stehen und verpisst sich. Dieser verdammte Rocker war für fast vierundzwanzig Stunden weg, nur um dann blutverschmiert nach Hause zu kommen!

Scheiße!

Riesenscheiße!

Meine Handfläche juckt, sie will unbedingt in sein Gesicht.

Das Einzige, was mich davon abhält, ihm tatsächlich eine zu klatschen, ist der eiskalte Glanz in seinen silbernen Augen.

„Bones, wo warst du?“

Er antwortet mir nicht, sondern marschiert einfach an mir vorbei Richtung Badezimmer.

Bittere Sorge breitet sich in mir aus. Es ist weiß Gott nichts Ungewöhnliches, dass der Rockerpräsident blutverschmiert heimkommt, um ehrlich zu sein, ist das eher die Normalität. Aber heute ist es anders, die Flecken sind anders ...

Hilfe! Was wenn das sein Blut ist?

„Bist du verletzt?“

Ein Knurren ausstoßend, schüttelt er den Kopf, streift sich die Stiefel ab, legt seine Waffe und eine Handgranate auf die Kommode im Flur und verschwindet im Bad.

Entsetzt starre ich die beiden Dinge an und kann nicht fassen, dass da tatsächlich eine Granate vor mir liegt.

Das. Ist. Echt. Nicht. Zu. Fassen!

Ich komme mir, vor als wäre ich in einen verdammten Actionfilm gefallen, es würde mich nicht wundern, wenn jetzt gleich Bruce Willis alias McLane durch die Türe stürzen und dabei laut "Yippie Yah Yei Schweinebacke!" rufen würde. Aber das hier ist nicht der erste Teil der Stirb-Langsam-Filme, sondern die harte Realität und darum will ich keine Granaten in der Wohnung haben. Mit Waffen, Dolchen und so viel Munition, dass es für einen kleinen Aufstand in einem Dritte-Welt-Land reichen würde, komme ich mittlerweile klar. Aber. Keine. Verfluchten. Granaten!

Vorsichtig nehme ich das Ding, gehe zur Eingangstüre und lege sie davor auf dem Fliesenboden ab. Zufrieden, zumindest das schon mal erledigt zu haben, mache ich die Türe wieder zu und atme tief durch.

Wunderbar!

Wirklich ganz wunderbar!

Ich versuche, die Sache positiv zu sehen und mich darüber zu freuen, dass Bones zurück ist. Aber selbst das will mir nicht gelingen.

Ja, er ist nur ein Zimmer von mir entfernt, aber es fühlt sich so an, als würden wir uns gerade in verschiedenen Welten aufhalten. Als würden zwischen Bones und mir ganze Kontinente liegen. Uns trennen maximal sieben Meter – wenn überhaupt – aber die erscheinen mir in diesem Moment als unüberwindbar.

„Scheiße!“

Mein leises Flüstern hallt durch die stille Wohnung. Ich höre, wie die Dusche angeht, das Prasseln des Wassers lässt in meinem Hirn ein Bild aufploppen.

Bones nass, nackt und stark. Die Hände an der Wand abgestützt, den Kopf gesenkt, rinnt das Wasser über seinen massiven Rücken, an seinem knackigen Po entlang bis zu seinen muskulösen Beinen. ... Seufz ... so höllisch sexy ...

Schon verrückt!

Ganz egal wie wütend ich auch auf diesen Biker bin, Sex will ich einfach immer mit ihm.

Ein Zittern durchläuft mich.

Unsicher, was ich jetzt tun soll, bleibe ich vor der Badezimmertüre stehen und betrachte die schweren Bikerstiefel, die *natürlich* mitten im Weg liegen.

Ich spüre instinktiv, dass es jetzt an mir ist, den Riss, der sich in unserer Beziehung gebildet hat, zu kitten.

Bones hat nie einen Hehl daraus gemacht, wie sehr er mich will, und dass ich in seinen Augen ihm gehöre. Er hat mir seine Kutte und alles, was damit zusammenhängt, angeboten, und ich habe um mehr Zeit gebeten.

Wenn ich die vergangenen Wochen vor meinem geistigen Auge Revue passieren lasse, dann muss ich mir eingestehen, dass bis jetzt immer Bones derjenige war, der auf mich zugegangen ist. Ja klar, ich bin zu ihm zurück in den Club gekommen, aber alles, was dann zwischen uns passiert ist, ging von ihm aus.

Himmel und Teufel!

Jede Faser meines Körpers sehnt sich nach seiner Nähe, nach seiner Kraft und Wärme.

Ich will ihn berühren, küssen, mich in seine Arme schmiegen und seinen unverkennbaren Duft einatmen.

Sämtliche Wut verpufft und zurück bleibt nichts als eine alles verzehrende Sehnsucht.

All unsere Probleme erscheinen mir plötzlich als irrelevant und bedeutungslos, solange ich nur bei ihm sein kann.

Tränen steigen mir in die Augen. Ich blinzle sie weg, schniefe leise und umfasse mit zitternden Fingern den Türgriff.

Verdammt!

Es sollte mich nicht so viel Mut kosten, zu meinem Mann zu gehen.

Aber das tut es und darum brauche ich noch ein paar Sekunden, ehe ich mich tatsächlich dazu überwinden kann, das Bad zu betreten.

Bones steht, wie erwartet, mit den Fäusten an der Wand abgestützt unter dem Wasser, den Kopf gesenkt und die Augen geschlossen.

In diesem Moment wirkt mein sonst so mächtig wirkender *Black Snake* wie ein ganz normaler Mann und nicht wie ein gnadenloser Killer, der es gewohnt ist, sich das Blut seiner Opfer von den Fingern zu schrubben.

Ich bin mir sicher, dass er mich längst entdeckt hat, seinen Killerinstinkten entgeht so gut wie nichts. Dennoch bleibt er einfach reglos stehen, anstatt mich anzusehen.

Zögerlich beginne ich damit, mich auszuziehen, erst als ich meinen Slip nach unten streife und nackt zu ihm in die Dusche steige, dreht sich sein Kopf in meine Richtung.

Seine Pupillen weiten sich, verdrängen das Grau seiner Iriden beinahe gänzlich aus seinen Augen. Der Blick, mit dem er mich ansieht, ist wild, besitzergreifend und geradezu dämonisch.

Ich verliere mich in den Tiefen seiner Augen, ertrinke in der glühenden Intensität. Die Furcht vor einer Abweisung lässt meine Knie zittern. Wenn er mich jetzt wegschickt, wüsste ich nicht, wie ich damit umgehen soll.

Doch anstatt sich von mir abzuwenden, stößt er einen gezischten Fluch aus, schlingt dann seine Arme um meine Taille und zieht mich an sich heran.

Erleichterung flutet meine Venen. Endlich bin ich wieder da, wo ich hingehöre – bei ihm, in seinen Armen, abgeschirmt vor dem Rest der Welt.

Und in dieser Sekunde erkenne ich es ... Genau jetzt wird mir bewusst, was Bones schon die ganze Zeit über gewusst hat. Nämlich das wir füreinander bestimmt sind. Genau wie der Tag und die Nacht. Wir sind so unterschiedlich wie nur möglich und genau deswegen passen wir perfekt.

Dieser Rocker ist mein Mann und ich bin seine Frau und nichts und niemand kann je wieder etwas daran ändern ... Wir gehören zusammen!

Seltsam aber nun, wo ich diese Verbindung zwischen uns endlich vollkommen akzeptiere, sie zum ersten Mal annehme, so wie sie ist, ohne Wenn und Aber, fällt ein tonnenschweres Gewicht von meinen Schultern.

Ich schluchze leise, hauche ihm einen Kuss auf die Kehle und will mit den Händen über seine Brust streichen, doch dann erkenne ich all das Rot auf dem Skull und weiche entsetzt zurück.

Zuerst bin ich mir sicher, das Bones doch verletzt ist, aber dann erkenne ich die fein ausgearbeiteten Rosen. Die filigranen Blütenblätter zeichnen sich gut sichtbar auf dem Schädel ab. Bones hat seinen Totenkopf verändern lassen, er hat ihn mit Rosen geschmückt – mit roten, wunderschönen Rosen, die er nun für immer unter der Haut tragen wird.

Die Botschaft ist klar:

Wenn ich mich weigere, seine Kutte zu tragen, dann trägt er mich eben auf seiner Haut. *Knochen und Rosen ... Er und ich für alle Zeit!*

Erneut laufen mir die Tränen über, werden von dem Wasser hinfortgespült.

Sprachlos sehe ich ihn an, erkenne die Liebe in seinem Blick und spüre die meine.

„Bones and Rose ..."

Sein leises Murmeln vibriert in meinem Inneren wider.

„Es ist wunderschön."

Seine Lippen zucken, ehe er mit ihnen über meine Stirn streift.

„Du gehst mir unter die Haut, Baby."

Wir sehen uns an, mein Herz schwillt über, das Prickeln in meinem Bauch wird stärker und stärker.

Es mag zu früh sein, es mag übereilt und gefährlich sein, aber ich schaffe es einfach nicht, die Worte, die auf meiner Zunge liegen, und darum betteln, ausgesprochen zu werden, runterzuschlucken. Dafür ist das, was ich in diesem Moment empfinde, einfach zu stark.

Sachte streife ich mit den Fingerspitzen über seine Schultern, hinab zu seinen Armen und verflechte meine Hände dann mit den seinen.

Der heiße Wasserdampf lullt uns ein, bildet eine Art Blase, die uns von der harten Realität für ein paar kostbare Augenblicke abschirmt.

Ich öffne den Mund und sehe zu ihm hoch.

„Ich liebe dich, Bones."

Meine Stimme ist so leise, dass ich mir erst nicht sicher bin, ob er mich überhaupt gehört hat. Aber dann erkenne ich die Veränderung, die in seiner Mimik stattfindet. Sämtliche Härte entweicht seinen maskulinen Gesichtszügen, für den Bruchteil werden sie weich, ehe die Entschlossenheit auf einen Schlag zurückkehrt und dafür sorgt, dass sein kantiger Kiefer wirkt, als wäre er aus Stein gemeißelt.

Auf seiner Stirn tritt eine Ader hervor, der Muskel an seiner Wange beginnt zu zucken.

Plötzlich wirkt alles an Bones gnadenlos und räuberisch.

Zuerst befürchte ich, mit meiner Liebeserklärung zu weit gegangen zu sein, dass ich mit dem Eingeständnis eine unsichtbare Grenze überschritten habe, von deren Existenz ich bis eben nichts wusste, aber dann erkenne ich den Funken Hoffnung in seinem Blick.

„Sag das noch mal, Mädchen."

Seine Stimme ist rau, streicht wie Schleifpapier über meine blank liegenden Nerven.

Jetzt, beim zweiten Mal, kostet es mich bei Weitem mehr Mut, ihm meine Liebe zu gestehen, was garantiert mit seiner seltsamen Reaktion zusammenhängt.

Mein Blick gleitet an ihm herab, legt sich auf die wunderschöne Rose direkt auf dem Totenschädel, selbst die Knochen, auf denen der Skull ruht, wurden mit vier wunderschönen Blütenköpfen versehen. Erst jetzt entdecke ich die ebenfalls blutroten fein gezackten Blätter zwischen den samten wirkenden Rosen.

„Fuck Rose! Fuck! Sag es noch mal!"

Bones vibriert regelrecht vor unterdrückter Kraft, sein Glied reckt sich mir hart und erregt entgegen, es drückt sich gegen meinen Bauch und wartet nur darauf, sich endlich in mich rammen zu dürfen.

Grob umfasst er mein Kinn und hebt meinen Kopf so weit an, dass ich ihm wieder direkt in die Augen sehe.

„Sag es! Sofort!“

Mittlerweile brüllt er regelrecht.

Ich zögere, was ihn noch mehr aufzubringen scheint.

„Ich liebe dich, Bones.“

„Oh verdammt, Rose! Verdammt! Ich liebe dich noch viel mehr. Ich liebe dich so sehr, dass es schmerzt und das wahrscheinlich schon, seit ich dich das erste Mal gesehen habe.“

Überrascht suche ich in seinen silbergrauen Augen nach einer Bestätigung und finde sie sofort. Dieser große und mächtige Präsident der *Black Snakes* meint es absolut ernst.

Er liebt mich, er liebt mich so sehr, dass er nicht davor zurückgeschreckt ist, sich noch mehr Tinte unter die Haut stechen zu lassen.

Glück – pures unverfälschtes Glück pulsiert durch meine Adern, kommt bei meinem Herzen an und setzt es in Brand. Ich fühle mich high, bin geradezu berauscht von dem Mann, den mir das Schicksal in einer schwarzen Nacht geschenkt und zu meinem strahlenden Retter ernannt hat.

Ich muss es wiederholen, ich will es wieder und wieder sagen – so oft und so laut, dass es die ganze Welt hören kann.

Doch anstatt es zu schreien, wispere ich es gegen seine festen Lippen, kurz darauf verschmelzen unsere Münder, das Wasser versiegt und Bones trägt mich aus der Dusche hinüber in sein Schlafzimmer. Wir hinterlassen eine Spur aus Tropfen, landen in den weichen Decken und schlingen uns aneinander fest.

Hungrig vergraben sich seine scharfen Zähne in meiner Unterlippe und seine Faust landet in meinen Haaren.

Bones packt mich, küsst mich tief und zärtlich und gleitet dabei mit einem sanften Stoß bis zum Anschlag in mich hinein. Seine Härte dehnt mich, nimmt mich in Besitz und macht mir auf die urtümlichste aller Arten klar, dass ich für immer ihm gehöre. Dass ich seine Frau bin und er mein Mann, und dass nicht mal der Teufel an dieser Tatsache jemals wieder etwas ändern kann.

Unser Zungenspiel ist verführerisch und so bittersüß, dass mir erneut die Tränen in die Augen steigen. Aber dieses Mal sind es Tränen des Glücks, der Liebe und der Hoffnung.

Die Welt um uns herum mag in Trümmern liegen, doch solange wir uns haben – werden wir alles überstehen.

26. Kapitel

Bones

Anspannung pulst durch meine Adern, mein Blut kocht, doch in meinem Inneren breitet sich eine unerträgliche Kälte aus. Es fühlt sich falsch an, Rose aus meiner unmittelbaren Reichweite verschwinden zu lassen. Ich will bei ihr sein, neben ihr, und sie an meine Seite ziehen. *Fuck!*

Ich will ihr meinen Namen in die Stirn ritzen, Präsenz zeigen und dem Stalker so unmissverständlich klarmachen, dass diese Frau mir gehört!

Das hier war mein Plan, ich habe ihn ausgearbeitet und Rose dazu gebracht, mitzuspielen.

Die Falle ist gestellt und der Köder ausgelegt – jetzt muss sie nur noch zuschnappen.

In meinem Büro, mit dem Wissen, dass Rose sicher in meinem Bett liegt, hat sich diese ganze Idee bedeutend besser angefühlt.

Aber jetzt könnte ich vor Anspannung kotzen!

Neben meinem Stiefel liegt eine Handvoll halb gerauchter Kippen, zwischen meinen Fingern klemmt bereits die nächste.

Ich zerbreche sie, schaffe es nicht, meine Kraft zu kontrollieren und mich zurückzuhalten. Skull spürt, wie es in mir aussieht, und hält die Fresse. Sein Glück.

Allein einer seiner dummen Sprüche würde ausreichen, und mich dazu zu bringen, ihm die Klinge meines Dolches bis zum Heft in die Kehle zu rammen.

Rose ist längst nicht mehr mein Spielzeug, das war sie noch nie!

Sie ist meine Frau, meine Geliebte – mein wertvollster Besitz. Und genau jetzt, in dieser Sekunde, muss ich dabei zusehen, wie sie sich Schritt für Schritt immer weiter von mir entfernt. Bittere Galle steigt mir in die Kehle, ich muss würgen, verpasse der Hausmauer neben mir einen Fausthieb.

Die Haut an meinen Knöcheln platzt auf, Blut kommt zum Vorschein, der heftige Schmerz, der sich an meinem Arm nach oben frisst, hilft mir dabei, mich wieder in den Griff zu kriegen.

Ich liebe dich, Bones ... Ich liebe dich, Bones ... Ich liebe dich, Bones ...

Ihre Worte hallen durch meinen Kopf, sie erinnern mich daran, was zur Hölle auf dem Spiel steht. *Bullshit!* Als ob das nötig wäre. Rose ist mein Leben, sie ist meine Zukunft, wenn ihr etwas passiert, dann wird mich das umbringen. Vielleicht nicht so schnell wie eine Kugel es tun würde, aber dafür langsamer und qualvoller. Keine Ahnung was die schlimmere Art zu sterben ist.

„Deine Lady ist sicher, bleib cool, Präs.“
Die Tatsache, dass der Sergeant sie endlich meine Lady nennt, macht mir deutlich, dass er erkannt hat, welchen Platz Rose einnimmt.
Ich kann ihm nicht sagen, wie es mir in diesem Augenblick geht, ich kann nicht laut aussprechen, dass es sich so anfühlt, als hätte mir jemand das Herz aus der Brust gerissen, und es einem Rudel hungriger Wölfe zum Fraß vorgeworfen.

Das Grundgerüst meines Plans ist einfach.
Rose und ich liefern uns im Hof einen lautstarken Streit, kurz danach verlasse ich zusammen mit Skull den Club und Rose schleicht sich augenscheinlich davon, weil sie die Schnauze von mir voll hat.
Sie geht zu Fuß und nimmt die öffentlichen Verkehrsmittel.
Die Show erzielt natürlich nur seine Wirkung, wenn der Stalker zusieht, aber daran besteht für mich kein Zweifel. Dieser Wichser lässt meine Frau nicht aus den Augen und dieses das Wissen, dass er genau jetzt beobachtet, was mir gehört, verätzt mich von innen heraus wie Salzsäure.
Fuck! Fuck! Fuck!
Meine Männer sind an der ganzen Strecke postiert und sorgen so für Roses Sicherheit.
Aber bei allen Dämonen! Es gibt keine hundertprozentige Sicherheit.
Für nichts und absolut niemanden. Ich weiß das, und an der Furcht, die sich in dem Gesicht meiner Frau spiegelt, erkenne ich, dass sie es ebenfalls weiß. Im Optimalfall liegt ihr Stalker längst auf der Lauer und kauft uns das Theater, das wir extra für ihn aufführen, ab.
Fuck!
Wenn er es tut, dann ist er noch dümmer als angenommen.
Denn ganz egal wie sehr Rose und ich und auch streiten werden, ich werde sie niemals aufgeben. Ich liebe diese Frau – ich behalte diese Frau – für immer.
Das mag mich auf das gleiche Niveau wie das ihres Stalkers bringen, aber das ist mir egal. Denn ich habe das verfluchte Glück, dass Rose mich liebt, und das vereinfacht die Sache. Ich brauche weder Panzertape noch Kabelbinder, um sie an mich zu binden – sie bleibt aus freien Stücken bei mir.
Was ihr verdammtes Glück ist, denn ich werde nicht davor zurückschrecken sie, falls nötig, einzusperren.
Meins ... Meins ... Meins ...

Das Monster in meinem Inneren knurrt zustimmend, während ich dabei zusehe, wie Rose in dem Gebäude verschwindet, in dem sich ihre Wohnung befindet. Um sicherzugehen, habe ich Fire, einen Nomad der *Black Snakes*, um Hilfe gebeten. Er hat das Haus schon vor drei Stunden in Zivil, also ohne Leder, betreten und sich dort postiert. Rose hat ihn noch nie zu Gesicht bekommen, falls sie sich begegnen, wird sie ihn also nicht als einen meiner Männer erkennen, sondern ihn für einen Fremden halten. Das ist wichtig. Falls der Stalker es ins Gebäude schafft und Rose dort beobachtet, darf nichts und niemand seinen Verdacht erregen. Diese Show und diese Falle müssen funktionieren, ein weiteres Mal können wir diesen Trick nicht anwenden.

Der Stalker darf nicht herausfinden, dass er vom Jäger zum Gejagten wurde, er muss sich in Sicherheit wähnen, damit wir ihn endlich einfangen und beseitigen können.

In der Sekunde, in der die Türe zufällt, schnellt mein Puls nach oben.

Wumm – Wumm – Wumm ...

Ich bin kurz davor, durchzudrehen!

„Bleib ruhig!“

Baxter sieht mich besorgt an. Er scheint zu befürchten, dass ich jede Sekunde Amok laufe. Es wäre so vieles leichter, einfach jeden Typen im Umkreis von drei Meilen kaltzumachen.

Gut. Es gäbe Hunderte Kollateralschäden, aber Rose wäre sicher und nur darauf kommt es an! Mein Plan sieht vor, dass wir in Deckung bleiben, den Eingang beobachten und sehen, ob ein Mann, der zu Roses Beschreibung passt, versucht, sich Zutritt zu verschaffen.

Die Bewohner haben einen Schlüssel, alle anderen gelten als Verdächtige.

Der Kippenhaufen neben meinem Stiefel wächst, die Zeit vergeht – doch nichts passiert.

Es dauert eine Stunde, bis ein Typ, der von der Statur und von der Haarfarbe her Roses Stalker sein könnte, auftaucht. Doch er zieht lässig einen Schlüssel aus der Tasche und somit scheidet er aus. Eigentlich zumindest, denn irgendwas an dem Kerl gefällt mir nicht. Was? Fuck! Das kann ich nicht genau bestimmen.

Der Druck in meinem Inneren wächst, mein Instinkt verrät mir, dass etwas nicht stimmt.

Mit den Zähnen knirschend rufe ich Fire an. Schon nach dem zweiten Freizeichen dröhnt seine dunkle Stimme durch den Hörer.

„Was gibt’ Boss?“

Scheiße! Nichts!

„Hast du was Verdächtiges erkennen können?“

„Nope. Ich sitze im Treppenhaus und habe einen Blick auf die Etage, in der dein Püppchen wohnt. Aber da ist niemand."

Aye, das habe ich befürchtet.

Fuck!

Ich balle die Faust und bin kurz vorm Durchdrehen.

„Gut, bleib wachsam."

Als Nächstes rufe ich Rose auf dem Prepaid Telefon an, das ich ihr extra für heute besorgt habe.

„Bones?"

Sie klingt zittrig und angsterfüllt.

„Ist alles okay bei dir, Süße?"

„Nein, ich will hier weg, bitte Bones. Hol mich hier raus. Etwas stimmt nicht, etwas wird passieren, ich weiß es ganz genau."

Offensichtlich bin ich nicht der Einzige mit einem schlechten Gefühl.

„Halt durch. Du schaffst das. Nicht mehr lange und der Bullshit hat ein für alle Mal ein Ende."

Das was ich fühle, passt nicht zu den Worten, die ich ausspreche.

Ich will ihr sagen, dass ich zu ihr komme, dass ich sie festhalte und zurück zum Club bringe, aber das geht nicht! Noch nicht zumindest.

Ihr Schluchzen hallt durch die Leitung und bohrt sich wie ein Messer in meine Eingeweide.

„Sei tapfer. Du bist stark. Du kannst das."

„Nein. Bitte ..." Rose verstummt, sogar ihre Atmung stockt.

Das Gefühl, das gerade etwas gewaltig schiefläuft, verstärkt sich.

„Baby?"

„Bones? Da ist ein Geräusch an meiner Tür."

Fuck!

Kaum dass ich ihre Worte gehört habe, bin ich auch schon losgelaufen.

Baxter brüllt mir nach, Skull folgt mir einfach.

„Wo bist du?"

„In der Küche."

„Gut. Versteck dich, ich bin auf dem Weg."

Natürlich besteht die Chance, dass ich zu schnell reagiere, dass mein Handeln den ganzen Plan platzen lässt. Aber ich kann nicht anders. Ich bin nicht bereit, ein größeres Risiko einzugehen als unbedingt nötig.

Würde es hier nicht um meine Frau gehen, sondern einfach nur um irgendeine Tussi, hätte ich ihr gesagt, dass wir so lange abwarten, bis sich der Stalker Zutritt verschafft hat und vor ihr steht. Doch nicht so bei Rose, nicht so bei dem Mädchen, das mir die Welt bedeutet!

Den Aufzug ignorierend, hetze ich die Treppe hoch, treffe auf Fire und rufe ihm zu, dass er mir folgen soll.

Holy Shit ...

Etwas stimmt nicht!

Aber wie kann das sein?

Wie, verdammte Scheiße?

Wir haben das Haus beobachtet! Bis auf den Typen mit dem Schlüssel ist niemand rein.

In dem Gebäude befinden sich mehr als ein Dutzend Apartments, es ist nur natürlich, dass hier auch Männer wohnen. Männer mit dunklen Haaren und passender Statur, die dem Bastard, den Rose mir beschrieben hat, auf gewisse Weise ähneln ...

Ich stoppe, falle beinahe über meine eigenen Füße.

Die Erkenntnis schlägt ein wie eine Bombe. Der Hurensohn, der es auf Rose abgesehen hat, wohnt im gleichen Haus. Er ist ihr Nachbar, er lebt unter dem gleichen Dach und ist wahrscheinlich auch so auf sie aufmerksam geworden.

Bei allen Höllen!

Diese Möglichkeit habe ich bei meinen Überlegungen nicht in Betracht gezogen.

Skull, der mich irritiert ansieht, runzelt die Stirn, er hält längst seine Waffe in der Hand.

Jetzt, wo die Bombe zerplatzt ist, renne ich weiter, stürme auf Roses Tür zu und fluche, als diese geschlossen ist.

„Bullshit Bones, was ist los? Was hast du gesehen, was uns entgangen ist?“

Baxter ist nicht nur irritiert, sondern auch außer Atem.

„Der Mann mit dem Schlüssel. Der Stalker ist ein Nachbar!“

Kaum dass meine Stimme verhallt ist, dröhnt Roses entsetzter Schrei aus der Wohnung.

Eine eiskalte Angst breitet sich in mir aus, ich gehe einen Schritt zurück und versuche die Türe einzutreten. Das Schloss knackst, aber es gibt nicht nach.

Ein weiterer Fehler in meinem beschissenen Plan. Ich hätte mir einen Schlüssel von Rose geben lassen sollen. Jetzt ist der Wichser bei meiner Frau und ich bin ausgesperrt.

Der Wahnsinn leckt an meinem Verstand. Das Monster in mir reißt sich von den Ketten los, es verlangt nach dem kupfernen Geruch von frischem Blut.

Ich trete wieder und wieder zu, beim vierten Versuch splittert das Holz und der Bolzen gibt mit einem leisen Knacken nach. Die Türe schwingt auf, Rose schreit und mir brennen die Sicherungen durch.

Ich höre noch, wie Skull meinen Namen ruft, aber er kann mich nicht stoppen.

Gottverdammt!

Nicht mal der Tod könnte mich davon abhalten, meine Frau zu beschützen.

Die Wohnung ist klein, ich komme nach wenigen Sekunden in der Küche an und was ich sehe, schickt mich beinahe in die Knie.

Ich bin zu spät – ich habe versagt.

Rose liegt auf dem Boden. Jede Menge Blut breitet sich neben ihr aus – sie bewegt sich nicht. Über ihr ist der Bastard, den ich dabei beobachtet habe, wie er den Schlüssel gezogen und das Haus betreten hat.

In seiner Hand hält er ein Messer, doch die silberne Klinge ist sauber, sie schimmert im hereinfallenden Tageslicht.

Mein Blick zuckt sofort zurück zu Rose. Sie ist starr und reglos, gibt nicht ein Lebenszeichen von sich.

Skull flucht, Baxter brüllt, Fire bleibt stumm und ich, ich bin zu keiner Reaktion imstande.

Der Schock, der mich ergriffen hat, sorgt dafür, dass es einen Augenblick dauert, bis mir klar wird, dass etwas an der Szene nicht passt.

Wenn Rose tot ist, warum bewegt sich dann das Arschloch nicht. Warum bedroht es uns nicht, warum benutzt es sein Messer nicht, um uns anzugreifen.

Mein Herz schlägt langsam, fast so, als würde es jede Sekunde seinen Dienst quittieren. Mir soll es recht sein – ohne Rose gibt es keinen Grund für mich, weiterzuleben.

Den Finger auf dem Abzug fordere ich das Arschloch auf, sich von meiner Frau wegzubewegen, aber der Typ reagiert nicht.

Ich wiederhole den Befehl – es passiert nichts! Rein gar nichts!

Er scheint tot zu sein.

Aber wie geht das? Wie?

Fuck!

Die Schockstarre lässt nach, endlich schaffe ich es, auf Rose zuzugehen.

Ich packe den Bastard an den Haaren und reiße ihn von meiner Frau runter. Erst jetzt entdecke ich das lange Messer, das tief in seiner Brust steckt.

Das Blut, in dem ich stehe, ist das des Stalkers.

Rose hat sich gewehrt, sie hat zugestochen, bevor ihr Angreifer es konnte.

Doch es scheint nicht gereicht zu haben. Der Nachteil an einem Messerkampf ist die Nähe. Der Wichser ist größer und locker doppelt so schwer wie Rose. Es war sicher ein Leichtes für ihn, ihr das Genick zu brechen, bevor ihn der Stich ebenfalls getötet hat. Trauer, Hass, Verzweiflung und Wut ergreifen von mir Besitz.

Jeder weitere Atemzug ist ein Kampf.

Roses Augen sind geschlossen, sie ist blass und wirkt so klein und zerbrechlich, dass eine Welle Selbsthass über mir zusammenschlägt und mich zu ertränken droht.

Das war mein Plan. Ich wollte diese Scheiße durchziehen, Rose war von Anfang an dagegen. Hätte ich auf sie gehört ... Wäre ich nicht so verdammt arrogant gewesen, wäre sie jetzt noch am Leben!

Meine Muskeln zucken, ich weiß instinktiv, was ich zu tun habe.

Ich winkle den Arm an, führe die Waffe an meine Schläfe und presse den Lauf fest gegen meinen Schädel. Jetzt muss ich nur noch abdrücken.

In den letzten Jahren habe ich so oft den Abzug gedrückt, dass ich irgendwann zu zählen aufgehört habe.

Der Weg meines Lebens ist mit Leichen gesäumt, es beinhaltet eine gewisse Ironie, dass die letzte Kugel, die ich abfeuere, meinen Schädel zum Zerplatzen bringen wird.

Bones and Rose ... Knochen und Rosen ... Wie passend!

Skull zischt entsetzt, Baxter sieht mich fassungslos an, so als ob er nicht glauben könnte, was hier gerade geschieht.

„Bones, nicht!“

Ich schließe die Augen. Rufe die Erinnerung ab, in der Rose mir zum ersten Mal ihre Liebe gestanden hat und lasse den Finger zucken.

Genau in der Sekunde, in der ich die Kugel abfeuern will, erfüllt Roses schmerzerfülltes Wimmern die Küche.

Zuerst bin ich mir sicher, dass mein Verstand mir einen Streich spielt, aber als dann auch noch ein Schluchzen ertönt, wird mir klar, dass ich mir das nicht eingebildet haben kann. Überrascht reiße ich die Augen wieder auf, sehe zu meinem Mädchen und muss feststellen, dass es aus weit aufgerissenen Augen zu mir hochschaut.

„Bones? Was machst du?“

Ein Schauer durchläuft mich, mein Arm fällt kraftlos nach unten, ich sinke neben ihr auf die Knie, umfasse vorsichtig ihr Gesicht und suche ihren Körper nach Verletzungen ab.

„Was ist passiert? Geht es dir gut? Blutest du?“

Tausend Fragen zucken wie Blitze durch meinen Verstand. Zu meiner Erleichterung kann ich keine Verletzung finden.

„Bones, was wolltest du da gerade tun?“

Ich schüttle entschieden den Kopf.

Um mich geht es jetzt nicht, mein Schicksal ist egal, alles was in dieser Sekunde zählt, ist Rose und dass sie noch am Leben ist.

„Warum warst du bewusstlos? Was hat er dir angetan?“

Sie blinzelt verwirrt, stöhnt gepeinigt auf und versucht sich aufzurichten, ich helfe ihr, bette sie auf meinen Schoß, ziehe sie so aus dem vielen Blut.

„Er hat mich angegriffen ... Ich habe ein Messer aus der Schublade geholt und zugestoßen, bevor er es konnte ... Es ging alles so schnell ... irgendwie ... na ja ... wir sind gestürzt und ich bin auf den Boden geknallt. Dann war da nur noch Dunkelheit.“

Sachte taste ich ihren Hinterkopf ab, was sie zusammenzucken lässt.

„Du hast eine Gehirnerschütterung, bist du sonst noch irgendwo verletzt?“

„Ich denke nicht, wobei mir alles wehtut.“

Das ist nur verständlich.

Es dauert, bis ich alles, was in den letzten Minuten passiert ist, verarbeite und logische Gedanken fassen kann.

„Skull, ruf den Notarzt, sag nicht, wer du bist, sondern bleib dabei anonym. Baxter, du und Fire, ihr verpisst euch, wir treffen uns im Club.“

Der Sergeant will widersprechen, ich halte ihn davon ab.

„Die Cops werden bei der Leiche und meiner Anwesenheit eh schon ausflippen, es ist besser, wenn ihr nichts mit der Geschichte zu tun habt.“

Mit einem sichtlich widerwilligen Nicken gibt er nach. Ich habe recht und er weiß es.

Wäre dieser Bullshit nicht hier, in Roses Wohnung passiert, würden wir den Hurensohn beiseiteschaffen und die Nummer zur Clubangelegenheit erklären. Aber unter den gegebenen Umständen wird das schwierig.

Wir müssen den offiziellen Weg gehen, wohin der führt, wird sich erst zeigen, wenn ich weiß, welcher Detective sich der Sache annehmen wird.

Steht er auf unserer Gehaltsliste, wird das alles bis Sonnenuntergang erledigt sein, wenn nicht ... *Fuck!* Damit befasse ich mich, wenn es so weit ist.

Ich werde nicht zulassen, dass Rose Schwierigkeiten bekommt, nur weil sie sich verteidigt hat. Das war Notwehr, die Bullen werden das erkennen, und dennoch kommt da eine Ladung Bullshit auf Rose zu, zumindest wenn es mir nicht gelingt, die Angelegenheit auf meine Art zu regeln.

27. Kapitel

Rose

Polizisten, Blut und Schmerzen sind alles, was ich die nächste Stunde wahrnehme.

Es kommt mir so vor, als würde ich im Auge eines Tornados stehen, der alles um mich herumwirbelt.

Die Tatsache, dass ich einen Mann getötet habe, beschäftigt mich nicht halb so viel wie das, was ich gesehen habe, als ich die Augen aufgeschlagen habe. Das Bild von Bones, wie der die Waffe gegen sich selbst richtet, hat sich in meinen Verstand gebrannt.

Der Cop, der zuerst am Tatort angekommen ist, scheint ein guter Bekannter von Bones zu sein, die beiden haben sich mit Handschlag begrüßt, der Rocker hat sich nach den Kindern des Detectives erkundigt und es wurde eine Summe ausgemacht, die wohl als Bezahlung gilt, um meinen toten Stalker, das Blut und alles andere unter den Teppich zu kehren. 200 000 Dollar ist eine große Summe, aber na ja, es braucht auch einen verdammt großen Teppich für einen Mord.

Selbst wenn der in Notwehr passiert ist.

Ich wurde per Rettungswagen in eine Klinik gebracht, jetzt sitze ich seit einer gefühlten Ewigkeit nur mit einem dünnen Hemdchen bekleidet, das nach hinten offen ist, auf einem schmalen Bett und warte auf alles, was noch passiert.

Mein Verstand funktioniert nicht richtig.

Kein Wunder, ich habe sicherlich einen Schock.

Das Blut von meinen Händen ist genauso verschwunden wie meine blutverschmierte Kleidung. Bones Macht scheint keine Grenzen zu kennen ...

Oder etwa doch? Er hat sich seine eigene Waffe an die Stirn gehalten, er wollte abdrücken – da bin ich mir sicher. Aber warum?

Dank der Gehirnerschütterung fällt es mir schwer, einen klaren Gedanken zu fassen, hinter meiner Stirn pocht es und mir ist schlecht.

Wobei Letzteres vielleicht auch auf die Frage zurückzuführen ist, die mir die nette Krankenschwester bei meiner Einlieferung gestellt hat.

„Sind sie schwanger?“

Ich wusste die Antwort nicht, also haben wir im Laufe der Untersuchung einen Test gemacht. Das Ergebnis habe ich noch nicht bekommen, was wahrscheinlich ebenfalls ein Grund meiner Übelkeit ist.

Wie geht es jetzt weiter?

Kann man einen Mann töten, ohne dafür vor Gericht gestellt zu werden?

Anscheinend. Denn bis jetzt hat sich hier kein Polizist blicken lassen, um mir irgendwelche Fragen zu stellen. Der Arzt weiß, dass ich gestürzt bin, über das Blut, das ich an mir hatte, hat er, in der Sekunde, in der ich ihm versichert habe, dass es nicht von mir stammt, großzügig hinweggesehen.

Ich wurde in die Klinik gebracht, Bones ist bei meinem toten Stalker zurückgeblieben und mein Gefühl sagt mir, dass sich die Sache für mich damit erledigt hat.

Heilige Scheiße!

Das ist krass!

So krass, dass es mir einfach nicht in den Kopf will.

Aber so läuft das hier in Chicago.

All die vielen Gerüchte, die ich über den *Black Snakes Motorcycle Club* gehört habe, sind wahr. Diese Stadt gehört den Schlangen, hier gelten ihre Gesetze und ihre Regeln.

Erst nach und nach sickert die Tatsache, dass mein Stalker endlich der Vergangenheit angehört, in mein Bewusstsein.

Ich bin in Sicherheit und das, obwohl Bones Plan genauso beschissen war, wie ich es befürchtet hatte.

War das der Grund, aus dem er sich die Waffe an den Kopf gehalten hat?

Himmel ... Ich weiß es nicht!

Sobald ich ihn wiedersehe, verlange ich eine Antwort auf diese Frage.

Es klopft, die nette Schwester kommt herein. Sie lächelt mich freundlich an. Ob sie das auch noch tun würde, wenn sie wüsste, dass ich gerade einen Menschen getötet habe?

Wahrscheinlich nicht.

„Wir haben die Testergebnisse."

Meine Körpertemperatur scheint auf einen Schlag ins Bodenlose zu fallen, mir wird eiskalt. Um mich selbst zu wärmen, schlinge ich mir die Arme um die Brust und sehe sie unsicher an.

„Und?"

„Ich kann ihnen gratulieren, sie sind schwanger."

Meine Ohren hören, was sie sagt, mein Hirn jedoch braucht etwas länger, um die Information verarbeiten zu können.

„Schwanger?"

Sie nickt.

„Ist das nicht wunderbar?"

„Ähm ... Ich bin mir nicht sicher."

Das ist zu viel.

Ein Anschlag – eine Leiche und ein Baby.

Halleluja!

Die Welt beginnt sich zu drehen, vor meinen Augen verschwimmt alles.

„Legen sie sich hin."

Sachte, jedoch bestimmt, drückt sie mich auf die unbequeme Liege und deckt mich mit einer blauen Decke fürsorglich zu.

Ich bekomme nicht mit, dass sie mich wieder alleine lässt, ich spüre auch nicht, wie die Zeit vergeht. Irgendwann taucht Bones auf, er ist genauso blutverschmiert wie ich es noch vor Kurzem gewesen bin, und bietet mir so einen ... einen ... mir fehlt das Wort, um es zu beschreiben ... Wahrscheinlich wurde es noch nicht mal erfunden.

Bones bietet mir einen außergewöhnlichen, gruseligen, unheimlichen und zugleich heißen Anblick.

Schwere Stiefel, abgewetzte Bluejeans, einen schwarzen Hoodie und dazu natürlich seine Kutte. Das Blut ist heftig, der Ausdruck in seinen Augen noch heftiger.

Wenn ich mir nicht zu hundert Prozent sicher wäre, dass es für mich keinen Grund gibt, mich vor dem Präsidenten der *Black Snakes* zu fürchten, würde ich jetzt garantiert in Panik ausbrechen.

So aber verspüre ich nichts als Liebe und Erleichterung.

Bones kommt zu mir, zieht mich in seine Arme und haucht mir tausend Küsse auf die Stirn, den Scheitel und das ganze Gesicht.

„Fuck! Ich habe mir solche Sorgen gemacht, für einen kurzen Moment dachte ich wirklich, du bist tot."

Er drückt mich so fest an sich, dass ich kaum noch atmen kann, aber das ist okay, denn ich brauche seine Nähe und seine Kraft viel dringender als Sauerstoff.

Für eine Weile sitzen wir einfach nur so da und lauschen den Geräuschen, die vom Flur draußen bis zu uns hereindringen.

Aber dann halte ich es nicht mehr aus. Ich brauche eine Erklärung für das, was ich da gesehen habe ...

„Warum hattest du deine Waffe am Kopf."

Die Muskeln in seinen Armen zucken, da er mich noch immer an sich gedrückt hält, kann ich leider den Ausdruck in seinem Gesicht nicht erkennen. Es kommt mir vor, als würden Stunden vergehen, ehe er endlich mit rauer Stimme zum Sprechen ansetzt.

„Als ich in deine Küche gestürmt bin, war ich mir sicher, zu spät zu sein. Da war so viel Blut, der Bastard lag auf dir und du hast dich nicht mehr bewegt ..."

Er verstummt, ein Schluchzen löst sich aus seiner Kehle, der Griff, mit dem er mich festhält, wird stärker.

„Du hast so klein und zerbrechlich ausgesehen ... Du warst so blass und ich war mir sicher, dass ich zu spät bin ... Ich dachte, du wärst tot ...“

Oh mein Gott!

Ich muss Bones in die Augen sehen, also drücke ich mich so fest gegen ihn, dass er mich schlussendlich mit deutlichem Widerwillen loslässt.

„Du wolltest dir eine Kugel in den Kopf jagen, weil du dachtest, dass ich tot bin?“

Bones nickt. Plötzlich wirkt er nicht mehr wie der mächtige Präsident, sondern einfach nur wie ein ganz gewöhnlicher Mann, der kurz davor war, die Frau, die er liebt, zu verlieren. *Die Frau und sein ungeborenes Baby ...*

Mein Herz rast. Allein die Vorstellung, dass Bones sich wegen mir umbringt, löst einen solchen Schmerz aus, dass mir dicke Tränen in die Augen steigen.

„Das ist verrückt?“

Ich bringe nur ein leises Flüstern zustande.

„Nein Rose, das war die einzige logische Konsequenz. Ich kann nicht mehr ohne dich sein ... ich will es auch gar nicht mehr. Du bist mein Leben, Mädchen.“

Ich weiß, was er meint, mir geht es genauso.

Wenn Bones etwas passiert, wäre das mein Untergang.

„Tu das nie wieder. Verstanden! Nie wieder!“

Wir sehen uns lange an, dann nehme ich mir seine Hand und drücke sie fest gegen meinen Bauch. Zuerst versteht er nicht, was ich ihm damit zu sagen versuche, aber dann weiten sich seine Pupillen und pure Freude breitet sich auf seinem Gesicht aus.

„Bedeutet es das, was ich hoffe, dass es das bedeutet?“

Ich komme nicht gegen das breite Grinsen an, das an meinen Lippen zupft.

„Ja. Bei meiner Einlieferung wurde ein Test gemacht und der war positiv. Ich bin schwanger.“

Sein lautes Brüllen hallt durch das Krankenhaus, er springt auf, reißt mich an sich und vergräbt seine Nase in meinen Haaren.

„Oh Fuck Baby. Ich liebe dich so sehr! So sehr! So verdammt sehr!“

Für einen Mann wie ihn ist das das Maximum an Emotionalität und das ist okay für mich. Ich liebe seine raue Seite, ich liebe das Dunkle und Gefährliche an ihm und ich weiß, wie es tief in seinem Inneren aussieht.

Das Monster, das in seiner Seele schlummert, gehört mittlerweile zur Hälfte mir ...

„Ich liebe dich noch viel mehr, Daddy."

Er lacht und wirbelt mich durch die Luft. Vor meinen Augen dreht sich alles, und in meinem Bauch beginnt es wie verrückt zu kribbeln.

Etwas, das sich nach Glück anfühlt, ergreift von mir Besitz und verdrängt all die dunklen Schatten, die in den Ecken auf uns lauern.

„Ab jetzt werde ich dich in Watte packen."

„Das hatte ich befürchtet."

Er setzt sich, platziert mich auf seinem Schoß und bedeckt mit seinen großen Händen besitzergreifend meinen Bauch.

„Vor wenigen Stunden war ich mir sicher, dass ich alles verloren habe und jetzt ... Jetzt habe ich alles gewonnen. Du bist mein Leben, Rose, du und unser Kind, und ich schwöre dir, dass ich alles in meiner Macht Stehende tun werde, um euch beide glücklich zu machen."

Mir gefällt das Gefühl seiner warmen Hände auf meiner Mitte, mir gefällt, dass er unser Kind, obwohl wir beide erst vor wenigen Minuten von seiner Existenz erfahren haben, schon mit einbezieht.

Bones wird ein guter Vater und das nicht *trotz* seiner gefährlichen Seite, sondern genau *wegen* ihr. Er wird nichts unversucht lassen, um unser Kind zu beschützen und zu versorgen.

Auch auf die Gefahr hin, unseren Moment zu verderben, muss ich einfach wissen, wie es jetzt weitergeht. Ich habe einen Mann erstochen, so etwas hat für gewöhnlich Konsequenzen.

„Wie geht es jetzt weiter?"

Bones kapiert sofort, was ich meine, und wird ernst.

„Ich bringe dich nach Hause und in mein Bett, du erholst dich und vergisst am besten sofort alles, was dir Sorgen bereitet."

Als ob das so einfach wäre.

„Und was ist mit den Cops und der Leiche?"

Bei dem letzten Wort überzieht eine Gänsehaut meine Arme.

„Darum habe ich mich gekümmert."

„Um alles?"

„Aye, um alles."

Das ist schwer zu glauben.

„Dafür bin ich dir wirklich sehr dankbar, aber ich will nicht, dass das negative Konsequenzen für dich hat."

Bones brummt missmutig und pinnt mir einen Kuss auf die Stirn.

„Hat es nicht. Es war meine Aufgabe, dich zu beschützen. Fuck! Du bist meine Frau und es war meine verdammte Pflicht, den Wichser kaltzumachen. Aber du warst schneller und das tut mir leid. Es ist falsch, dass du in eine Lage gekommen bist, in der du töten musstest, um zu überleben. Ich habe versagt. Aber ich schwöre dir, das wird nie wieder vorkommen!“

So sieht er das? *Wow!*

Sachte streiche ich über seine stoppelige Wange, küsse ihn tief und langsam und lasse ihn auf diese Weise all meine Liebe spüren.

„Danke, dass du immer für mich da bist.“

„Für dich und unser Kind werde ich immer da sein.“

Daran besteht für mich kein Zweifel.

Bones and Rose ...

Die Zukunft sieht strahlend aus, alle dunklen Wolken sind verzogen und plötzlich kann ich es kaum erwarten, zurück zum Club zu kommen.

Das Leben besteht aus Licht und Schatten, aus Gut und Böse – aus Sieg und Niederlage.

Heute haben wir gekämpft und gewonnen, wollen wir hoffen, dass es zukünftig immer dabei bleibt.

„Ich will nach Hause, Bones.“

Er nickt.

„Wie passend, denn genau da wollte ich dich gerade hinbringen.

28. Kapitel

Bones

Die Scheiße mit dem Stalker ist einen Monat her, Rose geht es gut und die *Crazy Spiders* sind erledigt. Der Club hat ganze Arbeit geleistet, Cube ist wieder auf den Beinen und unsere Geschäfte laufen so gut wie nie zuvor.

Meine Befürchtungen, dass mein Mädchen an dem, was es erlebt hat, zerbrechen wird, haben sich nicht bestätigt. Rose ist viel stärker, als ich es ihr zugetraut habe. Sie ist die geborene Old Lady. Umso stolzer macht es mich, dass sie endlich meine Kutte trägt. Nichts hat je besser ausgesehen als das *Property of Bones*, das nun für alle Ewigkeit ihren Rücken zieren wird.

Rose bringt die gute Seite meines Ichs zum Vorschein, sie zähmt das Monster in mir, füttert es mit Liebe und Aufmerksamkeit und sorgt so dafür, dass sich die schwarzen Schatten immer mehr und mehr auflösen.

Ich bin glücklich. Vielleicht sogar zum ersten Mal in meinem Leben.

Fuck yeah ...

Der Gedanke, Vater zu werden, erfüllt mich mehr denn je mit Ehrfurcht und dennoch kann ich es kaum erwarten, den Bauch meiner Lady anschwellen zu sehen.

Die schwarze Nacht hat mir eine wunderschöne Rose geschenkt, und ich werde sie bis zu meinem letzten Atemzug beschützen.

Bones and Rose ...

Knochen und Rosen ...

Aus Finsternis wurde Licht!

Ende

Buchempfehlung

Kennt Ihr schon alle Rocker Romane von Bärbel Muschiol?

Die Rocker Serie besteht aus:

1. Rocker Dämon – Ace und Amy
2. Rocker Devil – Slide und Ellen
3. Rocker Bastard – Razzor und Nicki
4. Rocker Heart – Spider und Abigail
5. Rocker Ghost – Ghost und Angel

Ihr könnt die Rocker Romane als Taschenbücher und eBooks lesen!

„Rocker Dämon – Ace und Amy“

Klappentext:
Es ist ein Deal, um ihren Vater zu retten. Amy liefert sich Ace, dem dämonischen Präsidenten der Dead Riders aus. Doch schon bald genießt sie diese neue und gefährliche Welt des gefürchteten Rockerclubs. Das vollkommene Ausgeliefertsein, Aces Gier und der harte, bedingungslose Sex führen sie in immer neue Höhen. Aber die Schatten der Vergangenheit drohen das neue Glück zu zerstören. Gewalt bricht über die Familie der Riders herein und führt in ein tödliches Blutbad. Prickelnde Erotik, gnadenlose Härte und Dominanz und wahre Freundschaft zeichnen diese spannende Geschichte aus, die mehr als eine Lovestory ist: furchteinflößend, dabei sexy, verdammt heiß und voller Gefühl!

Taschenbuch ISBN: 978-3-95573-549-4
eBook ISBN: 978-3-95573-550-0

Klarant Verlag

Lernen Sie die Titel des Klarant Verlages kennen und besuchen Sie uns im Internet unter:

www.klarant.de

Sie können dort Näheres über unsere Autoren erfahren, viele weitere interessante Bücher und eBooks finden und Leseproben herunterladen.

Mit dem kostenlosen Newsletter unter

www.liebe-lesen.de

erhalten Sie aktuelle Informationen rund um das Verlagsprogramm, wie beispielsweise spannende Neuerscheinungen und Gewinnspiele.